U0554243

# 小说风景

张莉 著

人民文学出版社

图书在版编目（CIP）数据

小说风景/张莉著. —北京：人民文学出版社，2021（2022.9重印）
ISBN 978-7-02-016481-3

Ⅰ.①小… Ⅱ.①张… Ⅲ.①小说评论—中国—现代 ②小说评论—中国—当代
Ⅳ.①I207.42

中国版本图书馆CIP数据核字（2021）第242823号

责任编辑　赵　萍　王昌改
装帧设计　刘　远
责任校对　杨益民
责任印制　张　娜

出版发行　人民文学出版社
社　　址　北京市朝内大街166号
邮政编码　100705

印　　刷　三河市中晟雅豪印务有限公司
经　　销　全国新华书店等

字　　数　158千字
开　　本　850毫米×1168毫米　1/32
印　　张　9.625　插页3
印　　数　5001—8000
版　　次　2021年12月北京第1版
印　　次　2022年9月第3次印刷

书　　号　978-7-02-016481-3
定　　价　55.00元

如有印装质量问题，请与本社图书销售中心调换。电话：010-65233595

# 自 序

## 一

这部《小说风景》是我近年来所进行的"文本探秘之旅",共分为十一章,前六章《通往更高级的小说世界》《"危险的愉悦"与"罕见的情感"》《"女学生过身"与乡下人逻辑》《讲故事者和她的"难以忘却"》《革命抒情美学风格的诞生》《旧故事如何长出新枝丫》来自于我在 2021 年《小说评论》开设的"重读现代中国故事"专栏,旨在对鲁迅《祝福》、郁达夫《过去》、沈从文《萧萧》、萧红《呼兰河传》、孙犁《荷花淀》、赵树理《登记》进行重读,专栏发表以来,收获了诸多同行与读者的关注,我也深受鼓励。第七章至第十章《唯一一个报信人》《两个"福贵"的文学启示》《素朴的与飞扬的》《三个文艺女性,一场时代爱情》则发表于《文学评论》《南方文坛》《中国当代文学研究》，是我对莫言、余华、铁凝、王安忆、张洁等作家作品的细读，第十一章《爱情九种》则发表于《青年作家》的"新批评"栏目，是我关于百年来短篇爱情小说的分析与理解。

最初动手写作时，我希望整部书的风格和审美取向一致，而不能是不同论文的结集。因此，第一章我选择从《祝福》进行解读，第十一章则是百年短篇小说爱情话语的构建，这也意味着百年文学史的视野是这部专著的总视点。我希望用随笔式写作，溯百年文学史的长河而上，带领读者重读《祝福》《过去》《萧萧》《呼兰河传》《荷花淀》《登记》《红高粱》《活着》《玫瑰门》《我爱比尔》《一个人的战争》……从这些中国现当代文学史耳熟能详的篇目中发现那些我们未曾窥见的小说微光；探索作家们的成长、革新之路，思索作家如何在百年文学传统的脉络里发出自己的声音——他们如何寻找并写下属于自己的文字，又是如何确立自己文学史位置；同时，我也希望通过这样的文本细读工作，去关注中国百年小说史中那些核心命题：白话小说传统、文体革命、爱情话语的变迁、中国民族风格的构建、革命抒情美学的形成……事实上，我希望从这样的文本细读中，勾描出百年中国新文学发展的内在美学逻辑。

　　当然，尽管本书中的章节大部分都发表于2021年，但它却是我近十年来文学教育实践的产物。尤其是近三年来，在北师大的研究生"原典导读"课上，我曾经和研究生们一起共读这些作品。我听过年轻人在课堂上的热烈讨论，我也曾向他们讲述过我的诸多理解，我甚至觉得，那些美妙的时刻也意味着这些文本早已不仅是文学史深处的文本，它们也勾连起了我们当下的生存，进而建立起我们与他们、当下与历史的情感联结。换言之，我希望通过这样的文学实践，建立一种属于我们时代的"文学的读法"。

二

　　通读这部书稿时，我想到自己当年还在南开大学中国语言文学博士后流动站工作期间写下的那篇"我的批评观"，那是为《南方文坛》"今日批评家"栏目所写，也是我第一次发表自己对批评的理解，题目是"以人的声音说话"：

　　　　我深信文学依赖智慧和创造的光芒。我知道文学批评有一个高度。例如巴赫金。作为批评家，巴赫金并未远离文学，但是，他的工作却照亮了文学以外的世界，甚至改变了我们感受世界的方法。思想体系源出于文学，但又照亮文学，这是伟大批评家的境界。

伟大批评家们须仰视才见，但优秀批评家可以成为方向。在我心目中，优秀批评家首先是"普通读者"，他／她有情怀，面对社会的人间情怀，面对作品的文学情怀。他／她的批评文字不是冷冰冰的铁板一块，它有温度、有情感、有个性，有发现。优秀的批评家是文学的知音，是作品的知音，是作家的知音。他／她忠直无欺，可以热烈赞美一部作品的优长，也能坦率讨论一部作品的缺憾，他们懂得与作家、与作品"将心比心"。

自20世纪90年代以来，当代文学批评形成了新模式：批评者借用某种理论去解读作品——西方理论成了很多批评家解读作品的"拐杖"，甚至是"权杖"。另一种模式是，批评家把文本当作"社会材料"去分析，不关心作品本身的文学性，不注重自己作为读者的感受力。我不反对文学领域的学术研究，也不反对研究者对理论的学习与化用。我反对教条主义。这使阐释文学作品的工作变成阐释"社会材料"的工作，进而这种隐蔽的教条主义形成了可怕的从社会意义出发阐发作品的阅读批评习惯——一部作品是否具有可讨论的"文学性",是否真的打动了你完全被人忽略。

围于理论与材料的批评文字只有理论的气息、材料的气息,而没有文学的气息、人的气息,它们是僵死的。但是,批评家是人,不是理论机器。人的情感和人的感受性是重要的,在批评领域,在占有理论资源的基础上,人的主体性应该受到重视。文学批评不能只满足于给予读者新的信息、重新表述前人的思想,它还应该反映作者的脑力素质,应该具有对文本进行探秘的勇气与潜能。

文学是庞大、富饶、令人沉迷的宝藏,人类生命因为有了它而变得更为丰盈和有光泽。于我而言,阅读是那么美好而快乐的事情,它是含英咀华的艺术享受。那么,批评文字本身也该是艺术品,好的批评文字须"随物赋形",须生动细腻,须缜密严谨,须写得美——好的批评具有迷人的共性,"正如一切伟大著作一样,它带着鲜明的个人印迹;它以人的声音说话。"(桑塔格语)

虽不能至,心向往之。

2009 年 1 月 4 日

十二年后重读,感慨自己的批评理想依然未改。事实上，这些年在文学研究、文学批评工作中，在年度女性文学作品选、年度小说二十家及年度散文二十家的编选工作中，越来越认识到以随笔体方式、以人的声音表达的重要性；越来越认识到文学批评其实是深具智性挑战的"探秘"："文学批评不能只满足于给予读者新的信息、重新表述前人的思想，它还应该反映作者的脑力素质，应该具有对文本进行探秘的勇气与潜能。"

三

之所以起名为"小说风景"，是因为我认为每一部优秀小说、每一个经典文本都有它独一无二的风景，都有着它隐秘的入口，需要读者去发现。福柯有一段话，我极为喜欢："我忍不住梦想一种批评——这种批评不会努力去评判，而是给一部作品、一本书、一个句子、一种思想带来生命；它把火点燃，观察青草的生长，聆听风的声音，在微风中接住海面的泡沫，再把它揉碎。它增加存在的符号，而不是去评判；它召唤这些符号，把它们从沉睡中唤醒。也许有时候它也把它们创造出来——那样会更好！下判决的那种批评让我昏昏欲睡。我喜欢批评能迸发出想象的火花。

它不应该是穿着红袍的君主。它应该裹挟着风暴和闪电。"这段话激发了我对优秀批评的想象——一直以来,我希冀自己能够成为不一样的持微火者、不一样的探秘者,用独特的方式去触摸小说的迷人风景。

今天是视听化的时代,我们的生活已经被短视频所充斥。但是,阅读依然有着它不可替代的美好——今天的我,越来越喜爱"重读",也越来越流连于百年中国故事中的薪火,越来越喜欢从那些历史中的文本去体察新的美与愉悦,进而重新认识我们当下的文学生活。我想说的是,这部《小说风景》既是我对经典作家作品的文本细读,也是我用文学批评的方式体察、感受美的方式,这是"文本探秘之旅",也是我的"文学审美之旅"。

感谢我的博士研究生马思钰、张天宇、谭复为此书所做的校订工作;感谢人民文学出版社诸位编辑的努力,因为你们的付出,才有这本书的如期问世。

张莉

2021 年 11 月 25 日,北京

# 目　录

第一章　通往更高级的小说世界

　　　　——关于鲁迅《祝福》 ............................... 001

第二章　"危险的愉悦"与"罕见的情感"

　　　　——关于郁达夫《过去》 ........................... 034

第三章　"女学生过身"与乡下人逻辑

　　　　——关于沈从文《萧萧》 ........................... 064

第四章　讲故事者和她的"难以忘却"

　　　　——关于萧红《呼兰河传》 ....................... 090

第五章　革命抒情美学风格的诞生

　　　　——关于孙犁《荷花淀》 ........................... 119

第六章　旧故事如何长出新枝丫

　　　　——关于赵树理《登记》 ........................... 146

第七章　唯一一个报信人

　　　　——关于莫言《红高粱》 ........................... 177

第八章　两个"福贵"的文学启示

　　　　——关于余华《活着》 ............................. 202

第九章　素朴的与飞扬的

　　　　——读铁凝《玫瑰门》《大浴女》

　　　　《笨花》 ................................................. 221

第十章　三个文艺女性，一场时代爱情

　　　　——关于《爱，是不能忘记的》

　　　　《一个人的战争》《我爱比尔》 ........... 252

第十一章　爱情九种

　　　　——短篇爱情小说里的爱情 ................. 272

# 第一章　通往更高级的小说世界

## ——关于鲁迅《祝福》

《祝福》是鲁迅作品中别具艺术光泽的一篇，也是小说集《彷徨》中的第一篇，写于1924年2月7日。作品发表于1924年3月25日出版的上海《东方杂志》（半月刊）第二十一卷第6号上，后收入《鲁迅全集》第二卷。

《祝福》虽然只有9000字的篇幅，但密度足够大，深具戏剧性和命运冲突感。九十多年来，关于这部作品的解读文章极多，几乎穷尽了各种角度。我希望在前人基础上重读，重新理解这部作品和祥林嫂这个人物。说到底，一部作品的经典性，是在后人的反复阅读和阐释中生长出来的。

## 祥林嫂的诞生

为什么会有祥林嫂这个人物，是什么触发了小说家写她，或者，什么是《祝福》的情感发动机？这是缠绕《祝福》研究的著名问题。不同研究者给过不同的答案。有一种说法是这个人物来源于现实生活。周作人有一篇文字叫《彷徨衍义》，里面指出过祥林嫂的"真实原型"。在他看来，人物原型来自鲁迅本家远房的伯母，一个因为"失去"儿子变得精神有些失常的女人。"祥林嫂的悲剧是女人的再嫁问题，但其精神失常的原因乃在于阿毛的被狼所吃，也即是失去儿子的悲哀，在这一点上，她们两人可以说是有些相同的。"[①] 这篇文字里讲到关于再嫁女人死后的际遇，以及孩子被狼吃掉的传说等等，可以被理解为鲁迅写作《祝福》的一个背景。很可能，是现实中的某个人物引发了小说家的思考。

最近十年来，研究界有另一种说法，认为祥林嫂这一形象的诞生与佛教故事有关。因为读者发现这篇小说有些地方使用了佛教用语，也有地狱与魂灵的说法，而鲁迅本人，包

---

① 周作人：《彷徨衍义》，钟叔河编订：《周作人散文全集》第 12 卷，广西师范大学出版社，2009 年，第 362 页。

括周作人，都喜欢读佛教故事。目前看来，第一篇关于这个说法的论文是甘智钢《〈祝福〉故事源考》。这篇论文发现《祝福》的故事与佛经《贤愚因缘经》中的《微妙比丘尼品》的故事有一定联系。"《贤愚因缘经》又称《贤愚经》，是一个影响甚大的通俗佛经，它与鲁迅钟爱的《百喻经》一样，是以故事的形式来宣传佛法，达到传教目的。这部书与鲁迅关系密切。"[1] 甘智钢注意到，《鲁迅日记》1914年7月4日记载，他午后赴琉璃厂买书，其中有《贤愚因缘经》四册，后来他还将它寄给了周作人。《贤愚经》的微妙比丘尼的佛教故事，在中国流传很广，从敦煌莫高窟296号洞里可以看到。故事的主人公是微妙比丘尼。作为女人，微妙的一生不断遭遇不幸，后来佛祖出现，将这个集无数苦难于一身的女人收为了弟子，她后来反复宣讲自己受苦受难的故事，以此为众人说法。[2]

--------

[1] 甘智钢：《〈祝福〉故事源考》，《鲁迅研究月刊》2002年第12期。

[2] 故事的大致情节如下：微妙的丈夫早逝，她带着孩子过河时，遭遇了悲剧。小儿子被狼叼走，大儿子被河水冲走。之后父母又在火灾中丧生。过了几年后，她抚平伤痛重新嫁人，又要面对丈夫虐待，逃跑后碰到了另一个男人相爱结婚。没想到结婚七天后，继夫暴病，按当地风俗，她也要被活埋随葬。而就在她被活埋时，一伙强盗在盗墓时救出了她。再次没有想到的是，强盗被她的美貌吸引了，要强迫她做妻子，最终，强盗被官府逮捕斩首。微妙又要被殉葬，在她被活埋的当天晚上，饥饿的豺狼刨开了坟墓，微妙比丘尼由此死里逃生。

刘禾在《鲁迅生命观中的科学与宗教——从〈造人术〉到〈祝福〉的思想轨迹》①里认为,《祝福》这篇作品的出现,与鲁迅想回应当时的一些问题有关。因为鲁迅在当时对人类的灵魂问题有自己的困惑。他把自己的思考与困惑,以及现实生活中的经验,同时也包括阅读佛教作品的经历糅合在了一起,所以才有了这部作品,这一观点深具启发性。以上是关于为什么会有祥林嫂人物形象研究成果的梳理。其实,一个作家为什么要写这部作品,为何会有这样一个人物,原因肯定很复杂。很可能是许多原因许多感慨共同促成。

小说标注的写作时间是 1924 年 2 月 7 日,是那一年阴历的大年初三。在家家户户的爆竹声中,作为小说家的鲁迅想象了一个女佣的发问与死去。这一年离他读《贤愚经》过去了大概有十年,而他也离家很久。小说里所发生的一切,其实是来自一个小说家的创造性想象。他用这 9000 字的篇幅,构造了一个全新的世界,他创造了一个女人的鲁镇生存,也写出了她最后的走向毁灭。换句话说,无论脱胎于哪儿,祥林嫂这个人物都是被鲁迅创造出来的,他以不长的篇幅"无中生

---

① 刘禾:《鲁迅生命观中的科学与宗教——从〈造人术〉到〈祝福〉的思想轨迹》,孟庆澍译,《鲁迅研究月刊》2011 年第 3 期、第 4 期。

有"，给予这个女人生命和血肉，正如我们所知道的，九十多年来，这个女人从被创造之初就活着，活到今天。创作者的肉身已然离去，但是祥林嫂活了下来，她有人间气，有生命力，也活过了时间。

## 一个女人的"逃跑"与"自救"

《祝福》结构工整，开头和结尾呼应。开头是一个辞旧迎新的场景。"旧历的年底毕竟最像年底，村镇上不必说，就在天空中也显出将到新年的气象来。灰白色的沉重的晚云中间时时发出闪光，接着一声钝响，是送灶的爆竹；近处燃放的可就更强烈了，震耳的大音还没有息，空气里已经散满了幽微的火药香。"① 这是我们常见的春节景象。这是理解这部小说非常重要的背景。春节的气氛中，小说写到三次下雪，而这三次下雪，与叙述人回忆祥林嫂的一生是相互映衬的。几乎所有研究者都不会忽略"我"与祥林嫂的对话。这是祥林嫂第一次出现在文本中，也是非常经典的片断，那应该视作"我"与祥林嫂的劈面相逢。

① 鲁迅：《祝福》，《鲁迅全集》第 2 卷，人民文学出版社，2005 年，第 139 页。

那是下午，我到镇的东头访过一个朋友，走出来，就在河边遇见她；而且见她瞪着的眼睛的视线，就知道明明是向我走来的。我这回在鲁镇所见的人们中，改变之大，可以说无过于她的了：五年前的花白的头发，即今已经全白，全不像四十上下的人；脸上瘦削不堪，黄中带黑，而且消尽了先前悲哀的神色，仿佛是木刻似的；只有那眼珠间或一轮，还可以表示她是一个活物。她一手提着竹篮，内中一个破碗，空的；一手拄着一支比她更长的竹竿，下端开了裂：她分明已经纯乎是一个乞丐了。

两个人见面了，怎么开口呢？小说这样写道：

我就站住，豫备她来讨钱。

"你回来了？"她先这样问。

"是的。"

"这正好。你是识字的，又是出门人，见识得多。我正要问你一件事——"她那没有精采的眼睛忽然发光了。

我万料不到她却说出这样的话来，诧异的站着。

"就是——"她走近两步，放低了声音，极秘密似的切切的说，"一个人死了之后，究竟有没有魂灵的？"①

这是小说中的第一个小高潮。一个"纯乎乞丐"的女人问出了一个非常有精神高度的问题："一个人死了之后，究竟有没有魂灵的？"她没有得到回答。而就在叙述人也觉得迷惑的时候，更大的震惊感马上到来，祥林嫂死了，并且被鲁四老爷指斥为"谬种"。至于怎么死的，没有人关心也没有人想提起，"怎么死的？——还不是穷死的？"——这句无情的、充满鄙夷的回答，立刻让人觉出祥林嫂命运的卑微。就在这样的回答之后，仿佛在回应"穷死的"这个说法，小说有一段抒情、伤怀但又很美的段落。

冬季日短，又是雪天，夜色早已笼罩了全市镇。人们都在灯下匆忙，但窗外很寂静。雪花落在积得厚厚的雪褥上面，听去似乎瑟瑟有声，使人更加感得沉寂。我独坐在发出黄光的菜油灯下，想，这百无聊赖的祥林嫂，被人们弃在尘芥堆中的，看得厌倦了的陈旧的玩物，先前还将形骸露在尘芥里，从活得有趣的人们看来，恐怕

① 鲁迅·《祝福》，《鲁迅全集》第2卷，第140—142页。

要怪讶她何以还要存在，现在总算被无常打扫得干干净净了。魂灵的有无，我不知道；然而在现世，则无聊生者不生，即使厌见者不见，为人为己，也还都不错。我静听着窗外似乎瑟瑟作响的雪花声，一面想，反而渐渐的舒畅起来。①

在悲哀、寂寥又不无反讽的语句里，我们看到了祥林嫂的前史。最初，她是健壮的、有活力的女人。"她不是鲁镇人。有一年的冬初，四叔家里要换女工，做中人的卫老婆子带她进来了，头上扎着白头绳，乌裙，蓝夹袄，月白背心，年纪大约二十六七，脸色青黄，但两颊却还是红的。"② 但是，她很快被捉回，被逼着远嫁。命运发生逆转，第二次见时，"她仍然头上扎着白头绳，乌裙，蓝夹袄，月白背心，脸色青黄，只是两颊上已经消失了血色，顺着眼，眼角上带些泪痕，眼光也没有先前那样精神了。"③ 而第三次呢，"不但眼睛窈陷下去，连精神也更不济了。而且很胆怯，不独怕暗夜，怕黑影，即使看见人，虽是自己的主人，也总惴惴的，有如在白天出穴游行的小鼠；

---

① 鲁迅：《祝福》，《鲁迅全集》第 2 卷，第 145—146 页。
② 同上，第 146 页。
③ 同上，第 152—153 页。

否则呆坐着，直是一个木偶人。不半年，头发也花白起来了，记性尤其坏，甚而至于常常忘却了去淘米。"[①] 生命的活力从祥林嫂身上消失，她越来越苍白，越来越失神，直至变成"行尸走肉"。诸多研究者都论述过祥林嫂的受害和她命运的被动性。但是，她真的只是一个完全被动的承受者吗？

进入文本内部，站在祥林嫂的角度，我们会看到她不是束手就擒的人，她一直在反抗，一直在努力争取命运的自主权。《祝福》中固然可以看到鲁镇环境对祥林嫂的种种压迫，但也要看到一个女人的拼命挣扎，而正是压迫与挣扎所产生的巨大张力和碰撞，小说才有了一种内在的紧张感。

事实上，小说中给出了她第一次出门来做用人是逃出来的信息，这样的"瞒"与"逃"，便是这个女人的反抗。所以，也就是说，小说给出的第一次反抗便是逃离婆家，到鲁四老爷家来打工。这并非想当然，小说中有明确的信息：

新年才过，她从河边淘米回来时，忽而失了色，说刚才远远地看见一个男人在对岸徘徊，很像夫家的堂伯，恐怕是正为寻她而来的。四婶很惊疑，打听底细，她又

①　鲁迅：《祝福》，《鲁迅全集》第 2 卷，第 161 页。

不说。四叔一知道，就皱一皱眉，道：

"这不好。恐怕她是逃出来的。"

她诚然是逃出来的，不多久，这推想就证实了。[①]

"她诚然是逃出来的"，"逃"到鲁四老爷家是祥林嫂的第一次反抗，而顺着这个路径，我们可以爬梳出小说内部祥林嫂反抗的整个时间线。第一次逃出来，被人捉回去再嫁，于是有了她第二次反抗。

看见的人报告说，河里面上午就泊了一只白篷船，篷是全盖起来的，不知道什么人在里面，但事前也没有人去理会他。待到祥林嫂出来淘米，刚刚要跪下去，那船里便突然跳出两个男人来，像是山里人，一个抱住她，一个帮着，拖进船去了。祥林嫂还哭喊了几声，此后便再没有什么声息，大约给用什么堵住了罢。接着就走上两个女人来，一个不认识，一个就是卫婆子。窥探舱里，不很分明，她像是捆了躺在船板上。[②]

---

① 鲁迅：《祝福》，《鲁迅全集》第2卷，第147—148页。
② 同上，第149页。

第二次反抗，哭喊过，后来被拖进船里，"捆了躺在船板上。"此时，她被当作一种交换物，直接卖到了山里。第三次反抗，从卫婆子的叙述中可以看到。"祥林嫂可是异乎寻常，他们说她一路只是嚎，骂，抬到贺家墺，喉咙已经全哑了。拉出轿来，两个男人和她的小叔子使劲的擒住她也还拜不成天地。他们一不小心，一松手，阿呀，阿弥陀佛，她就一头撞在香案角上，头上碰了一个大窟窿，鲜血直流，用了两把香灰，包上两块红布还止不住血呢。直到七手八脚的将她和男人反关在新房里，还是骂，阿呀呀，这真是……"①

她的反抗激烈，一路嚎，一路骂，而且"头上碰了一个大窟窿，鲜血直流，用了两把香灰，包上两块红布还止不住血呢。直到七手八脚的将她和男人反关在新房里，还是骂"，即使来自卫婆子的转述，读者依然感受到这个女人的挣扎，这种挣扎固然可以说她受到了贞洁观念的束缚，但也应该理解为这是一个女人的不服从、不认同——面对强迫，祥林嫂发出了嚎叫，甚至以死相逼，但是，她有别的办法吗，只能再一次向命运低头。

_____

① 鲁迅：《祝福》，《鲁迅全集》第2卷，第151—152页。

当然，《祝福》也写到了祥林嫂命运的峰回路转，"后来？——起来了。她到年底就生了一个孩子，男的，新年就两岁了。我在娘家这几天，就有人到贺家墺去，回来说看见他们娘儿俩，母亲也胖，儿子也胖；上头又没有婆婆；男人所有的是力气，会做活；房子是自家的。——唉唉，她真是交了好运了。"① 可是，不多久厄运再一次降临。丈夫死了，孩子也死了，被大伯赶出家。像一个轮回一样，一无所有的祥林嫂又一次来到鲁四老爷家。这应该是她第四次自救了，她渴望用劳动换取报酬，然后活下去，获得正大光明地劳动、参与祭祀的权利。然而，正如后来读者所知道的，这个权利又被无情地剥夺了。

祥林嫂最重要的自救手段当然是捐门槛。那是第五次自救，她希望获得赎罪的机会，希望获得某种劳动权。又一次失败了，于是便是第六次，她与叙述人劈面相逢的发问，"一个人死了之后，究竟有没有魂灵的？"此时，这个女人多么渴望获得终极意义上的精神救赎，但是，最终她没有获得她想要的答案。没有人能给她答案。事实上，捐门槛后她依然没有得到祭祀权。一次次压迫，一次次反抗，某种意义上，《祝

---

① 鲁迅：《祝福》，《鲁迅全集》第 2 卷，第 152 页。

福》讲述的是一个女人不断反抗、不断挣扎、不断被掠夺直至一无所有的故事。

## "我问你：你那时怎么后来竟依了呢？"

读《祝福》，年少的读者们会非常憎恨鲁四老爷。但是，如果进入小说内部，鲁四老爷与祥林嫂几乎是没有对过话的，他嫌恶她。我们固然可以把她的悲剧直接指认为以鲁四老爷为代表的那些势力，但是，这不是小说唯一的读法。一旦进入小说家建造的真实世界，我们将发现，每一个与祥林嫂发生过交往的人都不再是符号，而是活生生的人。

把祥林嫂推向死亡的是什么人？诸多研究者都指出过，直接的催化剂是"善女人"柳妈。柳妈是这个鲁四老爷家突然到来的人，并不是先前鲁四老爷家一直有的女工。其实这也是小说技法，因为一个外来的新元素，故事的走向将发生改变。祥林嫂的故事里，也是这个外来的女雇工点醒了。"四叔家里这回须雇男短工，还是忙不过来，另叫柳妈做帮手，杀鸡，宰鹅；然而柳妈是善女人，吃素，不杀生的，只肯洗器皿。祥林嫂除烧火之外，没有别的事，却闲着了，坐着只看柳妈洗器皿。

微雪点点的下来了。"[1]

祥林嫂为什么会和柳妈诉说呢？因为其他人已经听厌了，而柳妈是新来的。更重要的是，柳妈和她同等地位，都是做帮工。很显然，祥林嫂想从她这里寻得一种安慰，她以为她能从柳妈那里获得同情。下面这段话，发生在柳妈和祥林嫂之间。

"唉唉，我真傻，"祥林嫂看了天空，叹息着，独语似的说。

"祥林嫂，你又来了。"柳妈不耐烦的看着她的脸，说。"我问你：你额角上的伤疤，不就是那时撞坏的么？"

"唔唔。"她含胡的回答。

"我问你：你那时怎么后来竟依了呢？"

"我么？……"

"你呀。我想：这总是你自己愿意了，不然……。"

"阿阿，你不知道他力气多么大呀。"

"我不信。我不信你这么大的力气，真会拗他不过。你后来一定是自己肯了，倒推说他力气大。"

---

① 鲁迅：《祝福》，《鲁迅全集》第 2 卷，第 158 页。

"阿阿，你……你倒自己试试看。"她笑了。

柳妈的打皱的脸也笑起来，使她蹙缩得像一个核桃；干枯的小眼睛一看祥林嫂的额角，又钉住她的眼。祥林嫂似乎很局促了，立刻敛了笑容，旋转眼光，自去看雪花。[1]

一种权力关系潜藏在这样的对话里。那是一个女人对另一个女人的审问，是所谓"善女人"，所谓"清白女人"对一个身上或者命运里"有污点"的女人的审问。柳妈咄咄逼人，表达很有威压感。她用了两个"我问你"，第一个，"我问你：你额角上的伤疤，不就是那时撞坏的么？"祥林嫂的回答"含胡的"。以往在卫婆子那里被视为贞烈表现的额角伤疤，在柳妈这里却变了味道。柳妈紧跟着又问了第二个"我问你"："我问你：你那时怎么后来竟依了呢？""你那时怎么后来竟依了呢"，这是反问句，答案就在问句里，是"你后来也不能依啊"的意思。祥林嫂听懂了，她解释，因为他力气大。

"我不信。我不信你这么大的力气，真会拗他不过。你后来一定是自己肯了，倒推说他力气大。"

---

[1]　鲁迅：《祝福》，《鲁迅全集》第 2 卷，第 158—159 页。

"阿阿，你……你倒自己试试看。"她笑了。

这场谈话下来，柳妈便占据了道德制高点，似乎她天然拥有了一种权力。而柳妈之所以能占领这个居高临下的位置，可以站在审判他人的角度，在于祥林嫂和她都相信女人节烈这一话语体系。因此，当问答结束，柳妈再看祥林嫂的额角和眼睛时，便带有了深深的审判之意。额角已经不是勋章而变成耻辱的印记。"祥林嫂似乎很局促了，立刻敛了笑容，旋转眼光，自去看雪花。"

之后，柳妈说了下面这段话：

　　"祥林嫂，你实在不合算。"柳妈诡秘的说。"再一强，或者索性撞一个死，就好了。现在呢，你和你的第二个男人过活不到两年，倒落了一件大罪名。你想，你将来到阴司去，那两个死鬼的男人还要争，你给了谁好呢？阎罗大王只好把你锯开来，分给他们。我想，这真是……"①

这段话是小说的情感发动机，也是隐形的故事推动力。祥

---

① 鲁迅：《祝福》，《鲁迅全集》第 2 卷，第 159 页。

林嫂显然没有想到人死后还要依存阳间这个道德逻辑。那么，祥林嫂的反应是什么呢？"她脸上就显出恐怖的神色来，这是在山村里所未曾知道的。"① 这个恐怖的神色，是压倒那个一直拼死自救的女人的最后一棵草。她想到人间有苦，没想到阴间也有，所以，她得自救。

　　"我想，你不如及早抵当。你到土地庙里去捐一条门槛，当作你的替身，给千人踏，万人跨，赎了这一世的罪名，免得死了去受苦。"②

　　此刻这个女人所想要的，只是一个死后落个全身的命运；又或者，她想要的，是能参与祭祀的可能。因此，小说中说，她用了一年的工钱，去捐了门槛。捐门槛之后，祥林嫂"神气很舒畅，眼光也分外有神，高兴似的对四婶说，自己已经在土地庙捐了门槛了"。③ 但是，正如我们所知，捐门槛不过是个谎言，祥林嫂的地位和处境没有发生任何变化，捐门槛之后，她再次认出了自己的处境，甚至包括死后的境遇，她彻底认

① 鲁迅：《祝福》,《鲁迅全集》第 2 卷，第 159 页。
② 同上，第 159 页。
③ 同上，第 160 页。

识到了自己的走投无路，这才是大绝望，走到哪里，她都逃不过那个逻辑、那个枷锁。至此，死后有无魂灵的一问也是顺理成章了。

"就是——"她走近两步，放低了声音，极秘密似的切切的说，"一个人死了之后，究竟有没有魂灵的？"

我很悚然，一见她的眼钉着我的，背上也就遭了芒刺一般，比在学校里遇到不及豫防的临时考，教师又偏是站在身旁的时候，惶急得多了。对于魂灵的有无，我自己是向来毫不介意的；但在此刻，怎样回答她好呢？我在极短期的踌蹰中，想，这里的人照例相信鬼，然而她，却疑惑了，——或者不如说希望：希望其有，又希望其无……。人何必增添末路的人的苦恼，为她起见，不如说有罢。

"也许有罢，——我想。"我于是吞吞吐吐的说。

"那么，也就有地狱了？"

"阿！地狱？"我很吃惊，只得支梧着，"地狱？——论理，就该也有。——然而也未必，……谁来管这等事……。"

"那么，死掉的一家的人，都能见面的？"

"唉唉，见面不见面呢？……"这时我已知道自己也
还是完全一个愚人，什么踌躇，什么计画，都挡不住三
句问。我即刻胆怯起来了，便想全翻过先前的话来，"那
是，……实在，我说不清……。其实，究竟有没有魂灵，
我也说不清。"①

经过这段对话，祥林嫂认出了自己的命，她认了命。其
实无论是穷死还是饿死，都是绝望而死。

读《祝福》，我想到小说中鲁迅的性别视角以及作家本人
的性别观问题。那是 1924 年的中国。对祥林嫂的命运关注，
是这部作品之所以成为经典的重要原因。如果鲁迅只把她当成
"人"而不当成"女人"写，这部小说不会成功。鲁迅站在一
位穷苦的女性视角上看世界。我的意思是，《祝福》的魅力在
于，小说家将祥林嫂还原成一个女人、还原成一个下层的女佣、
还原成一个受困于各种话语及伦理的女人。作为读者，我们只
有和祥林嫂一起看世界，才会看到一个女性的真实生存境遇。
当柳妈告诉她那个去了地狱都要分割成两半的谎言后，当她
告诉她只有捐一条千人踩万人踏的门槛赎罪时，我们才会深

---

① 鲁迅：《祝福》，《鲁迅全集》第 2 卷，第 141—142 页。

刻认识到舆论的吃人本质。

事实上，鲁迅对女性处境有犀利的认识，他有他坚定的性别观。1918 年 7 月他发表过著名的文章：《我之节烈观》。

> 节烈难么？答道，很难。男子都知道极难，所以要表彰他。社会的公意，向来以为贞淫与否，全在女性。男子虽然诱惑了女人，却不负责任。譬如甲男引诱乙女，乙女不允，便是贞节，死了，便是烈；甲男并无恶名，社会可算淳古。倘若乙女允了，便是失节；甲男也无恶名，可是世风被乙女败坏了！别的事情，也是如此。所以历史上亡国败家的原因，每每归咎女子。糊糊涂涂的代担全体的罪恶，已经三千多年了。男子既然不负责任，又不能自己反省，自然放心诱惑；文人著作，反将他传为美谈。所以女子身旁，几乎布满了危险。①

《祝福》中，与祥林嫂有交集的人绝大部分都是女人，卫婆子，祥林嫂的婆婆，四婶，以及柳妈等等，她们在祥林嫂的生活中都扮演着日常的角色。其实也是这些人，成为了一

---

① 鲁迅：《我之节烈观》，《鲁迅全集》第 1 卷，人民文学出版社，2005 年，第 112—113 页。

步一步将她直接推向死亡的催化剂。鲁迅在《我之节烈观》里，写过这样的人，"无主名无意识的杀人团"。当然，柳妈们并不知道自己便是这杀人团中的一员。

> 社会公意，不节烈的女人，既然是下品；他在这社会里，是容不住的。社会上多数古人模模糊糊传下来的道理，实在无理可讲；能用历史和数目的力量，挤死不合意的人。这一类无主名无意识的杀人团里，古来不晓得死了多少人物；节烈的女子，也就死在这里。①

也因此，鲁迅在《我之节烈观》中最后说：

> ……
> 节烈这事，现代既然失了存在的生命和价值；节烈的女人，岂非白苦一番么？可以答他说：还有哀悼的价值。他们是可怜人；不幸上了历史和数目的无意识的圈套，做了无主名的牺牲。可以开一个追悼大会。
> 我们追悼了过去的人，还要发愿：要自己和别人，

---

① 鲁迅：《我之节烈观》，《鲁迅全集》第 1 卷，第 113—114 页。

都纯洁聪明勇猛向上。要除去虚伪的脸谱。要除去世上害己害人的昏迷和强暴。

我们追悼了过去的人，还要发愿：要除去于人生毫无意义的苦痛。要除去制造并赏玩别人苦痛的昏迷和强暴。

我们还要发愿：要人类都受正当的幸福。[①]

《我之节烈观》是中国文学史上的重要文字，我以为，它和《祝福》形成了美妙的互文关系，可以相互对照阅读。发表《我之节烈观》六年之后，鲁迅以生动鲜活的人物形象，进一步写出了他对女性命运的深切思考。由《祝福》始，祥林嫂永远镶刻在我们民族文学的长廊里，某种意义上，她进入了我们的日常生活，变成了无处不在的人。

## 一个无所不在的人

1924 年初《祝福》发表之后，鲁迅的同时代人发表了诸多读后感。徐开垒在谈到青年时代阅读鲁迅作品的感觉时说，

---

① 鲁迅：《我之节烈观》，《鲁迅全集》第 1 卷，第 114—115 页。

"我家是大族，人多，保姆也多，我总感到在我的四周，有阿长，有祥林嫂，也许还有吴妈。家中有个保姆，人很勤劳，也很和气，但就是整天愁眉不展，郁郁寡欢。我起初不懂，也不曾想到有什么原因，使她有这样的性格。读了《祝福》，便不免逐渐与现实生活联系起来，在这个保姆身上找到祥林嫂的影子。有时听她谈起身世，原来也是有孩子的寡妇，景况竟与书中人物没有什么差别。这就启发我举目看我们浙东山区的妇女，想到她们千百年来共同的命运。"①

1928 年，赵景深在《文学周报》发表过阅读感受："不过这篇《祝福》确实有作意的。作者所要写的是那人世间同情心的淡薄，以及女仆无可诉苦的悲境。女仆被人强奸本非由她心愿，这完全是命运拨弄她的，她就好像一个有残疾的人受人嘲笑一样的痛苦……总之，像这些对于弱者加以侮辱，都不能应该是人类的行为，并且是人类的羞耻。"② 有人评论说这个感受是"脱离文本谈作品，属于较陈旧的印象式批评"，我并不赞同。在我看来，赵景深写出了一位读者第一次读到《祝福》时的那个印记。

--------

① 徐开垒：《圣者的脚印——读鲁迅散文的回忆》，《圣者的脚印》，浙江文艺出版社，1984 年，第 3 页。

② 赵景深：《鲁迅的〈祝福〉》，《文学周报》1927 年第 4 卷第 24 期。

时过境迁，今天的读者读《祝福》时，最难以忘记的片断是什么？恐怕是和赵景深相同的那个祥林嫂的诉说吧。

"我真傻，真的，"祥林嫂抬起她没有神采的眼睛来，接着说。"我单知道下雪的时候野兽在山墺里没有食吃，会到村里来；我不知道春天也会有。我一清早起来就开了门，拿小篮盛了一篮豆，叫我们的阿毛坐在门槛上剥豆去。他是很听话的，我的话句句听；他出去了。我就在屋后劈柴，淘米，米下了锅，要蒸豆。我叫阿毛，没有应，出去一看，只见豆撒得一地，没有我们的阿毛了。他是不到别家去玩的；各处去一问，果然没有。我急了，央人出去寻。直到下半天，寻来寻去寻到山墺里，看见刺柴上挂着一只他的小鞋。大家都说，糟了，怕是遭了狼了。再进去；他果然躺在草窠里，肚里的五脏已经都给吃空了，手上还紧紧的捏着那只小篮呢。……"她接着但是呜咽，说不出成句的话来。①

最初，诉说使祥林嫂获得了应该有的同情。"四婶起初还

---

① 鲁迅：《祝福》，《鲁迅全集》第2卷，第153—154页。

踌躇，待到听完她自己的话，眼圈就有些红了。她想了一想，便教拿圆篮和铺盖到下房去。"[①] 祥林嫂由此有了工做，也有了收入。但是，诉说苦难得到的也不全是同情，还有疏远与厌弃。"镇上的人们也仍然叫她祥林嫂，但音调和先前很不同；也还和她讲话，但笑容却冷冷的了。"[②]

苦难中人看到的全部是自己的苦难，她要从这个诉说中获得活下去的力量，又或者，他人的同情对她仿佛是一种救命的东西。

她全不理会那些事，只是直着眼睛，和大家讲她自己日夜不忘的故事：

"我真傻，真的，"她说，"我单知道雪天是野兽在深山里没有食吃，会到村里来；我不知道春天也会有。我一大早起来就开了门，拿小篮盛了一篮豆，叫我们的阿毛坐在门槛上剥豆去。他是很听话的孩子，我的话句句听；他就出去了。我就在屋后劈柴，淘米，米下了锅，打算蒸豆。我叫，'阿毛！'没有应。出去一看，只见豆撒得

① 鲁迅：《祝福》，《鲁迅全集》第 2 卷，第 154 页。
② 同上，第 155 页。

满地，没有我们的阿毛了。各处去一问，都没有。我急了，央人去寻去。直到下半天，几个人寻到山墺里，看见刺柴上挂着一只他的小鞋。大家都说，完了，怕是遭了狼了；再进去；果然，他躺在草窠里，肚里的五脏已经都给吃空了，可怜他手里还紧紧的捏着那只小篮呢。……"她于是淌下眼泪来，声音也呜咽了。①

这是祥林嫂第二次诉苦，这一次与前面的那次有什么分别？几乎没有。故事本身没有变，但诉说者的表情却发生了变化，一开始，"她接着但是呜咽，说不出成句的话来"，后来，"她于是淌下眼泪来，声音也呜咽了。"而人们的反应呢，也在发生变化，最初，"这故事倒颇有效，男人听到这里，往往敛起笑容，没趣的走了开去。"小说家尤其是说了女人们的反应，"女人们却不独宽恕了她似的，脸上立刻改换了鄙薄的神气，还要陪出许多眼泪来。"② "不独宽恕""换了鄙薄的神气"，这真是入骨三分的书写，这是人性的残忍。但这还不够，"有些老女人没有在街头听到她的话，便特意寻来，要听她这

---

① 鲁迅：《祝福》，《鲁迅全集》第 2 卷，第 155—156 页。
② 同上，第 156 页。

一段悲惨的故事。直到她说到呜咽，她们也就一齐流下那停在眼角上的眼泪，叹息一番，满足的去了，一面还纷纷的评论着。"① 诉说和倾听变成了一场交互，尤其对于听者而言，她们的倾听不是为了同情他人，而是为了自我满足。

不幸的人以为向他人诉说会获得同情，而《祝福》中呈现的则是可怕的真相：不断诉苦只会让倾听的人越来越麻木，甚至很可能让人越来越无情，这便是我们所存在的人间。《祝福》是写实的，它写了彼时彼刻女性的悲惨命运，同时这部小说也有抽离具体语境的光泽，鲁迅写出了人间可怜人们亘古不变的处境。——这个可怜人，当她向这个世界诉说她的悲惨际遇，她以为她会得到善意的回馈，但她得到的是无情、是鉴赏，而非同情与理解。而更为惨烈的真相还在发生：

> 她就只是反复的向人说她悲惨的故事，常常引住了三五个人来听她。但不久，大家也都听得纯熟了，便是最慈悲的念佛的老太太们，眼里也再不见有一点泪的痕迹。后来全镇的人们几乎都能背诵她的话，一听到就烦厌得头痛。

---

① 鲁迅：《祝福》，《鲁迅全集》第 2 卷，第 156 页。

"我真傻，真的，"她开首说。

"是的，你是单知道雪天野兽在深山里没有食吃，才会到村里来的。"他们立即打断她的话，走开去了。

她张着口怔怔的站着，直着眼睛看他们，接着也就走了，似乎自己也觉得没趣。但她还妄想，希图从别的事，如小篮，豆，别人的孩子上，引出她的阿毛的故事来。倘一看见两三岁的小孩子，她就说：

"唉唉，我们的阿毛如果还在，也就有这么大了……"

孩子看见她的眼光就吃惊，牵着母亲的衣襟催她走。于是又只剩下她一个，终于没趣的也走了。后来大家又都知道了她的脾气，只要有孩子在眼前，便似笑非笑的先问她，道：

"祥林嫂，你们的阿毛如果还在，不是也就有这么大了么？"①

这一次，祥林嫂得到的是嘲笑。叙事人在小说中说："她未必知道她的悲哀经大家咀嚼赏鉴了许多天，早已成为渣滓，

---

① 鲁迅：《祝福》，《鲁迅全集》第2卷，第156—157页。

只值得烦厌和唾弃；但从人们的笑影上，也仿佛觉得这又冷又尖，自己再没有开口的必要了。她单是一瞥他们，并不回答一句话。"[1] 这便是鲁迅之所以是鲁迅之所在。他一眼看到事件本质。

九十多年前，鲁迅在《祝福》里写下了典型的"围观苦难"的场景，这一场景让人直视世间之薄凉。即使是在新媒体时代，此类围观苦难的场景依然存在，那种在社交媒体上通过围观、鉴赏他人悲惨以获得自我满足的场景也处处可见。今天，喜欢诉苦的"祥林嫂"和喜欢听她诉苦的人其实都还在，不过是换了衣饰而已。当然，这样的"围观并鉴赏苦难的场景"并不只属于中国，这样的场景在全世界范围内都存在。既具体又有广泛性和普适性，有强大的穿越时间的魅力，这是属于小说《祝福》的魅力。因此，我要说，《祝福》是中国现代文学史上教科书级的小说，鲁迅在这里为我们构建了一个高级的小说世界。

很多年前，郑克鲁在《外国文学史》中提到福楼拜由《包法利夫人》衍生的一个名词，"包法利主义"。主人公包法利夫人崇尚金钱，"它与爱玛这个形象结成一体，成为文学上的

---

① 鲁迅．《祝福》，《鲁迅全集》第 2 卷，第 157 页。

一个专有名词。"①什么是"包法利主义"？它指的"是平庸卑污的现实和渴望理想爱情、超越实际可能的幻想相冲突的产物。作为一种精神现象，它是七月王朝和第二帝国时期享乐主义生活盛行的恶浊风气孕育而成的。福楼拜对此持谴责态度。小说在写到爱玛在同赖昂的通奸中感到腻味，却仍然把他当理想伴侣，给他写情书，情愫十分低下，就是明显的一例"。②

经典作品之所以能流传，不仅因为人物形象独特，也在于人物身上的普遍性。这一普遍性会超越时间时时来到我们中间。爱玛的典型意义在于她最终成为人物系列谱系的结晶体，成为了跨越时空无处不在的人。——祥林嫂何尝不是如此？难道这个人不是时时出现在我们生活中的人吗？我们通常在聊天中脱口而出，哎，那个人啊，快变成祥林嫂了，或者，当我们忍不住想诉说时，我们的朋友会劝告我们，不要变成祥林嫂。

事实上，祥林嫂一度在网上已经构成了一个词条，一个专有名词。"形容一个人如同祥林嫂一样：悲剧接连着来，神情木讷，精神不振，逢人就诉说不幸，又或者形容结局极度

① 郑克鲁主编:《外国文学史》(第三版),高等教育出版社,2015年,第280页。
② 同上,第280页。

悲惨。"① 这是深具意味的词条解释。尽管这一解释并不一定完全准确，但是，却也直接表明，从《祝福》里走出来，祥林嫂已经变成了我们文化领域非常重要的带有标志性的词语了。2019 年我在查阅这个词条时还看到了进一步的解释。

> 已知最早出现这个词来形容他人的电视剧是 1992 年的情景喜剧《我爱我家》，傅明老爷子形容丢失了装楼道灯钱的时候的状态"整个一祥林嫂"。而 2000 年《闲人马大姐》183 集中刘勇也用这个词来形容王艾嘉"失恋"的情况。之后，许多电视剧都出现过这个词，如电视剧《男人帮》23 集 9 分 8 秒，《爱情公寓 4》第 8 集 6 分 34 秒，《天生要完美》第 12 集 5 分 23 秒有提及，《罗辑思维》38 集 39 分 15 秒，《爷们儿》第 30 集 26 秒，《爱情保卫战》20151216 期 26 分 06 秒，《欢乐颂》第 11 集 20 分 48 秒，《绝命毒师第四季》第 13 集 13 分 53 秒。②

电视剧是大众的艺术，来自我们的日常生活，而这么多

---

① 见百度百科词条"祥林嫂"：https://baike.baidu.com/item/%E7%A5%A5%E6%9E%97%E5%AB%82/79699#viewPageContent，2019—04—20。
② 同上。

电视剧不约而同地提到祥林嫂一样的人，证明她的确已经进入了我们的日常生活的点滴里。这个词条表明，祥林嫂是身负历史沉积的文学人物，是现代社会某类人的代表，她一直在我们生活中，成为无所不在的人。

## 余　论

在诸多学者关于鲁迅为何写《祝福》的研究基础上，我想强调的是，无论是否有原型，无论是否受过佛教故事的启发，《祝福》这个故事都深具原创性。祥林嫂的故事和微妙比丘尼的故事并不能真正构成对话，微妙的故事是不断用自己的苦难感化他人，那是属于宗教的布道；而鲁迅创造的祥林嫂，则是一个人因不断诉苦而被世人厌弃的人，这是属于艺术家的发现，是艺术创造，它书写的是人的生存困境。

艺术创作是一种高级而复杂的行为，小说家所想写、所想表达的和他真的能表达的、小说最后呈现的并不一致。事实上，作品的意义在被后人阅读、接受时也会发生扭曲、变形、裂变。也许，最初鲁迅可能只是想写一个被重重枷锁束缚的女人，但最终进入大众话语体系的则是这个不幸女人的诉苦和他人对诉苦的无视。这恰好也证明了小说本身历久弥新的魅力。

　　据周作人回忆说，在他们的家乡，新年祭祀的仪式在方言里其实是"作福"，翻译成普通话就是"祝福"了。鲁迅自然也知道"作福"的意思，他选择"祝福"作为标题显然经过了深思熟虑。正是因为对祝福这一词语的选用，使这部小说有了某种独特的独属于鲁迅的现代小说调性。——无论第几次读《祝福》，我们都能感受到小说中那种浓郁的新年祝福气息，但同时，越是祝福气息浓郁，想到祥林嫂命运时便越内心悲凉，于是，小说的内容与题目、形式与肌理之间便出现了重要的反讽之意，《祝福》就形成了既讽刺又祝福，既热闹又悲凉，既沉痛又矛盾，既具体又抽象的小说调性。

2019 年 4 月 23 日

# 第二章 "危险的愉悦"与"罕见的情感"
## ——关于郁达夫《过去》

《过去》并非郁达夫广为人知的作品。对于大多数读者而言，想到郁达夫小说时，多半会想到《沉沦》《春风沉醉的晚上》《迟桂花》，这些作品题目已经和郁达夫的名字如影随形。但与前面三部作品相比，《过去》毫不逊色，甚至艺术表现手法更为精到，后来的研究者们都指出过这一点。[①]

《过去》写于 1927 年 1 月 10 日，发表于 1927 年 2 月 1 日出版的《创造月刊》（第一卷第六期）。小说只有 9000 字的篇幅，是典型的现代中国故事，关于两个中年男女在他乡异地

---

① 许子东在《郁达夫新论》，白先勇在获得郁达夫小说奖时都提到过《过去》的重要意义。

的再度重逢。"我"叫李白时，是一位患了"呼吸器病"的男人，来到一个遥远的海港城市休养，那是细雨微冷的晚秋时节，本以为遇不到熟人，没想到路上忽然听到一个女人叫他。李先生忆起往事。他们相识在上海的民德里，她是四姐妹中的老三。在当年，他狂热追求四姐妹中的老二。小说写了李先生和老二交往时的种种不堪，写了他对于老二的种种肉欲想象，但女人以一记耳光结束了他的非分之想。老三则是他与老二关系的见证者，对李先生深有好感，但李先生拒绝了。谁能想到在陌生之地再度相遇呢。此时，老三已经嫁给了一位华侨，而那位华侨又刚刚过世。男主人公想唤起老三对自己的热情，但是她躲闪、推托，最终哭着说，"我们的时期过去了"。小说的结尾是，李先生一个人坐船离开了那座海滨城市。

《过去》没有一般短篇小说的起承转合，也没有人物命运的戏剧性反转，它让人沉默，让人想到"此情可待成追忆，只是当时已惘然"；想到"同是天涯沦落人，相逢何必曾相识"等诗句，同时小说某些部分也让人感到不适。而正是因为那难以言表的惆怅和冒犯，这部小说才让人读之难忘。

读《过去》，多次想到桑塔格评价加缪《日记》时写下的话，"伟大的作家要么是丈夫，要么是情人。有些作家满足了一个丈夫的可敬品德：可靠、讲理、大方、正派。另有一些作家，人们看重他们身上情人的天赋，即诱惑的天赋，而不是美德的天赋。"① 郁达夫是属于桑塔格所说的"丈夫"还是"情人"？我以为是后者。在郁达夫及其作品里有某种"诱惑的天赋"，它对读者构成某种奇妙的吸引力。——《过去》是郁达夫在最好的年纪里写下的作品，情感丰沛而有节制之美，"危险的愉悦"与"罕见的情感"相互糅杂，与此同时，作家又选择了一种抒情方式去表现，即使放在百年新文学史的框架里，都可以称得上气质卓然。

## "危险的愉悦"

《过去》结构大致分为四部分。

第一部分是第一段，"我"和"她"来到了临海的高楼上吃饭。

第二部分回忆两个人如何来到高楼上吃饭，这是小说篇幅最长的部分，18页的小说里，有15页的篇幅在讲过去的故事。其中穿插了男女主人公在上海、在苏州以及在 M 港的交往。

① 苏珊·桑塔格：《加缪的〈日记〉》，《反对阐释》，程巍译，上海译文出版社，2003年，第60页。

第三部分是两人来到高楼上吃饭，"我"多次表白、示好，并强拉她去了餐馆旁边的旅馆住，但是，在床上，女人最终推开了他。"我"意识到无法再回到从前。

第四部分，"我"孤独地坐船离开了这座城市。

"空中起了凉风，树叶飒飒的同雹片似的飞掉下来，虽然是南方的一个小港市里，然而也很能够使人感到冬晚的悲哀的一天晚上，我和她，在临海的一间高楼上吃晚饭。"[①] 这是《过去》的第一句话，它几乎奠定了一种悲哀而寥落的调子。"我"和"她"到底是谁呢，又是为何坐到这临海的高楼上吃饭？

第二部分，叙述人开始回忆，等到再次回到"我和她，在临海的一间高楼上吃晚饭"的这个场景时，已经到了 15 页中间部分，也就是说，小说用了六分之五的篇幅写吃饭之前的那个"过去"，大回忆套着小回忆，遥远的回忆和切近的回忆互相交叉，同时，其间也夹杂着时空的交叉：有上海的民德里，有苏州的旅行，还有在 M 港的相遇和交谈等等。——正是因为有了 15 页的有关"过去"的回忆，才有了第三部分两人在床上的哭泣相对。整体而言，第二部分是小说的重要部分，也是小说情感的重要铺垫。看起来头绪繁杂，但因为是思绪，

① 郁达夫：《过去》，《郁达夫全集》第 2 卷，浙江大学出版社，2007 年，第 1 页。

又是一个人过往的追忆，很容易给人以代入感。关于二人怎样来到高楼上吃饭，小说从"我"和老三再度相逢的场景说起。

　　实在是出乎意想以外的奇遇，一天细雨蒙蒙的日暮，我从西面小山上的一家小旅馆内走下山来，想到市上去吃晚饭去。经过行人很少的那条 P 街的时候，临街的一间小洋房的棚门口，忽而从里面慢慢的走出了一个女人来。她身上穿着灰色的雨衣，上面张着洋伞，所以她的脸我看不见。大约是在棚门内，她已经看见了我了——因为这一天我并不带伞——所以我在她前头走了几步，她忽而问我：

　　"前面走的是不是李先生？李白时先生！"

　　我一听了她叫我的声音，仿佛是很熟，但记不起是哪一个了，同触了电气似的急忙回转头来一看，只看见了衬映在黑洋伞上的一张灰白的小脸。已经是夜色朦胧的时候了，我看不清她的颜面全部的组织；不过她的两只大眼睛，却闪烁得厉害，并且不知从何处来的，和一阵冷风似的一种电力，把我的精神摇动了一下。①

---

① 郁达夫：《过去》，《郁达夫全集》第 2 卷，第 2 页。

两个曾经熟识的男女忽然在异地不期而遇，一个人喊着另外一个人的名字，这场景极有画面感。接下来，小说开始回忆与老三的关系。而在回忆和老三的关系时，小说荡开一笔，用两页的篇幅讲到"我"和老二的关系，两个人的"打情骂俏"，说是荡开一笔，但却绝不是闲笔，它是小说强有力的部分，是读者理解"我"与老三关系的重要背景，是《过去》的主题，关于情欲中的人、情欲中的男人。

正如我们所知，郁达夫小说的主人公通常为情欲所苦。《沉沦》中，民族国家身份的焦虑与难以抑制的情欲纠缠在一起，小说写出了一种现代人的浓烈又无法摆脱的情欲之苦。《沉沦》发表后毁誉参半，后来郁达夫本人也多次表达过对这部小说的不满意，但是，无论如何，这部小说还是以刺目的方式镌刻在了中国现代文学史上，因为它带给中国文学的疾风迅雷般的震惊感："他那大胆的自我暴露，对于深藏在千年万年的背甲里面的士大夫的虚伪，完全是一种暴风雨式的闪击，把一些假道学、假才子们震惊得至于狂怒了。为什么？就因为有这样露骨的直率，使他们感受着作假的困难。于是徐志摩'诗哲'们便开始痛骂了。他说：创造社的人就和街头的乞丐一样，故意在自己身上造些血脓糜烂的创伤来吸引过路人的同情。这主要就是在攻击达夫。"①

从《沉沦》开始,郁达夫重新发明了书写情欲的方式,他将自己主人公的情欲视为一种时代镜像。一如钱杏邨所认为的,郁达夫"把青年从性的苦闷中所产生的病态的心理,变态的动作,性的满足的渴求,恶魔似的全部的表现了出来,完成了青年的性的苦闷的一幅缩照。"②当然,这样的情欲故事里,女性人物是不可或缺的。李欧梵在《中国现代作家的浪漫一代》中提到,"伊藤虎丸将郁达夫小说中的女主角分成两类:迫害者和被迫害者,前者——肥大、性感、耽于逸乐的妖女——多出现于他在日本时写成的小说;而后者——脆弱、温顺、社会中可怜的受害者——则在他回到中国后的小说里经常出现。"③

这两种女性类型——作为情欲中的"迫害者"和"被迫害者"的女性在《过去》中同时出现了。老二妖媚而性感,李先生为之倾倒。"平时她总拿我来开玩笑,在众人的面前,老喜欢把我的不灵敏的动作和我说错的言语重述出来作哄笑的

---

① 郭沫若:《论郁达夫》,《人物杂志》1946 年第 3 期。

② 钱杏邨:《郁达夫》,《郁达夫论》,邹啸编,上海书店出版社,1987 年影印版,第 8 页。

③ 伊藤虎丸:《郁达夫作品中的女性》,东京大学文学部中国文学研究室编《近代中国的思想与文学》,大安书店,1967 年,第 310—311 页;转引自李欧梵:《中国现代作家的浪漫一代》,王宏志等译,新星出版社,2005 年,第 119 页。

资料。不过说也奇怪，她象这样的玩弄我，轻视我，我当时不但没有恨她的心思，并且还时以为荣耀，快乐。"[1] 在这样的情欲关系里，老二是高高在上的"施者"，她毫无顾忌地作弄他、作践他，而他则乐在其中。

> 万一我有违反她命令的时候，她竟毫不客气地举起她那只肥嫩的手，拍拍的打上我的脸来。而我呢，受了她的痛责之后，心里反感到一种不可名状的满足，有时候因为想受她这一种施与的原因，故意地违反她的命令，要她来打，或用了她那一只尖长的皮鞋脚来踢我的腰部。若打得不够踢得不够，我就故意的说："不痛！不够！再踢一下！再打一下！"她也就毫不客气地，再举起手来或脚来踢打。我被打得两颊绯红，或腰部感到酸痛的时候，才柔柔顺顺地服从她的命令，再来做她想我做的事情。[2]

这种情欲关系被研究者分析为色情意义上的"虐"与"被虐"的关系。事实上，小说非常直白地写了"我"之于老二的

---

① 郁达夫：《过去》，《郁达夫全集》第 2 卷，第 6 页。
② 同上，第 6—7 页。

性幻想："我也曾为她穿过丝袜，所以她那双肥嫩皙白，脚尖很细，后跟很厚的肉脚，时常要作我的幻想的中心。从这一双脚，我能够想出许多离奇的梦境来。譬如在吃饭的时候，我一见了粉白糯润的香稻米饭，就会联想到她那双脚上去。……"[①]《过去》将男女关系中的那种生理本能的冲动、被荷尔蒙控制的情欲波动写得毫发毕现。与《沉沦》中的性幻想与性描写相比，它的情欲想象更有某种肉感和真实感，透露着来自生理的愉悦，很显然，"他"和"她"都从这样的关系里获得乐趣。小说中的老二，尽管着墨不多，但她强悍而鲜活，对于男主人公在饭店里的求欢，"她竟劈面的打了我一个嘴巴。"[②] 在"我"和老二的情欲关系里，有另一种残酷、黑暗和霸蛮。

郁达夫的情欲书写常常被认为是"变态"，但什么是"变态"什么是"不变态"，与其说他写了一种"变态"的情欲，不如说他写了一种作为自然和生理现象的情欲，以及与这种情欲相对应的生理上的愉悦感。很多人都提到过郁达夫小说中的"性感"和"风流"，其实，这多半与他对情欲的敏感度和书写有关。他欣赏那种情欲并视之为生命能量，某种程度上，正是对那

---

① 郁达夫：《过去》，《郁达夫全集》第 2 卷，第 7 页。
② 同上，第 8—9 页。

种愉悦的感知和对这一愉悦的直白展现，构成了郁达夫小说基本或长久的吸引力。

## "受苦人"遇到"受苦人"

据达夫日记（1927 年 2 月 15 日）记载，"晚上在家里看书，接到了周作人的来信，系赞我这一回的创作《过去》的，他说我的作风变了，《过去》是可与 Dostoieffski、Garsin 相比的杰作，描写女性，很有独到的地方，我真觉得汗颜，以后要努力一点，使他的赞词能够不至落空。"[①] 周作人的评价虽然有溢美，但也点出了《过去》的独特性，比如与陀思妥耶夫斯基的相近，比如女性形象的塑造——小说的确写了两个有个性的女性形象，一个是泼辣而深具肉感的老二形象，同时也写了一位由模糊到清晰、逐渐浮现在读者面前的老三。

"我"与老二的关系有历历在目之感，老三在前半部分则是被"我"忽视的女性，她的重要性是在后半部分慢慢浮现出来。在讲述和老二的过往故事时，叙述人间或提到老三，"老

① 郁达夫：《穷冬日记》，《郁达夫全集》第 5 卷，浙江大学出版社，2007 年，第 103 页。

三有点阴郁，不象一个年轻的少女"，<sup>①</sup>"所以老三虽则是一个
很沉郁，脾气很特别，平时说话老是阴阳怪气的女子，对我与
老二中间的事情，有时却很出力的在为我们拉拢。有时见了
老二那一种打得我太狠，或者嘲弄得我太难堪的动作，也着
实为我打过几次抱不平，极婉曲周到地说出话来非难过老二。
而我这不识好丑的笨伯，当这些时候心里头非但不感谢老三，
还要以为她是多事，出来干涉人家的自由行动。"<sup>②</sup> 这段话里，
有老三的有情，也有"我"的无情。事实上，"我"曾经直接
拒绝过老三：

> 我想起了那一年的正月初二，老三和我两人上苏州
> 去的一夜旅行。我想起了那一天晚上，两人默默的在电
> 灯下相对的情形。我想起了第二天早晨起来，她在她的
> 帐子里叫我过去，为她把掉在地下的衣服捡起来的声气。
> 然而我当时终于忘不了老二，对于她的这种种好意的表
> 示，非但没有回报她一二，并且简直没有接受她的余裕。
> 两个人终于白旅行了一次，感情终于没有接近起来，那

① 郁达夫：《过去》，《郁达夫全集》第2卷，第5页。
② 同上，第9页。

一天午后，就匆匆的依旧同兄妹似的回到上海来了。[1]

每一部小说，其实都有它的"水上"部分和"水下"部分。一部分是作家直接给出的信息，一部分则是引而不发、需要读者想象的。《过去》的水上部分是男人的回忆，水下部分则是老三的情感际遇。如果这段故事由一位女性来讲述，肯定会别有一番纠结、痛苦以及挣扎吧？"水上"和"水下"部分恐怕也会颠倒过来。

当然，即使《过去》来自男性视角的回忆和还原，也能看到老三在这一关系中的主动性，这里有她的欲求、她的渴望。上面的段落中，回忆过往时，叙述人用了三个相同的句子，三个句子分别使用了三个"我想起了"："我想起了那一年的正月初二"，"我想起了那一天晚上"，"我想起了第二天早晨起来"，叙述人以这样的时间节点说明了那些场景的难以忘记。在被拒绝和无视后，老三心情如何？小说没有呈现，也没有写她的反应，在当年，她在他的情感世界里是被无视的。而《过去》非常吸引人的地方在于，从"我想起了"开始，那个不可见的女人慢慢可见了，她一点点被读者／"我"认出，并开

---

[1] 郁达夫：《过去》，《郁达夫全集》第2卷，第10页。

始主导故事的走向。

"你是李白时先生吗？"这是老三第一次出现在小说中，主动来打招呼。要特别提到，是老三先认出了"我"。这隐在地说明，整个故事的发动者并不是"我"而是老三，接着，"我"也认出了她。当"我"问她为什么会来这里的时候，她有清晰的自我认知。"前生注定是吃苦的人，譬如一条水草，浮来浮去，总生不着根，我的到此地来，说奇怪也是奇怪，说应该也是应该的。"[1] 她告诉他，她跟了一个胖华侨，跟着他来到这里，而就在前几天，那个人死了。老三隔天来到李先生的住处。这一次，叙述人带领读者认真地看她：

> 她的装束和从前不同了。一件芝麻呢的女外套里，露出了一条白花丝的围巾来，上面穿的是半西式的八分短袄，裙子系黑印度缎的长套裙。一顶淡黄绸的女帽，深盖在额上，帽子的卷边下，就是那一双迷人的大眼，瞳人很黑，老在凝视着什么似的大眼。本来是长方的脸，因为有那顶帽子深覆在眼上，所以看去仿佛是带点圆味的样子。两三年的岁月，又把她那两条从鼻角斜拖向口

---

① 郁达夫：《过去》，《郁达夫全集》第2卷，第3页。

角去的纹路刻深了。苍白的脸色，想是昨夜来打牌辛苦了的原因。本来是中等身材不肥不瘦的躯体，大约是我自家的身体缩矮了吧，看起来仿佛比从前高了一点。她背着我呆立在窗前。①

这是带有情感的凝视，一位男人充满好奇地打量一位女性。这一次，她带给了他新鲜和惊异，以至他发现她变"高"了，"大约是我自家的身体缩矮了吧"。小说中，男女地位逐渐发生变化。在见面对话里，女人借着说昨晚打麻将，主动提起当年和李先生打麻将自己输了，"险些儿输了我的性命！"②这是"双关语"，而李先生显然也听懂了。从此处开始，小说男女之间的关系开始反转，是一种"此起彼伏"——以往纯粹的作为客体和欲望对象的老三由模糊变清晰，由无足轻重变得举足轻重，读者和李先生一起，必须重新打量她，认出她。

进行了一段时间交谈后，男主人公再次看女主人公："我点上一枝烟卷，在她的对面坐下，偷眼向她一看，她那脸神秘的笑容，已经看不见一点踪影。下沉的双眼，口角的深纹，

① 郁达夫：《过去》，《郁达夫全集》第2卷，第11页。
② 同上，第12页。

和两颊的苍白，完全把她画成了一个新寡的妇人。"[1] 这是由远及近的看清，接着开始写到他们的感情逐渐融洽，以至于主人公有了冲动，"那时候我实在再也不能忍耐了，所以那一天的午后，我怎么也不放她回去，一定要她和我同去吃晚饭。"[2]

来到酒楼上吃饭，已到小说的三分之二部分。细读会发现，小说两次提到女人眼睛里的电力，而第二次，则使用了"炯炯的"来形容。此时两个人越来越熟悉，"我"也被她吸引了。但是，一旦"我"想接近她，她便逃跑。再一次，"我"想抱她时，"她却同梦中醒来似的蓦地站了起来，用力把我一推。"[3]——女人在努力从往事中挣扎而出，而吃饭时似乎又想到了"过去"。

> "今天真有点冷啊！"我开口对她说。
>
> "你也觉得冷的么？"
>
> "怎么我会不觉得冷的呢？"
>
> "我以为你是比天气还要冷些。"
>
> "老三！"
>
> "…………"

---

① 郁达夫：《过去》，《郁达夫全集》第 2 卷，第 13 页。

② 同上，第 14 页。

③ 同上。

"那一年在苏州的晚上，比今天怎么样？"

"我想问你来着！"

"老三！那是我的不好，是我，我的不好。"

"…………" ①

这是有旧情的中年男女之间的对话。女人用的是反问句，"你也觉得冷的么？""我以为你是比天气还要冷些。""我想问你来着！"没有说出她所受的情感创伤，但埋怨都在这样的语气里。男人后来央求她来到旅馆，几乎是强拽。"室内的空气，也增加了寒冷，她还是穿了衣服，隔着一条被，朝里床躺在那里。我扑过去了几次，总被她推翻了下来，到最后的一次她却哭起来了，一边哭，一边又断断续续的说：

"李先生！我们的……我们的事情，早已……早已经结束了。那一年，要是那一年……你能……你能够象现在一样的爱我，那我……我也……不会……不会吃这一种苦的。我……我……你晓得……我……我……这两三年来……！"说到这里，她抽咽得更加厉害，把被窝蒙

---

① 郁达夫：《过去》，《郁达夫全集》第 2 卷，第 15 页。

上头去，索性任情哭了一个痛快。①

　　在床上的拒绝和哭诉，是小说的高潮部分，也是两个人真正面对，面对各自的过去，面对两个人共同的过去，——那时候是清白之年，而现在则各自历经风霜，吃了许多的苦。"要是那年你能够像现在，也不会吃这一种苦，你晓得……"断续的哭诉里饱含了一个女人的痛苦和痛苦的无处诉说。哭泣的老三使"我"重新审视她："我想想她的身世，想想她目下的状态，想想过去她对我的情节，更想想我自家的沦落的半生，也被她的哀泣所感动，虽则滴不下眼泪来，但心里也尽在酸一阵痛一阵的难过。"②从此刻的老三那里，"我"认取了自己和老三之间的相似，同样的爱情不如意，同样的天涯沦落，同样的人生哀戚。

　　正如前面所说，《过去》的水上部分是男人的情感际遇，水下部分则是老三的，后者是一直没有被讲述的故事，而小说也给出了关键信息，她之所以嫁人，是大姐和大姐夫送的人情，在那个华侨家里生存不易，而男人又死去了。老三最初

① 郁达夫：《过去》，《郁达夫全集》第 2 卷，第 16 页。
② 同上，第 16 页。

认出李先生时也说过他的老，她还在报纸上看到过他的消息。老三不再是当年的老三，李先生也不再是当年的李先生。——李先生是飘零受苦之人，老三何尝不是？

相遇并不是相认，相见也不是。相遇和相见是容易的，而相认则是难的，需要时间，需要平等，需要平视。李先生和老三的交往，是逐步认出对方的过程，也是李先生慢慢平视老三的过程：

> 我静候了好久，她才把头朝转来，举起一双泪眼，好象是在怜惜我又好象是在怨恨我地看了我一眼。得到了她这泪眼的一瞥，我心里也不晓怎么的起了一种比死刑囚遇赦的时候还要感激的心思。她仍复把头朝了转去，我也在她的被外头躺下了。躺下之后，两人虽然都没有睡着，然而我的心里却很舒畅的默默的直躺到了天明。①

一个新寡的女人，一个单身的男人，在遥远的海滨城市，是否可以重续旧情？情欲有保鲜期，爱也有它的结束。已经封存的情感，不是想追回来就能追回来的。泪眼相对时，两个

---

① 郁达夫：《过去》，《郁达夫全集》第2卷，第17页。

人都已经知道，再也回不去。她并非情绪的动物、欲望的动物，她比李先生更冷静而清醒。在与李先生重逢时，老三经历了认出、回忆、克制、拒绝，痛哭，一次次躲闪，一次次推开，一次次说不。这拒绝不是任性，而是深思熟虑后的"认命"，由此，我们看到了一个为情所苦和为情所伤的女人，一个想回到过去但再也回不去的女人。

《过去》写出了一个女人历经沧桑后的痛苦，写出了属于中年男女的无奈，那是想爱不可得，是在时间面前的"求不得"。因为拒绝，老三获得了在小说中的主体性。于是，面对这个女人，男人开始反省：

　　她哭了半点多钟，我在床上默坐了半点多钟，觉得她的眼泪，已经把我的邪念洗清，心里头什么也不想了。又静坐了几分钟，我听听她的哭声，也已经停止，就又伏过身去，诚诚恳恳地对她说：

　　"老三！今天晚上，又是我不好，我对你不起，我把你的真意误会了。我们的时期，的确已经过去了。我今晚上对你的要求，的确是卑劣得很。请你饶了我，噢，请你饶了我，我以后永也不再干这一种卑劣的事情了，噢，请你饶了我！请你把你的头伸出来；朝转来，对我说一声，

说一声饶了我吧！让我们把过去的一切忘了，请你把今晚上的我的这一种卑劣的事情忘了。噢，老三！" [1]

此刻，"我"面对老三时，不能忍耐的情欲已非"愉悦"而是"邪念"，它是卑劣，也是一个人的"牢狱"。危险的、纯粹来自生理的愉悦就此消失，因为被老三拒绝，所以才有可能获得一种清洗、一种自由。也是在此刻，"我"感受到了老三的痛苦，与她产生了共情。

## "罕见的情感"

《过去》书写了一种生理上的情欲，同时也写了一个被情欲支配的人如何一点点挣脱捆绑；小说写了一种情欲的自然生起，但也写了情欲的熄灭和消亡。《过去》中，李先生后来被老三吸引了，但是，与老二对他构成的真正的欢愉并不同。面对老二，他听从生理的本能，而面对老三，他开始对那种生理意义上的情欲说不。事实上，在和老三的关系里，主人公的灵与肉产生了真正意义上的冲突。尽管李先生渴望占有老

---

[1] 郁达夫：《过去》，《郁达夫全集》第2卷，第16—17页。

三，但那更多的是一种对于往日情感的追回而非生理意义上的吸引（李先生之于老三的情感，主人公还自我分析说是疾病的原因）。许子东在分析《过去》时提到，李白时面对老二和老三的求爱场景里有着双重人格灵魂分裂的探究，而这部小说的魅力也正如他所说，作家"微妙把握情欲与痛苦的关系，但又不让手中的笔听凭情欲支配"。[①]

郁达夫小说常有一个主题："辨认自我"或者"认出自我"。《沉沦》中，因为看到了日本女人和女人眼中的自己，"我"重新认识自我和自我的民族国家身份；《春风沉醉的晚上》中也是辨认，在和陈二妹的交往，尤其是在她劝告"我"的时候，"我"才认出了自我的不堪；《迟桂花》也是如此，在看到健康而有生命力的莲时，"我"的不堪再次被治愈……《过去》也写了一个男人对一个女人的重新辨认。——一开始他对她不以为意，完全忽视，多年后他以为她是他的爱欲对象，而最终辨认出，她是自己的"同类"，都是受苦人、失意人。在上述作品里，郁达夫笔下的男主人公面前总有一个让他顿悟的女人，大部分时候，她与"我"的关系往往是"同病相怜"。

所谓"同病相怜"，郁达夫多着墨于书写精神上的孤独、

---

① 许子东：《郁达夫新论》（增订本），浙江文艺出版社，1985年，第298页。

卑微、漂泊与无依无靠，比如陈二妹的贫苦、老三的困窘，都被"我"认出并亲身感受到了。这让人联想到鲁迅的作品。鲁迅笔下人与人之间的深刻隔膜，在郁达夫男女主人公之间没有构成真正问题。无论怎样，郁达夫笔下的"我"都会从"她"那里认出和自己心心相近的部分，又或者说，以"她"为镜，他总能认出自己的卑微和不堪，进而获得一种精神上的清洗。在郁达夫小说里，"他"不构成"她"的拯救者，"她"也不是"他"的拯救对象，事实上，他们两个人都无法完成对对方的拯救和启蒙，他们所能做的就是互相认出，互相为对方落泪。

郁达夫作品的主题，最饶有意味的地方在于不是写"性"而是写"情"，对于这位作家而言，重要的不是认出故人、认出情人，而是认出同类；重要的是作为受苦人遇到受苦人，作为失意人遇到失意人。因此，《过去》固然是写中年人的情感，男女之情欲的明灭，更重要的在于构建一种与穷苦人有关的"文学共同体"。

《过去》中，男主人公最初认出自己的爱欲对象时，那只是一种肉欲关系，是一种生理性愉悦，小说的最后是，"我"跨越了情欲而与她凝成了一种罕见的"兄妹爱"的情感。而这样的跨越并非通过自我克制，而是被老三拒绝并自省后获得。换句话说，《过去》与《春风沉醉的晚上》和《迟桂花》的不同在于，男女主人公自身性格同时具有生长性，在最初，老三是渴望和李先生在一起的，而再度相逢后，她拒绝了他。——通过这部小说，郁达夫完成了一种从对"危险的愉悦"的书写到对"罕见的情感"的辨认，即从个人的情欲故事完成了一种文学情感共同体的想象。

"以己例人，我知道世界上不少悲哀的男女。我的这几篇小说，只想在贫民窟、破庙中去寻那些可怜的读者。"[①]这是郁达夫的创作谈，这意味着，在最初写作的时候，年轻的郁达夫就已经确认过自己要为谁写作，设定过自己的"理想读者"了。作为同时代作家，沈从文也分析过郁达夫何以风暴一样席卷青年读者的原因："郁达夫在他作品中提出的是当前一个重要问题。'名誉、金钱、女人，取联盟样子，攻击我这个零落孤独的人……'这一句话把年青人心说软了。……这是作者一人的悲哀么？不，这不是作者，却是读者。多数的读者，诚实的心是为这个而鼓动的。多数的读者，由郁达夫作品，认识了自己的脸色与环境。"[②]

---

① 郁达夫：《〈茑萝集〉自序》，《郁达夫全集》第 10 卷，浙江大学出版社，2007 年，第 69 页。

② 沈从文：《论郁达夫》，《郁达夫论》，邹啸编，上海书店出版社，1987 年影印版，第 35—36 页。

某种意义上，郁达夫开创了新文学史上的"失败者之歌"的写作，它发明了一种失败者之歌的小说调性。站在失意者、失败者立场上，他重新书写受苦人的生活、可怜人的生活，进而使那些受苦人、那些可怜人变成了跨越时代的"可爱人"。——即使在今天的大学课堂上，依然有许多年轻读者喜欢郁达夫，年轻读者常常觉得他的主人公有些"丧"，很亲切。这与他的写作立场、理想读者的设定有重要关系。

## 作为情人类型的作家与"诱惑的天赋"

郁达夫喜欢写"我"，喜欢暴露自我。他以虚构文体（小说、散文、诗词）与非虚构文体（日记、信笺）互现的方式，在现代文学史上构建了一种强烈的有冲击力的自我。他讲述"我"之不堪，"我"之卑微和"我"之贫穷，以及"我"身上的忧郁病，他讲述自己面对女人那难以遏制的情欲和冲动，这通常是人们不愿意写在纸上的部分，但他则直白而毫不遮掩地表达了出来。但实际上，作家所进行的是一次风景的重置——在他人笔下通常"不美"的，在他笔下变成了一种"美"；通常那些"不能公之于众的"，在这里变成了一种可以"公开而坦诚表达的"。①

　　理解郁达夫，一方面是理解郁达夫的自我是何种形象，而另一方面则是郁达夫如何构建"我"。他以抒情的方式完成自我的构建。一如《过去》在构建那个现代意义上为情所困的"我"时，使用了一种非常独特的抒情方式，在这部作品中，一切景语皆情语，一字一句都有浓郁的抒情气息。

　　小说从一开始，便奠定了悲哀的、向晚的气氛。而接下来整部小说都在一种颓败之美里游走，主人公相遇几乎都是在黄昏和夜晚，那是一种颓败的属于时间旷野里荒芜的美，这种美往往是转瞬即逝的，难以追寻。事实上小说中也多次出现这样的感受，"一种衰颓的美感，一种使人可以安居下去，于不知不觉的中间消沉下去的美感，在这港市的无论哪一角地方都感觉得出来。"② "两旁店家的灯火照耀得很明亮，反照出

────────────────

① 其实，郁达夫小说的"辨认"主题，最终也并非为了认出他人而是为了塑造自我。他的小说最终的指向不是讲述他人的故事，而是通过讲述我和他人的故事，最终完成自我的建设。正如在听到老三的哭诉后，他不是认识了一个新的她而是认识了一个新的洁净的"我"，由她的眼泪而淘洗出一个新的被净化的"我"。某种意义上，从《沉沦》到《过去》、《迟桂花》，郁达夫借由写作完成了一种对个人情欲的净化之路。又或者说，在这位作家这里，写作是一次次"自我"淘洗。

② 郁达夫：《过去》，《郁达夫全集》第2卷，第2页。

了些离人的孤独的情怀。"① 在写到两个人沉默以对时，小说中有一处经典的景物描写："太阳下山了，房角落里，阴影爬了出来。南窗外看见的暮天半角，还带着些微紫色。同旧棉花似的一块灰黑的浮云，静静地压到了窗前。风声呜呜的从玻璃窗里传透过来，两人默坐在这将黑未黑的世界里，觉得我们以外的人类万有，都已经死灭尽了。在这个沉默的，向晚的，暗暗的悲哀海里，不知沉浸了几久，忽而电灯象雷击似的放光亮了。"② 看的是景物，写的是景物，但内在里却饱含叙述人的感叹，感叹时间，感叹过去，感叹人世，感叹命运，这些感叹如点点星光散落在小说的字里行间。——虽然看起来思绪散漫，但因为叙述人"有情"的串连，小说便独有了一种谨严和庄重。

主观的、浓郁的抒情使这部小说有了一种迷人的调性，小说以一种以景写情的方式书写自我所感受到的苦痛，勾描那种偶然的、无常的、属于肉身的无可摆脱的情愫，这与人物之间情感的生灭构成映照。尤其要提到小说的结尾，那是漂泊中的离别：

---

① 郁达夫：《过去》，《郁达夫全集》第2卷，第5页。
② 同上，第14页。

这一天的晚上，海上有一弯眉毛似的新月照着，我和许多言语不通的南省人杂处在一舱里吸烟。舱外的风声浪声很大，大家只在电灯下计算着这海船航行的速度，和到 H 港的时刻。[1]

人物在行走，时间在行走，永没有停止。"我"如此平凡和卑微，沉没于言语不通的陌生人之中，"我"并不高于世界，也不高于他人，而只是置于人群之中。这让人想到《春风沉醉的晚上》结尾，那是不断被引述的经典的结尾，包含了一种对世界和时间的想象："贫民窟里的人已经睡眠静了。对面日新里的一排临邓脱路的洋楼里，还有几家点着了红绿的电灯，在那里弹罢拉拉衣加。一声二声清脆的歌音，带着哀调，从静寂的深夜的冷空气里传到我的耳膜上来，这大约是俄国的飘泊的少女，在那里卖钱的歌唱。天上罩满了灰白的薄云，同腐烂的尸体似的沉沉的盖在那里。云层破处也能看得出一点两点星来，但星的近处，黝黝看得出来的天色，好象有无限的哀愁蕴藏着的样子。"[2] 这是贫穷的"我"和贫穷的"我们"

---

[1] 郁达夫：《过去》，《郁达夫全集》第 2 卷，第 17—18 页。

[2] 郁达夫：《春风沉醉的晚上》，《郁达夫全集》第 1 卷，浙江大学出版社，2007 年，第 288 页。

在一起的图景，这位小说家由此完成了贫穷的人和贫穷的人在一起的文学共同体想象，进而再次确认了那个"文学之我"：一个孤独的黑夜中的读者，一个偷窥者，一个饱受情欲困扰渴望自我清洁者，一个热烈地爱着他人但终不能如愿的人，一个遇到凄风苦雨漂泊无依的旅人……这个"我"不完美，却可亲。

依然要重复提到开头部分桑塔格关于"丈夫"或"情人"的分类。——读过郁达夫小说的人，很难把作家笔下的"我"归于"丈夫"，因为他不给人以安全感。他苟且、卑微、任性、自恋，他身上有着桑塔格所说的情人的天赋。事实上，在郁达夫的作品里，我们也几乎找不到"丈夫"的角色，大多数时候，他是一个单身男人，一个多情男人，一个追求女人而不得的男人。郁达夫作品里所表现出来的性格特点与现代意义上的情人形象如此吻合，"众所周知，女人能够忍受情人的一些品性——喜怒无常、自私、不可靠、残忍——以换取刺激以及强烈情感的充盈，而当这些品性出现在丈夫身上时，她们决不苟同。同样，读者可以忍受一个作家的不可理喻、纠缠不休、痛苦的真相、谎言和糟糕的语法——只要能获得补偿就行，那就是该作家能让他们体验到罕见的情感和危险的感受。"①

---

① 苏珊·桑塔格：《加缪的〈日记〉》，第60页。

近百年来，读者们从郁达夫作品里获得过"罕见的情感"和"危险的愉悦"、感受到一种与性感有关的冒犯和刺激，以及与不道德感相伴随的震惊。正是这种"不道德"和带给读者的阅读共情，使郁达夫成为郁达夫，并以书写冒险的情感与危险的体验而闻名。

当然，即使郁达夫以一种冒险的写作而震惊文坛，但当我们将"不道德"与郁达夫的写作相联系时，也会有一种迟疑——虽然小说里的"我"的很多行为被一些人视为"低级趣味"，但他却一直为自己的不道德而羞愧、而忏悔，并努力脱离"低级趣味"，这让人想到郭沫若当年的评价："许多人都以为达夫有点'颓唐'，其实是皮相的见解。记得是李初梨说过这样的话：'达夫是模拟的颓唐派，本质的清教徒'。这话最能够表达了达夫的实际。"[1]

某种意义上，道德在郁达夫作品是隐在的"度量衡"，衡量着他心目中人之所以为人的那个部分——在郁达夫那里，那个偷窥的、受虐的、无法遏制自己肉欲的人是"我"，同时，那个克制着的、和女主角最终形成兄妹爱的人也是"我"，他将两个"我"努力结合在一起；又或者说，那个低级的"我"一直

---

[1] 郭沫若：《论郁达夫》，《人物杂志》1946 年第 3 期。

致力于淘洗出一个更完美的、更高级的、不受情欲主宰的"我"。为此，这位作家不断使用一种自白的、忏悔的方式检视并淘洗自己，以使自己更"正派"。而正是这种卑微、羞惭、时时自责、不断渴望自我清洗的气质，使郁达夫小说中的"自我"成为一种独特的现代人形象，进而也成为了现代文学的宝贵资产。

特别要提到的是，现代以来的作家谱系里，并不缺乏"情人类型"的作家，就这种类型的写作而言，也并不值得特别赞美。——那种一直耽溺自我的写作常常让人想到一种"撒娇"、"任性"和"自恋"，读者虽然感受到一时新鲜，但最终会厌弃。可是，为什么今天的读者读到郁达夫的经典作品时依然会感受到可爱与可亲？我以为，郁达夫找到了一种属于文学的"分寸"，在道德与不道德之间，在崇高与普通之间、英雄与凡人之间，他找到了使"自我"成为"自我"的方法，而一旦把握好了一种艺术的界限与尺寸，那个诚挚、彷徨而可爱的"自我"便在他的笔下有了熠熠光泽。换言之，因为郁达夫将放纵和克制、自我情感的个人性和公共性控制得恰到好处，所以《过去》中所表现的"罕见的情感"才构成了"罕见"，"危险的愉悦"才构成了"愉悦"。

2020 年 11 月 17 日—2021 年 1 月 17 日

# 第三章 "女学生过身"与乡下人逻辑

——关于沈从文《萧萧》

## 童养媳故事的两种讲法

读《萧萧》的感受很奇妙。一方面,它技法成熟,别有调性,作为读者很容易陷入迷人的"湘西世界":"夏夜光景说来如做梦。大家饭后坐到院中心歇凉,挥摇蒲扇,看天上的星同屋角的萤,听南瓜棚上纺织娘咯咯咯拖长声音纺车,远近声音繁密如落雨,禾花风翛翛吹到脸上……"[1]另一方面,这部作品也让人有分裂感——小说里关于女学生的讲述让人不适,

---

① 沈从文:《萧萧》,《沈从文全集》第8卷,北岳文艺出版社,2002年,第253页。

萧萧的生命状态让人心生同情，你恨不得插上翅膀，带领她从那样的生存中逃离。这或许便是一部经典小说的魅力。读者可能并不完全认同小说人物的生存逻辑，但却被它深深吸引。

《萧萧》是关于童养媳萧萧的故事，她从小没有母亲，在伯父家成长，做童养媳后生活反而比以前好。她照料年幼的丈夫，做农活、做家务，"天晴落雨日子混下去"，后来受到家里长工花狗的诱惑，怀孕后花狗逃走，原本她也想离开去做传说中的"女学生"，但最终没有走成。萧萧的行为本该受到惩罚，"沉潭或发卖"，但因迟迟没有买主而又因为她生了个大胖儿子，最终婆家接纳了她。相比于以往童养媳故事的悲惨凄苦，《萧萧》写得生趣盎然，韵味独特。

《萧萧》写于1929年，迄今有三个版本。第一个版本发表于《小说月报》1930年1期；第二个版本发表在1936年《文季月刊》第2期；第三个版本则收入在《沈从文小说选集》（人民文学出版社1957年版）。三个版本各不相同，主要改动是结尾部分。

最初的版本，结尾相对简单：

在等候主顾来看人，等到十二月，还没有人来，萧萧只好在这人家过年。

萧萧次年二月间，十月满足，坐草生了一个儿子。

生下的既是儿子，萧萧不嫁别处了。

到萧萧正式同丈夫拜堂，儿子有十岁已经能看牛，他喊萧萧丈夫做大哥，大哥也答应，不生气。[①]

1936 年发表时，结尾添加了儿子的名字、模样以及生活状态，对人物命运做了进一步交代，也更为鲜活合理。

萧萧次年二月间，十月满足，坐草生了一个儿子，团头大眼，声响宏壮。

大家把母子二人照料得好好的，照规矩吃蒸鸡同江米酒补血，烧纸谢神。一家人都欢喜那儿子。

生下的既是儿子，萧萧不嫁别处了。

到萧萧正式同丈夫拜堂圆房时，儿子已经年纪十岁，有了半劳动力，能看牛割草，成为家中生产者一员了。平时喊萧萧丈夫做大叔，大叔也答应，从不生气。

这儿子名叫牛儿。牛儿十二岁时也接了亲，媳妇年长六岁。媳妇年纪大，方能诸事作帮手，对家中有帮助。

① 沈从文：《萧萧》，《小说月报》第 21 卷第 1 号，1930 年，第 145 页。

唢呐到门前时，新娘在轿中呜呜的哭着，忙坏了那个祖父，曾祖父。

这一天，萧萧，抱了自己新生的毛毛，在屋前榆蜡树篱笆间看热闹，同十年前抱丈夫一个样子。[1]

1957 年，在修订《沈从文小说选集》时，在《文季月刊》版本的结尾基础上，沈从文添加了女学生的内容。

这一天，萧萧，抱了自己新生的毛毛，在屋前榆蜡树篱笆间看热闹，同十年前抱丈夫一个样子。

小毛毛哭了，唱歌一般地哄着他："哪，毛毛，看，花轿来了。看，新娘子穿花衣，好体面！不许闹，不讲道理不成的！不讲理我要生气的！看看，女学生也来了！明天长大了，我们也讨个女学生媳妇！"[2]

通常研究者们参考的是后面两个版本。结尾添加了女学生的内容对整部作品思想深度有无助益，是研究者经常讨论的，基本都认为两个结尾都各有千秋。

[1] 沈从文：《萧萧》，《文季月刊》1936 年第 2 期，第 402 页。
[2] 沈从文：《萧萧》，《沈从文小说选集》，人民文学出版社，1957 年，第 21 页。

读《萧萧》会想到《祝福》。祥林嫂也是童养媳，《祝福》里提到过祥林嫂的身世，但鲁迅用的是简笔，写得简要。祥林嫂的丈夫打柴为生，比她小十岁。祥林嫂从山里来到鲁镇时是二十六七岁，丈夫已经去世，后来，婆婆把她捆了嫁到更远的山里，为的是换取财物来办她小叔子的婚事。这是作为童养媳的祥林嫂的简史，一次次作为物被卖掉。《祝福》写于1924年2月。五年之后，青年作家沈从文写下了萧萧的故事——他从《祝福》里略去的那部分着手讲述。

祥林嫂和萧萧有些共同点，比如她们都很勤劳。祥林嫂是少有的好雇工，"她的做工却毫没有懈，食物不论，力气是不惜的。人们都说鲁四老爷家里雇着了女工，实在比勤快的男人还勤快。到年底，扫尘，洗地，杀鸡，宰鹅，彻夜的煮福礼，全是一人担当"[1]。萧萧呢，"人大了一点，家中做的事也多了一点。绩麻、纺线、洗衣、照料丈夫以外，打猪草推磨一些事情也要作，还有浆纱织布。凡事都学，学学就会了。乡下习惯凡是行有余力的都可从劳作中攒点本分私房，两三年来仅仅萧萧个人份上所聚集的粗细麻和纺就的棉纱，也够萧萧坐到土机上抛三个月的梭子了。"[2]

[1] 鲁迅：《祝福》，《鲁迅全集》第2卷，第148页。
[2] 沈从文：《萧萧》，《沈从文全集》第8卷，第259页。

祥林嫂和萧萧都是无知的。——《祝福》里，祥林嫂不知道自己要被卖到哪里，不知道出嫁两次下了地狱有可能分成两半，不知道人死后是不是有魂灵，她渴望被救赎，但是，最终没有得到救赎。萧萧也是无知的，与其说无知，不如说是懵懂，她像植物般被动地生长，被动地长大，有了情欲和冲动，和别人生下了孩子，整部小说中，萧萧只有一次反抗，她想做女学生、想逃跑，但是被发现了。无论是在祥林嫂还是萧萧，她们面对命运都是被动的，逆来顺受。

这是两个人物的共性。但整体而言，祥林嫂和萧萧的性格及命运迥异。如果把"童养媳"视为一个故事核，《祝福》与《萧萧》便是同一故事的两种讲法，祥林嫂和萧萧遥遥相对，在文学史上形成卓有意味的关系。

沈从文为我们带来了理解童养媳的新鲜视角，尤其是他引入的"女学生"的讲述，这样的处理显示了他鲜明的乡下人身份，这也意味着，在书写《萧萧》时，他在有意凸显他的乡下人逻辑，这显现了他与鲁迅《祝福》的不同。某种意义上，这是一种重写。沈从文是否读过、是否有意识地改写祥林嫂的故事并不重要。——《萧萧》实际上已经改写了"五四"文学叙述中的以祥林嫂为代表的童养媳悲惨命运的走向。将两个故事并置，会看到两位作家讲故事时的不同风格、不同立场和不同美学追求。

当然，要提到关于《萧萧》的阅读。——是否和沈从文站在一起看萧萧，文本意义会有鲜明差异。本文在最后一部分强调了来自女性视角的阅读。读《萧萧》的不适感提醒我们，作为读者，如何读、选择哪个角度阅读之于《萧萧》是必要的。

## "剪子"与"蓖麻"，环境与人

"乡下人吹唢呐接媳妇，到了十二月是成天有的事情。"这是《萧萧》的第一句话，自成段落，也奠定了小说的调性，它要讲乡村日常生活。小说第二段是这样的："唢呐后面一顶花轿，两个伕子平平稳稳的抬着，轿中人被铜锁锁在里面，虽穿了平时不上过身的体面红绿衣裳，也仍然得荷荷大哭。在这些小女人心中，做新娘子，从母亲身边离开，且准备作他人的母亲，从此必然将有许多新事情等待发生。像做梦一样，将同一个陌生男子汉在一个床上睡觉，做着承宗接祖的事情。这些事想起来，当然有些害怕，所以照例觉得要哭哭，就哭了。"[①]在讲述完"小女人们"通常的"哭"之后，小说写到萧萧的"不

---

① 沈从文：《萧萧》，《沈从文全集》第 8 卷，第 251 页。

哭"。之所以不哭，因为"这女人没有母亲，从小寄养到伯父种田的庄子上，终日提个小竹兜箩，在路旁田坎捡狗屎。出嫁只是从这家转到那家。因此到那一天，这女人还只是笑。她又不害羞，又不怕。她是什么事也不知道，就做了人家的新媳妇了"。[①]不害羞，不怕，也不哭，是萧萧的"与众不同"。

《萧萧》全篇 8000 多字，顺着萧萧的成长写，是时间结构，但小说没有哪一年哪一月发生了什么的表述，而只写萧萧哪一岁时发生的事情。

十二岁，萧萧来到丈夫家。"天晴落雨日子混下去，每日抱抱丈夫，也帮同家中作点杂事，能动手的就动手。"[②]

十三岁，"到秋八月工人摘瓜，在瓜间玩，看硕大如盆、上面满是灰粉的大南瓜，成排成堆摆到地上，很有趣味。时间到摘瓜，秋天真的已来了，院子中各处有从屋后林子里树上吹来的大红大黄木叶。"[③]

十四岁，萧萧高如成人，却是糊糊涂涂的心。

十五岁的春天，萧萧被花狗诱惑变成了妇人。花狗逃跑后，萧萧独自面对恐惧、非难，因迟迟没有买主而生下儿子，侥

---

① 沈从文：《萧萧》，《沈从文全集》第 8 卷，第 251 页。
② 同上，第 252 页。
③ 同上，第 256 页。

幸躲过劫难。

十年后（二十五岁时），她和丈夫圆房，生了第二个儿子，看着大儿子娶童养媳。

尽管小说用萧萧的年纪作标记，但小说中给人印象深刻的不是萧萧的年纪节点而是四季的轮回、乡下人的日常，说到时间流逝，则用"天晴落雨日子混下去"，"几次降霜落雪，几次清明谷雨"表达，人们的生活是顺应自然的，白天劳动，夜晚听人讲古。瓜果成熟了，萧萧也长大了，她开始做情欲的梦。在自然的环境中成长，小说家使用"蓖麻"这一植物来形容萧萧："风里雨里过日子，像一株长在园角落不为人注意的蓖麻，大叶大枝，日增茂盛，这小女人简直是全不为丈夫设想那么似的，一天比一天长大起来了。"① 小说里，大自然是萧萧生命的底色，在这样的底色里，萧萧在某种意义上也被"自然化"了。

童养媳的成长过程中，必然遭遇婆婆。小说中关于婆婆的段落并不多，重点只有两处，一处是晚上婆婆为哭闹的丈夫所扰，"丈夫哭到婆婆无可奈何，于是萧萧轻脚轻手爬起床来，睡眼迷蒙，走到床边，把人抱起，给他看月光，看星光；

① 沈从文：《萧萧》，《沈从文全集》第 8 卷，第 252—253 页。

或者仍然啵啵的亲嘴，互相觑着，孩子气的'嗨嗨，看猫呵！'那样喊着哄着，于是丈夫笑了。"①

还有一处说起萧萧的成长，"天保佑，喝冷水，吃粗橱饭，四季无疾病，倒发育得这样快。婆婆虽生来像一把剪子，把凡是给萧萧暴长的机会都剪去了，但乡下的日头同空气都帮助人长大，却不是折磨可以阻拦得住。"②"剪子"是精妙的比喻，它形象地解释了婆婆、乡间空气和萧萧的关系——婆婆生来像剪子，一直在剪去萧萧暴长的机会，但乡下的空气却不是能阻拦得住的。萧萧到底还是长大了。

《萧萧》里，沈从文看到的是"暴长"，看到的是乡下空气和萧萧的生命力，看到的是人被拦不住的部分。《祝福》里，鲁迅则强调"剪刀"，他写下剪刀对生命力的扼杀，祥林嫂的婆婆是"严厉"的，"那女人虽是山里人模样，然而应酬很从容，说话也能干，寒暄之后，就赔罪，说她特来叫她的儿媳回家去，因为开春事务忙，而家中只有老的和小的，人手不够了。"③婆婆差使人抢走祥林嫂，取走她的工钱，并把她转卖到山里许给贺老六。在四婶眼中婆婆太残忍，而在卫婆子眼中，"她的婆

---

① 沈从文：《萧萧》，《沈从文全集》第8卷，第252页。
② 同上，第259页。
③ 鲁迅：《祝福》，《鲁迅全集》第2卷，第148页。

婆倒是精明强干的女人呵，很有打算，所以就将她嫁到山里去。倘许给本村人，财礼就不多；惟独肯嫁进深山野墺里去的女人少，所以她就到手了八十千。现在第二个儿子的媳妇也娶进了，财礼只花了五十，除去办喜事的费用，还剩十多千。"[1] 在婆婆眼里，祥林嫂只是有利可图的"物"。

《祝福》里，我们看到祥林嫂如何被那些"看不到的手"慢慢摧残，她一次次委顿最终死亡。祥林嫂遇到的人，婆婆、鲁四老爷、卫婆子、柳妈，组成了她的复杂社会关系，他们最终使祥林嫂成为了悲剧。《萧萧》里的婆婆、祖父、花狗、大伯，虽然也是萧萧的社会关系，但是，他们没有构成压迫她的势力。《萧萧》里，沈从文写下的是民风的淳朴，乡间伦理的通融，他躲避了启蒙主义立场而遵从的是乡下人的逻辑。

## "女学生过身"

读《萧萧》，难以忘记"女学生"的段落，那简直是小说的华彩部分，是整部小说里最重要的"风景"，与乡间人事形成一种极具张力的对峙。"女学生"参与了萧萧的成长，也是

---

[1] 鲁迅：《祝福》，《鲁迅全集》第2卷，第151页。

小说故事情节的重要推动力。她们第一次出现，是村里人夜晚摆龙门阵时，这是生动、鲜活、卓有意味的场景：

想起白天场上的事情，祖父开口说话："我听三金说，前天又有女学生过身。"

大家就哄然笑了起来。

这笑的意义何在？只因为在大家印象中，都知道女学生没有辫子，留下个鹌鹑尾巴，像个尼姑，又不完全像。穿的衣服像洋人，又不是洋人。吃的，用的，……总而言之，事事不同，一想起来就觉得怪可笑！

萧萧不大明白，她不笑。所以老祖父又说话了。他说："萧萧，你长大了，将来也会做女学生！"

大家于是更哄然大笑起来。

萧萧为人并不愚蠢，觉得这一定是不利于己的一件事情，所以接口便说："爷爷，我不做女学生。"

"你像个女学生，不做可不行。"

"我一定不做。"

众人有意取笑，异口同声的说："萧萧，爷爷说得对，你非做女学生不行！"

萧萧急得无可如何，"做就做，我不怕。"其实做女学生有什么不好，萧萧全不知道。[1]

萧萧本对女学生一无所知，但祖父们的讲古引起了她的好奇，她脑海里逐渐形成关于女学生的想象：

> 女学生由祖父方面所知道的是这样一种人：她们穿衣服不管天气冷暖，吃东西不问饥饱，晚上交到子时才睡觉，白天正经事全不作，只知唱歌打球，读洋书。她们都会花钱，一年用的钱可以买十六只水牛。她们在省里京里想往什么地方去时，不必走路，只要钻进一个大匣子中，那匣子就可以带她到地。城市中还有各种各样的大小不同匣子，都用机器开动。她们在学校，男女在一处上课读书，人熟了，就随意同那男子睡觉，也不要媒人，也不要财礼，名叫"自由"。……她们不洗衣煮饭，也不养猪喂鸡；有了小孩子，也只花五块钱或十块钱一月，雇个人专管小孩，自己仍然整天看戏打牌，或者读那些没有用处的闲书。……[2]

---

[1] 沈从文：《萧萧》，《沈从文全集》第 8 卷，第 253—254 页。
[2] 同上，第 254—255 页。

在祖父的讲述中，女学生"事事都希奇古怪，和庄稼人不同，有的简直还可说岂有此理"。但萧萧不这么认为，听到祖父笑谈，她"心中却忽然有了一种模模糊糊的愿望，以为倘若她也是个女学生，她是不是照祖父说的女学生一个样子去做那些事情？不管好歹，女学生并不可怕，因此一来，却已为这乡下姑娘初次体念到了"。① 萧萧不惧怕作为怪谈的女学生，她甚至对女学生有了向往。

　　因为听祖父说起女学生是怎样的人物，到后萧萧独自笑得特别久。笑够了时，她说：

　　"爷爷，明天有女学生过路，你喊我，我要看看。"

　　"你看，她们捉你去作丫头。"

　　"我不怕她们。"

　　"她们读洋书念经你也不怕？"

　　"念观音菩萨消灾经，念紧箍咒，我都不怕。"

　　"她们咬人，和做官的一样，专吃乡下人，吃人骨头渣渣也不吐，你不怕？"

---

① 沈从文：《萧萧》，《沈从文全集》第8卷，第255页。

萧萧肯定的回答说:"也不怕。"

可是这时节萧萧手上所抱的丈夫,不知为甚么,在睡梦中哭了,媳妇于是用作母亲的声势,半哄半吓的说:"弟弟,弟弟,不许哭,不许哭,女学生咬人来了。"①

捉你做丫头、读洋书、专吃乡下人、吃人骨头渣渣也不吐……祖父讲述的女学生实在匪夷所思,萧萧却不在乎。甚至当祖父唤她作"女学生"时,她也答应得很好。而"女学生"再次出现,是在萧萧与花狗的交往中。花狗了解萧萧对女学生的向往,会把话头扯到"女学生"上头去。"他问萧萧,看不看过女学生习体操唱洋歌的事情。若不是花狗提起,萧萧几乎已忘却了这事情。这时又提到女学生,她问花狗近来有没有女学生过路,她想看看。"

花狗一面把南瓜从棚架边抱到墙角去,告她女学生唱歌的事情,这些事的来源还是萧萧的那个祖父。他在萧萧面前说了点大话,说他曾经到官路上见过四个女学生,她们都拿得有旗帜,走长路流汗喘气之中仍然唱歌,同军人

---

① 沈从文:《萧萧》,《沈从文全集》第 8 卷,第 255 页。

所唱的一模一样。不消说，这自然完全是胡诌的笑话。可是那故事把萧萧可乐坏了。因为花狗说这个就叫做"自由"。[①]

"自由"与女学生，成为这部小说隐秘的关键词，而这个"自由"中，就包含了自由地与男人的"睡觉"。小说越到后来，萧萧对女学生的想象越来越具体，祖父的笑话转到"萧萧你也把辫子剪去好自由"时，萧萧已经看了一次女学生。至于看后是什么样的感受，小说略去没有讲，但是，"她到水边去，必不自觉的用手捏着辫子末梢，设想没有辫子的人那种神气，那点趣味。"成为女学生很可能是萧萧心底里潜藏着的种子。"有一天，又听人说有好些女学生过路，听过这话的萧萧，睁了眼做过一阵梦，愣愣的对日头出处痴了半天。"萧萧发现自己怀孕了想逃走时，想到的也是女学生，"预备跟了女学生走的那条路上城去自由。但没有动身，就被家里人发觉了。"[②]

——因为有了女学生过身，萧萧和她的村子变得不再封闭，有了另外的维度，小说也有了另一种况味。女学生之于《萧萧》是重要的存在，没有女学生，萧萧的故事也能讲下去，也能讲

①　沈从文：《萧萧》，《沈从文全集》第 8 卷，第 258 页。
②　同上，第 263 页。

通，但女学生的到来，让小说话语充满了暧昧和纠缠。某种意义上，萧萧和她的村庄一起与女学生之间构成了某种常与变的关系，一如王安忆的感慨："我觉得女学生就像是水一样流过水道河床，流向四面八方。而萧萧就像是水边的石头，永远不动，当水流过的时候，听着水响。湘西的村寨常常是扎在水边，竹子的房柱浸在水里，变了颜色，千年万代的样子。"[①]《萧萧》结集出版时被收入小说集《新与旧》。女学生和萧萧之间是新与旧的关系，还是变与常的关系？九十年来，《萧萧》之所以令人难忘，便在于作品内部的空间的打开，它为开放式的阐释和解读提供了一种宽广。

## 知识人视野与乡下人逻辑

《萧萧》中多次写到做梦。在最初，萧萧的梦是通常孩子们所做的梦。"梦到后门角落或别的什么地方捡得大把大把铜钱，吃好东西，爬树，自己变成鱼到水中各处溜，或一时仿佛身子很小很轻，飞到天上众星中，没有一个人，只是一片白，一片金光，于是大喊'妈！'人就吓醒了。"[②] 但是，当"女学生"

---

① 王安忆:《走出凤凰》,《王安忆读书笔记》,新星出版社,2007年,第85页。

② 沈从文:《萧萧》,《沈从文全集》第8卷,第252页。

进入她的生活后，自然的梦便被外面的女学生取代，"萧萧从此以后心中有个'女学生'。做梦也便常常梦到女学生，且梦到同这些人并排走路。仿佛也坐过那种自己会走路的匣子，她又觉得这匣子并不比自己跑路更快。"①

萧萧最终没有能成为女学生，这令人怅惘。让人想到革命与乡村、启蒙与被启蒙者的关系，想到沈从文的乡下人视角。某种意义上，《萧萧》有如乡下人来到城市后做的有关乡下生活的梦，而这个梦恐怕也只属于乡下人沈从文。作为叙述人，沈从文尽力使萧萧的人生有惊无险。与其说这是沈从文看到的乡间，不如说是他所愿意看到的乡间，在那里，他安放他对历史和乡下的理解。

小说家想要写下的是童养媳命运的一种可能。而为了这个"可能"，他动用了一个小说家可以使用的"纵容"。② 王德

---

① 沈从文：《萧萧》，《沈从文全集》第 8 卷，第 255—256 页。

② "沈从文纵容萧萧，不愿让她为所做的错事受苦；这种纵容的态度延及叙事，以至于甚至村民们都被写得像一群孩子，他们不忍面对'成年'律法的道德后果。既然沈从文已经指出在'正常'情况下萧萧该受到何种处罚，我们在此当然会感到强烈的反讽意味。但读者仍然心甘情愿地听任沈从文的写法，去看一看'通奸'也可导致如此一种'绝妙'（而非灾难）的结果。在理想的田园浪漫故事与阴郁的现实陈述之间，萧萧和她的村人们所栖身的世界里律法确实存在，但这个世界的居民却仅援用童心来奉行与化解这些法规。"王德威：《写实主义小说的虚构：茅盾，老舍，沈从文》，复旦大学出版社，2011 年，第 266 页。

威用了天真态度来形容他的写作，"沈从文用平淡无奇的语调叙述整个故事，犹如事情的发生本当如此，他的叙事之所以令人入迷，不外于其中对人生显著的天真态度。"① 不过，这样的天真恐怕并不单纯，当小说家将女学生引进乡下人的谈资时，这充分显现了他对乡下世界和外面世界的双重了解。不仅如此，《巧秀和冬生》里，小说还写了把通奸女子沉潭淹死的古老惩罚。那显然是萧萧的另一个可能结局。

这些都意味着，作为作家，沈从文并非单纯的乡下人，《萧萧》中，他在有意将一种抒情话语、启蒙话语与乡间日常生活掺杂在一起，从而在小说里引发一种平淡又复杂的化学反应。作为"有所知"的识字者，他有意反写"女学生"与"乡下人"的关系，即，注目乡下逻辑里的女学生。这是"风景"的重写与反转，只有这样的反写和反转，我们才得以看到启蒙话语之于乡土所意味的。

萧萧为什么最终没有沉潭也没有被发卖？小说设置了有力的理由，一如研究者所指出的："萧萧之所以将被发卖而不是沉潭，一方面是因为伯父没读过'子曰'，另一方面是因为发卖可以再改嫁上收回一笔钱，赔偿婆家的损失。生下的男孩儿之所以

① 王德威：《写实主义小说的虚构：茅盾，老舍，沈从文》，第265—266页。

能够挽救母亲,是因为他将成为家中劳动者一员。如果萧萧生下的是个女孩或者孩子出了意外,萧萧恐怕只能被发卖,让婆家收回一点成本。"[1] 另一个问题是,萧萧活下来,并能和婆家相处的前提是什么,还是因为她生下的是儿子。"这儿子名叫牛儿。牛儿十二岁时也接了亲,媳妇年长六岁。媳妇年纪大,方能诸事作帮手,对家中有帮助。"1936 年《文季月刊》重新发表这篇小说时,作家添加了萧萧活下去的背后逻辑使之更为合理,在那通融的乡间伦理背后,分明是经济和实利的考量。——萧萧生活的世界并非"桃花源",身边人也并非天真得要纵容萧萧,而是各种利益博弈之后的机缘巧合,是只能如此这般将就。

祖父们哄笑着讲述女学生时,叙述人本人却是清醒的,——看到乡村的伦常,也看到乡村的闭塞和残酷,因为这双重的了解,沈从文才在《萧萧》里构造出充满新意但又意味复杂的天地。

## 作为现代人或女性的阅读

夏志清读《萧萧》,感到"精神为之一爽",他看到了"自

---

[1] 孙海燕:《账本·规矩·梦:解读沈从文〈萧萧〉》,《南方文坛》2015 年第 3 期,第 95 页。

然":"萧萧所处的是一个原始社会所奉信的,也是一种残缺偏差的儒家伦理标准,可是事发后,她虽然害怕家庭的责难和惩罚,但这段时间并不长,而且也没有在她身心留下什么损害的痕迹,读者看完这小说后,精神为之一爽,觉得在自然之下,一切事物就应该这么自然似的。"① 王德威看到小说家的天真态度,也看到萧萧自身的生命力。"萧萧体现的生命力使她俨然犹如地母形象,此时,她怀抱新生的'合法'儿子,看着自己的'私生子'与年长六岁的童养媳举行婚礼。"② 这些都是对沈从文研究深有影响的看法,也是作为男性研究者的理解。

作为女性读《萧萧》,不免会看到另外的部分。萧萧之所以能逃离悲惨命运,多半要有赖于小说家对萧萧自身生命力的理解,而这是以将萧萧自然化为代价的。早在 1986 年,赵园就提到过沈从文的"妇女观",正如她所引述过的,"……天生一个女人她的最大的义务,就只是把身体收拾得很美。"③"女人就应作女人的事。女人的事是穿绣花的衣裙,是烫发,是打粉,是用胭脂擦嘴唇,是遍身应洒迷人的贵重香水,没有

---

① 夏志清:《中国现代小说史》,复旦大学出版社,2005 年,第 142 页。
② 王德威:《写实主义小说的虚构:茅盾,老舍,沈从文》,第 265 页。
③ 沈从文:《一件心的罪孽》,《沈从文全集》第 2 卷,第 100 页。

别的！在读书中间,也不忘记这类事,这女子算一个好女子。"①
"一个女人在自然派定那分义务上,如何完成她所担负的'义
务'。"② 这些观点令人吃惊,但也并不偶然,这与他自认的乡
下人身份、遵从的乡下人逻辑有关,有着一贯性且深为影响
他对小说情节及人物的处理。③ 一如赵园指出的:

> 沈从文创造的审美价值,在相当大的程度上依赖于
> 他对"女性美"的理解与把握,则系于他对女性的"职
> 能"(用他的说法,即"义务"吧)、女性在社会关系
> 中的位置的认识。他对于翠翠、萧萧们"无知无识、顺
> 帝之则"的生存形态的欣赏态度,他的以女性为"自
> 然"的精灵,也决不只是偶然的选择。他是在一个女人
> 完成"自然派定的那份义务"这种意义上,理解萧萧
> 这形象的伦理内容与人性内容的。在这个意义上她"失

① 沈从文:《一件心的罪孽》,《沈从文全集》第2卷,第109页。
② 沈从文:《月下小景·爱欲》,《沈从文全集》第9卷,北岳文艺出版社,
2002年,第277页。
③ "我不知是否可以认为沈从文的作品中有一种严格意义上的'妇女观'。对
于一位小说家,我也许把所谓的'观'夸大地使用了。但无论见之于描写,
还是见之于议论(小说散文中,杂文论文中),沈从文关于妇女的认识的
确可以找到一贯性,而且相当深刻地影响到他的创作。"引自赵园:《沈从
文构筑的"湘西世界"》,《文学评论》1986年第6期,第63页。

身"于花狗只是更使她像一个人，因为她有"人性"。[①]

小说中，萧萧对花狗的抗拒和她的最终被诱惑，被轻描淡写为欲望的一部分，而萧萧怀孕后的心惊肉跳、吃香灰、喝冷水、渴望堕胎的努力，也都一笔带过。叙述人同情她却并非真正地体贴。这让人想到沈从文的另一部作品《丈夫》。《丈夫》中谈到船妓这一职业时说："她们都是做生意而来的。在名分上，那名称与别的工作，同样不与道德相冲突，也并不违反健康。"[②]但是，是不与谁的道德冲突、是不违反谁的健康——不与丈夫或男人的道德冲突、不与丈夫或男人的健康冲突；还是不与女人的道德冲突、不违反女人的健康？这实在需要辨析。

《丈夫》书写的是丈夫从乡下来看望做船妓的妻子，感受到了屈辱，最终和妻子一起回到了乡下。在小说里，读者能迅速和丈夫共情，能强烈感受到他的委屈、尴尬和屈辱，当他和妻子双双回家时，读者不免为他们松了口气，因为整部作品基调实在是太压抑了。小说里固然写了乡间性交易的暧昧和复杂，但无论怎样的暧昧和复杂，作品的出发点和落脚点都是"夫

---

① 赵园：《沈从文构筑的"湘西世界"》，《文学评论》1986 年第 6 期，第 63 页。

② 沈从文：《丈夫》，《沈从文全集》第 9 卷，第 47 页。

性"的觉醒，是作为丈夫的权利的觉醒，是丈夫的自尊心的觉醒。而那位妻子呢？小说也极同情地书写了她的感受，但这一感受全部基于她的"妻性"——一位妻子对丈夫自尊心的顾及。

从现代人角度出发去理解，会意识到，整个故事中，承受最大屈辱的是妻子，被"水保"、被兵士骚扰的是妻子，小说写了兵士们对她的"胡闹"而她只能委曲求全。即使小说中夫妻双双回乡下是大团圆结局，但回家也不一定出自她的个人意愿，从小说的字里行间可以看出，一切要有赖于丈夫的感受和意愿，做船妓是丈夫的同意而不做也顾及的是丈夫的颜面。《萧萧》和《丈夫》的结局看起来皆大欢喜，但是，这个欢喜很可能不一定是来自女人的欢喜。

对现代立场的规避、对乡下人身份的体认使沈从文的写作别开生面、耳目一新，但却也使他的某一类作品的价值有所折损，"沈从文提供了自己的作品系统——一个独立自主的艺术世界，他自觉地使自己的创作既从'五四'流行思想的影响下脱出，又从 20 世纪 30 年代的普遍空气中脱出。这种'独立性'，却同时给他带来了损害。'五四'彻底反封建的民主要求（包括个性解放的要求），20 世纪 30 年代联系于社会革命运动的关于阶级对抗的思想，都是使现代文学获得其'现代特征'的东西，沈从文在创作中避免社会历史判断，却不能不使他的作品包含着体现着某种社会历史判断！这在他的创作中，也许是一种更深刻，也更难以摆脱的矛盾吧。"[1] 赵园的看法写于三十年前，读来依旧发人深省，深以为然。

# 余　论

《萧萧》中，是谁在讲女学生的故事？一位是老祖父，一位是花狗。老祖父把女学生作为笑谈，花狗则以此博得萧萧的好感，引诱她。在两位乡间男人的讲述里，女学生如此被扭曲、变形，但吊诡的是，作为听众的萧萧，却没有被迷惑，她没有汲取到他们希冀她汲取的，她看到了别的——她幻想到自己有一天像女学生一样坐在"匣子"里，像女学生一样剪头发，像女学生一样去"自由"……即使懵懂无知，萧萧也试图从那个怪谈中挣脱出来、从那个百孔千疮的故事里获得启悟和滋养。

萧萧对于女学生故事的汲取深具意味。它让人想到现代女性读者如何阅读这部作品，想到作为现代人的我们，面对祖父讲述的故事时，如何不被乱花迷眼。故事一直在风中传扬，

---

[1]　赵园：《沈从文构筑的"湘西世界"》，第65页。

而讲故事的人早已走远。那么，九十年后的我们如何读、怎样读；如何听、怎样听？钥匙在小说家笔尖里，也在我们读者手中。

2021 年 4 月 6 日

# 第四章　讲故事者和她的"难以忘却"

## ——关于萧红《呼兰河传》

> 讲故事者是一个让其生命之灯芯同他的故事柔和烛
> 光徐徐燃尽的人。①
>
> ——本雅明《讲故事的人》

写作《呼兰河传》时的萧红，很像本雅明笔下的"讲故
事的人"。在本雅明那里，"讲故事者有回溯整个人生的禀赋。"②
而这种对人生的回溯，"这不仅包括自己经历的人生，还包含

---

① 本雅明：《讲故事的人》，《启迪：本雅明文选》，汉娜·阿伦特编，张旭东、
王斑译，生活·读书·新知三联书店，2008 年，第 118 页。

② 同上。

不少他人的经验,讲故事者道听途说都据为己有。"①《呼兰河传》中,萧红将幼年的经历、过往以及所见所闻——那些忘却不了、难以忘却的故事都写下来。但这些故事又和本雅明所说的那些远行人或本地人故事不同,她所写下的并非跌宕起伏、惊心动魄的事,而只是与个人记忆有关。一如她在小说结尾处所说:"以上我所写的并没有什么幽美的故事,只因他们充满我幼年的记忆,忘却不了,难以忘却,就记在这里了。"②

对于萧红而言,难以忘却的是生存状态,难以忘却的是时序轮回,难以忘却的是村子里那些"异类"。在幼年,有许多东西不明白,而隔着岁月回望,叙述人才恍然明白,恍然彻悟。《呼兰河传》里的难以忘却,不是批判不是愤怒,而是深深的悲哀。当然,尤其要提到她的讲故事的声音,幼年的童稚和成年的沧桑裹挟在一起,有感喟,有不解,有心疼,也有留恋。作为女性讲故事者,她的讲述中浸润的是情感,——苍老和童稚,寂寞和热闹都在同一个声音里糅杂出现。这位中国现代小说家,以一种散文化和情感化的方式讲述了一个个让人惊心的故事,令万千读者在深夜耿耿难眠。——谁能

---

① 本雅明:《讲故事的人》,《启迪:本雅明文选》,第118页。

② 萧红:《呼兰河传》,《萧红全集》,哈尔滨出版社,1991年,第8/8页。

说萧红不是深具中国风格的讲故事者呢？她燃烧自我生命为
故乡故事做了最迷人的注解。

## 生存：自然的与社会的

《呼兰河传》是散文化小说，有独特的诗性气质。某种程
度上，小说有着"形散而神不散"的气质。结构工整而严密。
开头以无边的大自然起笔，从大自然的严冬及其威力写起。"严
冬一封锁了大地的时候，则大地满地裂着口。从南到北，从东
到西，几尺长的，一丈长的，还有好几丈长的，它们毫无方向地，
更随时随地，只要严冬一到，大地就裂开口了。"①

小说一共分七章。七章之后是尾声。每一章节的内容是
这样的：

第一章写的是呼兰小城的地理风物，写了呼兰小城的四
季轮回，写了这里的大泥坑，东二道街、西二道街、十字街
和小胡同。

第二章写的是"精神盛举"：跳大神、唱秧歌、放河灯、
野台子戏、四月十八娘娘庙大会，其实写的是呼兰小城的社

① 萧红：《呼兰河传》，《萧红全集》，第706页。

会生活。

第三章写的是"呼兰河这小城里住着我的祖父。"写的是我的童年生活，和祖父，和祖母的生活。

第四章的核心句式是"我家是荒凉的"，在这样的荒凉之下，写了开粉房的、养猪的、拉磨的，以及老胡家的人等等。

第五章我们看到了小团圆媳妇的故事。

第六章是有二伯的故事。

第七章是冯歪嘴子和王大姑娘的故事。

尾声则非常短，大意是说，小城里住着我的祖父，因为难以忘记，所以把它记下来了。

从第一章到尾声，小说自成逻辑。第一章主要是呼兰小城的地理风物，第二章写的是小城里所谓的"精神盛举"，其实就是呼兰小城的社会活动，人们的社会交际。第三章写我的祖父和我，从这一章开始，小说从整体意义的呼兰河人们的生存进入个体意义上的生存，我们顺着幼年的"我"的视线，看到小城里一些人的生命故事，而在这样的故事讲述中穿插着我的困惑、我和祖父的交流，这些有如故事的画外音一般。

在前两章和后面的章节之间，存在一个总和分的关系。只有了解了整个风俗和环境之后，才会了解人们的生活，才会感觉那里人们的生存不突兀。写人们的生存，先写他们的环境，社会的与自然的环境。理解了那样的环境，也才理解了那里人们的逻辑，理解大环境之下人的生存。每一个人物的命运是与他所处的环境依傍在一起的。鲁迅建造了鲁镇这样的生活环境，祥林嫂在其中注定是一个悲剧。沈从文在他的湘西环境里塑造了萧萧，那样的山水里，萧萧是如自然一样生长的人。——鲁迅有着自上而下的启蒙视角；而沈从文则站在湘西的内部，站在乡下人的逻辑看外面，因此他写出了乡下人眼中的女学生们的"荒诞"。

故乡之于写作时的萧红意味着什么？意味着远方，意味着过去时，意味着在幼年时困惑的、看不清楚的事情，经过时间的沉淀后，越来越清晰、越来越清楚。《呼兰河传》里，每一章的内部，萧红其实也构建了内部的小逻辑，从而建构了人的自然生存、人的社会生存状态，因此小说看起来是"散文化"的，其实不然。比如第一章分为九个小节，每个小节都有一句话提纲挈领，看起来随意而为，但内部却有自己的顺序。从第一节到第九节，小说叙述人的视野是慢慢散开，一点点写开去。

如果我们把这九节的第一句话依次排列，会看到叙述人有着严整的顺序。

"严冬一封锁了大地的时候，则大地满地裂着口。"[1]

---

[1]　萧红：《呼兰河传》，《萧红全集》，第 706 页。

"东二道街除了大泥坑子这番盛举之外,再就没有什么了。"①

"再说那染缸房里边,也发生过不幸,两个年青的学徒,为了争一个街头上的妇人,其中的一个把另一个按进染缸子给淹死了。"②

"其余的东二道街上,还有几家扎彩铺。这是为死人而预备的。"③

"东二道街上的扎彩铺,就扎的是这一些。"④

"呼兰河城里,除了东二道街、西二道街、十字街之外,再就都是些个小胡同了。"⑤

"过去了卖麻花的,后半天,也许又来了卖凉粉的,也是一在胡同口的这头喊,那头就听到了。"⑥

"卖豆腐的一收了市,一天的事情都完了。"⑦

"乌鸦一飞过,这一天才真正地过去了。"⑧

她仔细而耐心地叙述着小城的自然及地理风物,构建着

① 萧红:《呼兰河传》,《萧红全集》,第717页。
② 同上,第719页。
③ 同上,第720页。
④ 同上,第723页。
⑤ 同上,第725页。
⑥ 同上,第728页。
⑦ 同上,第730页。
⑧ 同上,第732页。

人们生存的氛围。而正是在这样的气氛中，小说写了人们和自然共在的生存状态：

> 人们四季里，风、霜、雨、雪的过着，霜打了，雨淋了。大风来时是飞沙走石，似乎是很了不起的样子。冬天，大地被冻裂了，江河被冻住了。再冷起来，江河也被冻得锵锵地响着裂开了纹。冬天，冻掉了人的耳朵，……破了人的鼻子……裂了人的手和脚。

> 但这是大自然的威风，与小民们无关。

> 呼兰河的人们就是这样，冬天来了就穿棉衣裳，夏天来了就穿单衣裳。

> ……

> 春夏秋冬，一年四季来回循环地走，那是自古也就这样的了。风霜雨雪，受得住的就过去了，受不住的，就寻求着自然的结果。那自然的结果不大好，把一个人默默地一声不响地就拉着离开了这人间的世界了。

> 至于那还没有被拉去的，就风霜雨雪，仍旧在人间被吹打着。①

--------

① 萧红：《呼兰河传》，《萧红全集》，第733—734页。

这种自然环境之中，又有着一种"精神的盛举"。第二章第一句话是，"呼兰河除了这些卑琐平凡的实际生活之外，在精神上，也还有不少的盛举，如跳大神；唱秧歌；放河灯；野台子戏；四月十八娘娘庙大会……"①接下来，按顺序写了这些盛举。在这章的结尾部分，小说不无反讽地写出了人在社会环境里的"迷信"：

> 这些盛举，都是为鬼而做的，并非为人而做的。至于人去看戏、逛逛庙，也不过是揩油借光的意思。
>
> 跳大神有鬼，唱大戏是唱给龙王爷看的，七月十五放河灯，是把灯放给鬼，让他顶着个灯去脱生。四月十八也是烧香磕头的祭鬼。
>
> 只是跳秧歌，是为活人而不是为鬼预备的。跳秧歌是在正月十五，正是农闲的时候，趁着新年而化起装来，男人装女人，装得滑稽可笑。
>
> 狮子、龙灯、旱船……等等，似乎也跟祭鬼似的，花样复杂，一时说不清楚。②

----

① 萧红：《呼兰河传》，《萧红全集》，第 734—735 页。
② 同上，第 755 页。

想到远方的故乡时，萧红首先想到的是整体意义上的故乡，一些模糊但又切近的东西。萧红的呼兰河记忆停留在幼年了，但是，隔着时光她又深为了解那里。某种意义上，写作时的她是既能"进入"又能"出来"的人，她是既了解村庄里人们的生存逻辑，又深谙外面世界的人，尤其是，她是鲁迅的学生，她继承了鲁迅对国民性的思考，同时她也不愿意完全站在乡下人的逻辑看世界，因此，写作《呼兰河传》时的萧红，其实是一位站在"中间地带"的写作者。

在故乡的深处又在故乡的远方，既能理解那里人民的生存，又不完全理解那里的状态，这便是在中间状态的书写，而恰恰是这个"中间地带"成全了她。鲁迅把祥林嫂的生存放在一种社会关系里去理解，沈从文将萧萧的生存放在自然的湘西风光里去理解，而萧红既把人当作社会关系里的人，同时也把人当成了自然人，进而，她写出了在风刀霜剑般的大自然面前，人的无力和苟活。体现在小说中，我们看到了自然之于人的威力，同时也看到了社会环境对他们的束缚。

## 异类与庸常

《呼兰河传》写了许多人。前四章里，人们几乎都是以类来分的，他们没有具体姓名。比如小说开头写的是年老的人，赶车的车夫，卖豆腐的人，卖馒头的老头，牙医等等。这些人是面目含糊的人，是和环境一起存在的人。这意味着他们的生存有一种普遍性，与此同时，萧红还引领我们看到了那些孤独的人，比如失去独子的王寡妇，比如住着破房子的开粉店的。而到了第五、六、七章，才开始有了特别的人，又或者说，小说开始聚焦于特殊的人们：小团圆媳妇、有二伯、冯歪嘴子、王大姑娘等等。这些人都是小城里的不幸者。"一切不幸者，就都是叫化子，至少在呼兰河这城里边是这样。"①

最令人难忘的是"小团圆媳妇"。小团圆媳妇最初来到呼兰小城的时候，头发又黑又长，很健康。而最后，她的头发掉了，死去了。在她的故事里，我们听到很多人的声音，比如有人说她太大方了，不太像个团圆媳妇。有的人说见人一点儿也不知道羞，头一天来到婆家，吃饭就吃了三碗。小说里尤其写了婆婆对她的控诉：

> 她来到我家，我没给她气受，哪家的团圆媳妇不受气，一天打八顿，骂三场。可是我也打过她，那是我要给她一

---

① 萧红：《呼兰河传》，《萧红全集》，第 718 页。

个下马威。我只打了她一个多月，虽然说我打得狠了一点，可是不狠哪能够规矩出一个好人来。我也是不愿意狠打她的，打得连喊带叫的，我是为她着想，不打得狠一点，她是不能够中用的。有几回，我是把她吊在大梁上，让她叔公公用皮鞭子狠狠地抽了她几回，打得是狠着点了，打昏过去了。可是只昏了一袋烟的工夫，就用冷水把她浇过来了。①

萧红记下这些表达时，事实上写了一种"振振有词"的迫害。鲁迅在写祥林嫂受迫害的时候，只是写了作为外来者讲述的迫害，而萧红则进入了内部，写下小团圆媳妇所受到的日常生活中细密的折磨，那些来自身体和精神的双重折磨。尤其具有象征意味的是，婆婆请"大神"给小团圆媳妇"治疗"：

小团圆媳妇一被抬到大缸里去，被热水一烫，就又大声地怪叫了起来，一边叫着一边还伸出手来把着缸沿想要跳出来。这时候，浇水的浇水，按头的按头，总算

---

① 萧红：《呼兰河传》，《萧红全集》，第 807 页。

让大家压服又把她昏倒在缸底里了。①

　　小团圆媳妇最为悲惨之处在于，许多人认为是在救她但其实是在杀害她。这深具象征意味。小团圆媳妇的错误在于她不符合庸众的想象，所以要被扼杀。在《呼兰河传》的第一章，萧红写到了大泥坑。正如研究者们所分析的，那是一个象征性的存在。大泥坑让大家很不舒服，但是并没有人去改变它，人们只是顺应它。而小团圆媳妇显然是弱者，所以人人都想改造她。今天已经没有童养媳制度了，但很多人读到小团圆媳妇时依然会感同身受，因为人们看到的是异类的处境、一个不符合他人想象的人如何被他人折磨致死，而那些折磨她的人则出于好心，是为了让她符合大家的想象，是为了她好。《呼兰河传》写的当然是愚昧，但更重要的是写的是异类、与周围环境格格不入的人如何受戕害。

　　除了小团圆媳妇，《呼兰河传》还写到王大姑娘和冯歪嘴子。王大姑娘喜欢上了冯歪嘴子，他们在一起同居了。但是，因为没有明媒正娶，在邻居们的眼中，王大姑娘就变成了低贱的、不知羞耻的女人。王大姑娘住到冯歪嘴子家后，村子

---

　　① 萧红：《呼兰河传》，《萧红全集》，第825—826页。

里的人经常会去看他们。人们并不关心冯歪嘴子和王大姑娘的生活，而是来看他们的笑话。比如，王大姑娘和冯歪嘴子两人在草棚子里住，草棚子里很冷，大家就议论说："那草棚子才冷呢！五凤楼似的，那小孩一声不响了，大概是冻死了，快去看热闹吧！"[①] 王大姑娘和冯歪嘴子生了孩子，人们就想凑热闹，看看那小孩冻没冻死。知道了这小孩没死，人们又用这样的口气说："他妈的，没有死，那小孩还没冻死呢！还在娘怀里吃奶呢。"[②]

在这样一个庸俗的环境里，萧红写了那些异类的存在。包括有二伯，有二伯不断跟别人聊天说话，没有人搭理他，他依然彻夜不眠自言自语。有二伯、小团圆媳妇、冯歪嘴子不只属于三四十年代。鲁迅曾经提到过"无主名杀人团"，从这个角度去理解，会发现那些往小团圆媳妇身上浇开水的人、那些盼着冯歪嘴子家冻死的人，某种意义上便是无主名杀人团。萧红和鲁迅一样，看到了穷苦人对穷苦人的戕害、受迫害者对受迫害者的强压。在《祝福》里，祥林嫂不断讲述悲惨人生的时候，鲁镇的人们会嘲笑她，这是鲁迅之所以是鲁迅的地方，他写出

---

① 萧红：《呼兰河传》，《萧红全集》，第 869 页。
② 同上。

了祥林嫂的悲剧处境，——鲁迅写了过去的祥林嫂，也写了未来的祥林嫂。某种意义上，小团圆媳妇是和祥林嫂一样的人，在小团圆媳妇身上，我们看到这些人命运的共通性。

但是，《呼兰河传》并不仅仅只写的人的愚昧、异类的悲惨。萧红写这些人的悲苦生活，并不是怜悯的、居高临下的，她给予他们同情的理解，她看到了他们自身的生命力。一如粉房里的人们：

> 他们一边挂着粉，也是一边唱着的。等粉条晒干了，他们一边收着粉，也是一边地唱着。那唱不是从工作所得到的愉快，好像含着眼泪在笑似的。
>
> 逆来顺受，你说我的生命可惜，我自己却不在乎。你看着很危险，我却自己以为得意。不得意怎么样？人生是苦多乐少。
>
> 那粉房里的歌声，就像一朵红花开在了墙头上。越鲜明，就越觉得荒凉。[1]

还有冯歪嘴子，别人看他的孩子没有长大，但是他却看

---

[1]　萧红：《呼兰河传》，《萧红全集》，第785页。

到了变化：

> 他在这世界上他不知道人们都用绝望的眼光来看他，他不知道他已经处在了怎样的一种艰难的境地。他不知道他自己已经完了。他没有想过。
>
> 他虽然也有悲哀，他虽然也常常满满含着眼泪，但是他一看见他的大儿子会拉着小驴饮水了，他就立刻把那含着眼泪的眼睛笑了起来。
>
> ……
>
> 但是冯歪嘴子却不这样的看法，他看他的孩子是一天比一天大。
>
> 大的孩子会拉着小驴到井边上去饮水了。小的会笑了，会拍手了，会摇头了。给他东西吃，他会伸手来拿。而且小牙也长出来了。
>
> 微微地一咧嘴笑，那小白牙就露出来了。①

异类并不会一直是异类，庸众也不会一直是庸众。无论是异类或庸众，他们都有异乎寻常的生命力，而那似乎也并

---

① 萧红：《呼兰河传》，《萧红全集》，第876—878页。

不能用麻木、愚昧而一概而论。《呼兰河传》里，即使是最庸常的民众身上，也有着令人惊异的活下去的能量。萧红对于呼兰河人民的生存，既有五四启蒙思想的观照，也有站在本地人内部视角的认知，甚而，她有着对人类整体生存的认识：呼兰人的生存里，既有人的无奈、人的苟且，也有人的超拔。

## 女性叙述人的"新语法"

正如研究者们所指出的，《呼兰河传》里有鲜明的女性视角和女性立场。这不仅体现在她对小团圆媳妇、王寡妇、王大姑娘身世的关注，对婆婆、祖母等人的凝视，同时关于女性生存处境的认知也贯穿在这部作品里。一如第二章，写"精神上的盛举"。送子观音看起来很亲和，而男性雕像则更威猛。在叙述人看来，原因在于塑像的是男人。把男性塑像做得高大威猛，让人看了心里就害怕，潜移默化之中，男性等于权威的观念就形成了。而把女性塑造得温柔，不是出于对女性的尊重，而是要让人觉得，女性是柔弱的，是老实的，是好欺负的。"人若老实了，不但异类要来欺侮，就是同类也不同情。""比方女子去拜过了娘娘庙，也不过向娘娘讨子讨孙。讨完了就出来了，其余的并没有什么尊敬的意思。觉得子孙娘娘也不过是个普通的女子而已,只是她的孩子多了一些。"[1] 这是隔着岁月的萧红重新注视呼兰小城发出的感慨,也是锐利的凝视。

《呼兰河传》里,作为女性叙述人的萧红找到了属于她的表达方式,她对大自然的情有独钟。在作品里,我们能体会到作家对于大自然的温度,在大自然里,幼年的"我"自在、欢愉,物我两忘。《呼兰河传》中,萧红用描写自然的方式描写人类情感,那些悲哀、寂寥和欢喜。萧红笔下那肥绿的叶子,盛开的像酱油碟子一样大的玫瑰花、漫天的火烧云和翻滚的麦浪,那亘古不变的大泥坑都不是人间的点缀或装饰,而是她作品中带有象征意义的光。这正是中国古代文学传统中所说的"一切景语皆情语"。正像吴尔夫评价艾米莉·勃朗特说的那样,我们在她那里体会到情感的某个高度时,不是通过激烈碰撞的故事,不是通过戏剧性的人物命运,而只是通过一个女孩子在村子里奔跑,看着牛羊慢慢吃草,听鸟儿歌唱。

正是在大自然中,《呼兰河传》中萧红发明了一种透视世界的方法。透过后花园,借助于童真无欺的女孩视线看世界。萧红以回到童年的方式寻找到了我们被"社会化"和"习俗化"前的美好:自由自在,成双成对,美好多情。

---

① 萧红:《呼兰河传》,《萧红全集》,第 753 页。

　　说也奇怪，我家里的东西都是成对的，成双的。没有单个的。

　　砖头晒太阳，就有泥土来陪。有破坛子，就有破大缸。有猪槽子，就有铁犁头。像是它们都配了对，结了婚。而且各自都有新生命送到世界上来。比方坛子里的似鱼非鱼，大缸下边的潮虫，猪槽子上的蘑菇等等。①

　　由此，她写出了人世存在的"普遍性"：人与自然唇齿相依、万物皆有灵性、万物自在生长，进而，她构建了一种独属于自己的语法表达：

　　花开了，就像花睡醒了似的。鸟飞了，就像鸟上天了似的。虫子叫了，就像虫子在说话似的。一切都活了。都有无限的本领，要做什么，就做什么。要怎么样，就怎么样。都是自由的。倭瓜愿意爬上架就爬上架，愿意爬上房就爬上房。黄瓜愿意开一个谎花，就开一个谎花，愿意结一个黄瓜，就结一个黄瓜。若都不愿意，就是一个

---

① 萧红：《呼兰河传》，《萧红全集》，第781页。

黄瓜也不结，一朵花也不开，也没有人问它。玉米愿意长多高就长多高，它若愿意长上天去，也没有人管。蝴蝶随意的飞，一会从墙头上飞来一对黄蝴蝶，一会又从墙头上飞走了一个白蝴蝶。它们是从谁家来的，又飞到哪家去？太阳也不知道这个。

只是天空蓝悠悠的，又高又远。

可是白云一来了的时候，那大团的白云，好像洒了花的白银似的，从祖父的头上经过，好像要压到了祖父的草帽那么低。

我玩累了，就在房子底下找个阴凉的地方睡着了。不用枕头，不用席子，就把草帽遮在脸上睡了。①

这些文字里有一种特有的语法结构。一如赵园所认为的，"几乎是无以复加的稚拙，——单调而又重复使用的句型，同义反复、近于通常认为的废话，然而你惊异地感到'情调'正在其中，任何别种文字组织都足以破坏这'情调'……萧红的语言感正在于它能让经她'组织'的文字，其'组织'本身就含有意味。也因而这是一种赋予灵气的'稚拙'，与'粗拙'

<hr />

① 萧红：《呼兰河传》，《萧红全集》，第758页。

是两种境界。"①

　　事实上，萧红也擅长使用一种天真气的表达，在这种表达中又有一种残酷和残忍，"我生的时候，祖父已经六十多岁，我长到四五岁，祖父就快七十了。"② 这看起来是无意义的反复，但却也写出了一种时间的残酷；而"祖母死了，我竟变聪明了"③ 这一句里，看起来逻辑是不通的，但其实自有逻辑，它呈现的是人世的残忍。萧红的擅长使用短句，平白如话，工整而有对衬性，几乎不转折，而是直接坦露。比如"我家的院子是荒凉的，冬天一片白雪，夏天则满院蒿草。风来了，蒿草发着声响，雨来了，蒿草梢上冒烟了。"④ 但正是这样的直接坦露里，有一种毫无遮拦的沧桑感。她喜欢使用拟童体，但在拟童体声音内部又有一个成年的女性在回望，这最终形成了萧红的新语法，是独属于她的语法：

　　　　当她"话说当年"，当一个童稚的声音响起，我们会自然而然地回到"过去"，自然而然地变"小"，变得

　　① 赵园：《论小说十家》，浙江文艺出版社，1987年，第215页。
　　② 萧红：《呼兰河传》，《萧红全集》，第878页。
　　③ 同上，第775页。
　　④ 同上，第851页。

"单纯"，眼睛仿佛戴上"过滤镜"：孩子看到的天空是远的，孩子看到的花朵是大而艳的，孩子闻到的泥土是芳香而亲切的，孩子是游离于成人文化规则之外的。感受到不染尘埃的美好，便会体察到陈规习俗对于一个人的扼杀，对异类的折磨：长得不像十二岁高度的小团圆媳妇被抬进大缸里了，那大缸里满是热水，滚热的热水。"她在大缸里边，叫着、跳着，好像她要逃命似的狂喊。她的旁边站着三四个人从缸里搅起热水来往她的头上浇。"小团圆媳妇因不似"常人"而"被搭救"和"被毁灭"了，无邪的女童大睁着眼睛看着她的挣扎和无路可逃；——病床上的萧红则默默注视这一切，微笑中带泪。①

写出荒凉是容易的，写出寂寞是容易的，但是从繁华中写出寂寞，其实并不简单："每到秋天，在蒿草当中，蒿草往往开了花，引来了不少的蜻蜓和蝴蝶在那荒凉的一片蒿草上闹着。这样一来，不但不觉得繁华，反而更显得荒凉，寂寞。"②

一如赵园所说，这种女童的视线和叙述声音，其实正是文学审美意义上的童心世界，但并非一种提纯的童心世界。"因

---

① 张莉：《刹那萧红，永在人间》，《人民文学》2011 年 5 期。
② 同上。

而萧红的文学世界尽管单纯，但仍然较之许多复杂世界为'完整'，那是个寂寞的童心世界，寂寞感也是浑然不可分析的，'寂寞'不是主体的意识到了的表现对象，它是一种混茫的世界感受、生活感受，霭一样弥漫在作品，也因而才更接近于'整体性'的世界感受。"①——呼兰小城不仅仅属于中国东北，也属于西南，属于华北，属于全世界任何一个角落。某种意义上，萧红书写了人类整体意义上的生存。作为作家，萧红跳出了关于故乡和故事的陈词滥调，她使她的作品里长出新的声音、新的语法、新的理解。

这是《呼兰河传》的结尾段落，在写完冯歪嘴子孩子露出小白牙笑了之后，作品转而进入尾声：

呼兰河这小城里边，以前住着我的祖父，现在埋着我的祖父。

我生的时候，祖父已经六十多岁，我长到四五岁，祖父就快七十了。

我还没有长到二十岁，祖父就七八十岁了。祖父一过了八十，祖父就死了。

① 赵园：《论小说十家》，第220页。

从前那后花园的主人，而今不见了。老主人死了，小主人逃荒去了。

那园里的蝴蝶，蚂蚱，蜻蜓，也许还是年年仍旧，也许现在完全荒凉了。

小黄瓜，大倭瓜，也许还是年年地种着，也许现在根本没有了。

那早晨的露珠是不是还落在花盆架上，那午间的太阳是不是还照着那大向日葵，那黄昏时候的红霞是不是还会一会工夫会变出来一匹马来，一会工夫会变出来一匹狗来，那么变着。

这一些不能想像了。

听说有二伯死了。

老厨子就是活着年纪也不小了。

东邻西舍也都不知怎样了。

至于那磨房里的磨倌，至今究竟如何，则完全不晓得了。

以上我所写的并没有什么幽美的故事，只因他们充满我幼年的记忆，忘却不了，难以忘却，就记在这里了。①

--------

① 萧红：《呼兰河传》，《萧红全集》，第878页。

几乎一句一段。仿佛不连贯，但也仿佛是感喟，留恋不舍、念念难忘都在这样短而叹息似的文字里了。《呼兰河传》于1940年12月20日在香港完稿，萧红1941年1月份去世。这是她临终之前的作品，萧红把整个人生所有对故乡的眷恋，深情，朴素的情感，全部在这部作品里展现出来了。

百年文学史上为什么萧红独占一席？因为《呼兰河传》里有一种新的叙述声音，"越来越多的读者们感受到，《呼兰河传》是一部有复杂声音的作品，愉悦、欢喜奇妙地和悲悯、批判混合在一起，纵横交错：纯净和复杂、反讽和热爱、眷恋和审视、优美和肮脏、刹那和永恒、女童的纯美怀想与濒死之人的心痛彻悟都完整而共时地在这部作品呈现出来。借由《呼兰河传》，萧红完成了关于我们情感中有着暧昧的艺术光晕的'中间地带'的书写，也完成了属于她的既单纯明净又复杂多义的美学世界：写彼岸时写此在，写生时写死，写家乡时写异乡，写繁华时写悲凉。"① 在《呼兰河传》的写作间隙，萧红跟聂绀弩有一次谈话："有一种小说学，小说有一定的写法，一定要具备某几种东西，一定写得像巴尔扎克或契诃甫的作品那样。

---

① 张莉：《刹那萧红，永在人间》，《人民文学》2011年5期。

我不相信这一套。有各式各样的作者，有各式各样的小说。"①
很显然，以《呼兰河传》为代表，萧红写出了另外的小说，写
出了独属于她的小说。

## 对《生死场》的另一种重写

《生死场》和《呼兰河传》的开头都很有意思。《生死场》
的开头是"一只山羊在大道边啃嚼榆树的根端"②。在最初，萧
红的这部小说没有名字，胡风改名为《生死场》，这显然与作
品里有一句话"人和动物一起忙着生，忙着死"有关。这个
村庄像极了"生死场"。萧红写了一个不一样的山村，她写的
是麦场，菜圃，羊群，荒山，野合的人们。没有主角，每一
章就是一幅图片，把它们放在一起，构成了这样一幅混沌似
的乡村图景。这里的故事是碎片式的，并不连贯，并不符合
我们的阅读期待。

并没有人说，萧红《生死场》里的村庄就是呼兰河，但
是很显然萧红在写她最熟悉的村庄："二里半的婆子把孩子送

---

① 聂绀弩：《回忆我和萧红的一次谈话——序〈萧红选集〉》，《新文学史料》
1981 年 1 期。
② 萧红：《生死场》，《萧红全集》，第 55 页。

到乱坟岗子去，她看到别的几个小孩有的头发蒙住白脸，有的被野狗拖断了四肢。""野狗在远的地方安然的嚼着碎骨发响。狗感到满足，狗不再为着追求食物而疯狂，也不再猎取活人"[1]，在这样一个环境里，两个青年男女相遇了，"他的大手敌意一般地捉紧另一块肉体，想要吞食那块肉体，想要破坏那块热的肉"[2]。在萧红的作品里边，人和动物生活在一个维度里，她把人和动物放在一起去认识，她看到人的自然性。

对生和死的思考贯穿着《生死场》，也贯穿着《呼兰河传》。《呼兰河传》中，她依然在写人的生，动物的生，人的死和动物的死，但她以更平静的方式去理解，将人和动物的生存并置。对生与死的思考是内渗在作品之中的。比如写有二伯深夜无法入眠："狗有狗窝，鸡有鸡架，鸟有鸟笼，一切各得其所。唯独有二伯夜夜不好好地睡觉。"[3]这样的句子简短，但是也有着将人与动物的生存并置的意味。

将《生死场》与《呼兰河传》放在一起对比会发现，萧红的生死观发生了变化。《生死场》里，人们是蚁子般的生死，是混沌的存在，是作为人，作为物质层面的生和死。而在《呼

① 萧红：《生死场》，《萧红全集》，第113页。
② 同上，第67页。
③ 萧红：《呼兰河传》，《萧红全集》，第851页。

兰河传》里面，她的人物是如植物一般自然的存在，人的生死是自然的一部分。《呼兰河传》对人的生死有同情，有悲悯，更有彻悟。

研究者们通常会比较萧红和迟子建的相同或相异，相同之处包括，两位作家都来自东北，都有小说的散文化倾向，都有非同一般的空间感等等。但是最重要的是，两位作家都把生和死并置在一起注视。萧红的世界里，生死如自然一样，人对生和死的理解并不敏感，甚至是迟钝的。但是《世界上所有的夜晚》不同，每一个死亡都令人震惊，迟子建把这种令人震惊的疼痛感给写了出来。——蒋百嫂在黑夜停电后凄厉地喊叫出我们这个时代埋在地下的疼痛时；当"我"打开爱人留下的剃须刀盒，把这些胡须放进了河里，读者和作者都分明感受到了某种共通的疼痛。"我不想再让浸透着他血液的胡须囚禁在一个黑盒子中，囚禁在我的怀念中，让它们随着清流而去吧。"[1]

萧红的世界是天地不仁，生死混沌；迟子建的写作信念是人间有情，寒冷中有暖意——这是迟子建不断写下去的动力。这是迟子建笔下的放河灯："它一入水先是在一个小小的旋涡处耸了耸身子，仿佛在与我做最后的告别，之后便悠然向

[1] 迟子建：《世界上最后的夜晚》，《钟山》2005年3期。

下游漂荡而去。我将剃须刀放回原处，合上漆黑的外壳。虽然那里是没有光明的，但我觉得它不再是虚空和黑暗的，清流的月光和清风一定在里面荡漾着。我的心里不再有那种被遗弃的委屈和哀痛，在这个夜晚，天与地完美地衔接到了一起，我确信这清流上的河灯可以一路走到银河之中。"①

读迟子建的文字，会感觉到光明、人间有情。而《呼兰河传》里的放河灯，则是另一番光景："但是当河灯一放下来的时候，和尚为着庆祝鬼们更生，打着鼓，叮咚地响；念着经，好象紧急符咒似的，表示着这一工夫可是千金一刻，且莫匆匆地让过，诸位男鬼女鬼，赶快托着灯去投生吧。同时那河灯从上流拥拥挤挤，往下浮来了。浮得很慢，又镇静、又稳当，绝对的看不出来水里边会有鬼们来捉了它们去。这灯一下来的时候，金忽忽的，亮通通的，又加上有千万人的观众，这举动实在是不小的。河灯之多，有数不过来的数目，大概是几千只。两岸上的孩子们，拍手叫绝，跳脚欢迎。灯光照得河水幽幽地发亮，水上跳跃着天空的月亮。真是人生何世，会有这样好的景况。"②

迟子建写放河灯，是从下往上看，看着河灯走到天堂。而

---

① 迟子建：《世界上最后的夜晚》，《钟山》2005 年 3 期。

② 萧红：《呼兰河传》，《萧红全集》，第 739 页。

萧红的放河灯,则是一个人俯瞰人间。"迟子建看河灯,是'此岸'望'彼岸',是'人间'遥祝'天上'。而萧红的'看',则是'天上'看'人间',是'彼岸'看'此岸',有对'人世'的留恋,更是对'世界'的诀别。"① 病榻之上的萧红,所想、所写、所面对的是人的生死问题,某种意义上,《呼兰河传》是给一个故乡立传,更是关于人为何生、为何死,人如何生、如何死的彻悟。

## 结 语

讲故事者最迷人的部分是什么?"他的天资是能叙述他的一生,他的独特之处是能铺陈他的整个生命。"② 作为终生书写故乡的人,萧红何尝不是在用整个生命铺陈她的故乡?她无时无刻不在书写她的"忘却不了"和"难以忘却",而最终,她使她的"难以忘却"变成了我们的"难以忘却",由此,她成为了现代文学史上独一无二的"讲故事者"。

2021 年 6 月 12 日

---

① 张莉:《一个作家的重生——关于萧红的当代文学影响力》,《文艺争鸣》2011 年 5 期。
② 本雅明:《讲故事的人》,《启迪:本雅明文选》,第 118 页。

# 第五章　革命抒情美学风格的诞生

——关于孙犁《荷花淀》

1936 年，二十三岁的孙犁离开家乡安平，来到河北省安新县同口镇。同口镇位于白洋淀西南方岸边，"人到了同口，所见都是水乡本色：家家有船，淀水清澈得发蓝、发黑；村里村外、房上地下，可以看到土堆海积般的大小苇垛；一进街里，到处鸭子、芦花乱飞……"[①] 在这里，孙犁担任村镇小学教师。尽管只居住了一年，但孙犁对白洋淀生活念念难忘。1939 年，他在太行山深处的行军途中，写成长篇叙事诗《白洋淀之曲》。

《白洋淀之曲》最初发表在晋察冀通讯社编印的《文艺通

---

① 　郭志刚、章无忌：《孙犁传》，北京十月文艺出版社，1990 年，第 91 页。

讯》上，主要讲述的是菱姑的成长，得知水生在抗击鬼子战斗中受伤后，她跳上冰床去探望。但是，水生牺牲了。接下来是送葬和菱姑的觉醒，女人拿起枪去战斗，为丈夫报仇。《白洋淀之曲》与《荷花淀》有千丝万缕的联系，可以说是《荷花淀》的初稿。但写得不成功，也没有引起读者深刻的共情。白洋淀生活令人难忘，那里优美的人事风光应该被记下来，但是，如何用最恰切的艺术手法表现人民的勇敢、爱和恨？很显然，当时只有二十六岁的孙犁还未做好准备。

　　1945 年，身在延安的孙犁遇到了白洋淀老乡，听到他们讲述水上雁翎队如何利用苇塘荷淀打击日寇的故事时，沉积在孙犁心中的故事再次涌现，"我在延安的窑洞里一盏油灯下，用自制的墨水和草纸写成这篇小说。"[1] 读到《荷花淀》的原稿时，时任《解放日报》副刊编辑的方纪说他兴奋地跳起来，这部作品让他感受到"新鲜"："那正是延安文艺座谈会以后，又经过整风，不少人下去了，开始写新人——这是一个转折点；但多半还用的是旧方法……这就使《荷花淀》无论从题材的新鲜，语言的新鲜，和表现方法的新鲜上，在当时的创作中显得别开生面。……《荷花淀》的出现，就象是从冀中平原

---

① 孙犁：《关于〈荷花淀〉的写作》，《新港》1979 年第 1 期。

上，从水淀里，刮来一阵清凉的风，带着乡音，带着水土气息，使人头脑清醒。"①小说引起了编辑部的议论，"大家把它看成一个将要产生好作品的信号。"

1945 年 5 月，《荷花淀》在延安《解放日报》首发，深受延安读者的喜爱，很快重庆的《新华日报》转载；张家口新华广播电台广播；各解放区报纸转载；新华书店出版单行本；香港的书店出版时，还对"新起的"作家孙犁进行了介绍。——一夜之间，《荷花淀》和作为小说家的孙犁为人所识。《荷花淀》是孙犁创作生涯的分水岭，此前，他是作为战地记者和文学工作者的孙犁；此后，他是独具风格的小说家。

七十多年过去，《荷花淀》早已成为中国当代短篇小说经典，也被认为有着鲜明的革命主题和强烈的抒情美学特征。在前人研究基础上，本文希望探讨的是：一种以抒发个人情感、情景交融的美学如何启发孙犁，使他得以协调"诗情"与"革命"之间的关系；"抒情美学"如何在革命文学中找到恰切的位置？是哪些因素促使战地文艺工作者孙犁成长为一代深具抒情美学风格小说家的？这是重读《荷花淀》的动力。

①　方纪：《一个有风格的作家——读孙犁同志的〈白洋淀纪事〉》，《新港》1959 年第 4 期。

## "光荣事情"：时代风云从何处写起

《荷花淀》只有 5000 字，别有清新之美。以时间为线索，小说分为三部分。第一部分是少年夫妇话别。第二部分是女人们不舍，想给男人送衣物，不料遇到鬼子。第三部分则是漂亮的伏击战，女人们无意间诱敌深入，游击队趁机歼灭了日本鬼子。

从《白洋淀之曲》到《荷花淀》，小说人物依然叫"水生"，故事依然发生在白洋淀，依然有夫妻情深和女人学习打枪的情节，但两部作品语言、立意、风格迥然相异。尤其是题目用"荷花淀"来称呼"白洋淀"更鲜活灵动，读者们似乎一眼就能想到那荷花盛开的图景——这个题目是讲究的，借助汉字的象形特征给读者提供了重要的想象空间。没有残酷的战争风云，小说从日常生活的宁静起笔："月亮升起来，院子里凉爽得很，干净得很，白天破好的苇眉子潮润润的，正好编席。女人坐在小院当中，手指上缠绞着柔滑修长的苇眉子。苇眉子又薄又细，在她怀里跳跃着。"[1] 口语而又家常的表达，勾勒了诗画般的风

---

[1]　孙犁：《荷花淀》，《孙犁全集》第 1 卷，人民文学出版社，2004 年，第 31 页。

光。之后，小说家荡开一笔，描写白洋淀人的劳动生活：

> 要问白洋淀有多少苇地？不知道。每年出多少苇子？不知道。只晓得，每年芦花飘飞苇叶黄的时候，全淀的芦苇收割，垛起垛来，在白洋淀周围的广场上，就成了一条苇子的长城。女人们，在场里院里编着席。编成了多少席？六月里，淀水涨满，有无数的船只，运输银白雪亮的席子出口，不久，各地的城市村庄，就全有了花纹又密、又精致的席子用了。大家争着买："好席子，白洋淀席！"①

白洋淀属于冀中解放区，孙犁所写的正是解放区的日常生活，那个晚上的平静因"丈夫回来晚了"而打破。

> 水生笑了一下。女人看出他笑的不像平常。
> "怎么了，你？"
> 水生小声说：
> "明天我就到大部队上去了。"

————————

① 孙犁：《荷花淀》，《孙犁全集》第 1 卷，第 31 页。

　　女人的手指震动了一下，想是叫苇眉子划破了手，她把一个手指放在嘴里吮了一下。水生说："今天县委召集我们开会。假若敌人再在同口安上据点，那和端村就成了一条线，淀里的斗争形势就变了。会上决定成立一个地区队。我第一个举手报了名的。"

　　女人低着头说："你总是很积极的。"①

　　从"女人的手指震动"和"女人低着头说话"可以看到，"去大部队"这一决定的重大。而北方人民的坚忍和深明事理也浸润在这样的细节中。正如研究者们所指出，这样的北方人民其实是经过了"挑选"的，——虽然是经过挑选，但这种场景并不是个案，作为解放区革命工作者，孙犁所写的正是他所见到的："农民的爱国心和民族自尊心是非常强烈的。他们面对的现实是：强敌压境，自己的生命，自己的家园，自己的妻子儿女，都没有了保障。他们要求保家卫国，他们要求武装抗日。"②要诚挚写出自己的所见所闻，是孙犁理解的朴素现实主义。

　　写作《荷花淀》时的孙犁，已经深刻认识到时代和战争

---

①　孙犁：《荷花淀》，《孙犁全集》第 1 卷，第 32 页。
②　孙犁：《关于〈荷花淀〉的写作》，《新港》1979 年第 1 期。

在改变着每一个人，而一位作家要写的，则是他所面对的新现实、新生活："我们所处的这个时代的精神，时代的行动，确是波浪汹涌的。而且它'波及'一切东西，无微不至。这精神和行动，便是战斗和民主。大浪潮冲激着一切，刷洗着一切，浮动了一些事物，也沉没了一些事物。它影响着社会上的一切人，连山上寺院里的尼姑道士在内，它变化人的一切生活，吃饭睡觉大小便在内。大浪潮先鼓动着人。因为人是这个时代精神和行动的执行者和表现者。它波动着这些人的生活，五光十色。这便是我们的新现实。"①

院子里发生的事情，是百姓家庭内部的事情，同时也是时代生活的微小浪花。但正是这样的浪花也才最切中人心，因为它与每个时代的个体命运相关。伴随"新现实"的则是"新角色"与"新人"："以前，在庙台上，在十字街口，在学校，在村公所，上城下界，红白喜事，都有那么一批'面子人'在那里出现、活动、讲话。这些人有的是村里最有财富的人，有的是念书人，有的是绅士，有的是流氓土棍。这些人又大半是老年人，完全是男人。"② 可是，在冀中边区，一切发生了变

---

① 孙犁：《文艺学习》，《孙犁全集》第 3 卷，人民文学出版社，2004 年，第 226 页。

② 同上。

化："而今天跑在街上，推动工作，登台讲话，开会主席的人，多半换了一些穿短袄、粗手大脚、'满脑袋高粱花子'的年轻人。出现了一些女人，小孩子。一些旧人退后了，也留下一些素日办公有经验有威望的老年人。这些新人，是村庄的新台柱。以前曾淹没田野间，被人轻视，今天他们在工作和学习上，超越那班老先生，取得人民的信赖。"[1]

《荷花淀》里的新人是水生，他的出场令人印象深刻："这年轻人不过二十五六岁，头戴一顶大草帽，上身穿一件洁白的小褂，黑单裤卷过了膝盖，光着脚。他叫水生，小苇庄的游击组长，党的负责人。今天领着游击组到区上开会去来。"[2]这个年轻人有责任、有担当，是抗战的骨干力量，有着不一样的精神面貌。

　　"今天县委召集我们开会。假若敌人再在同口安上据点，那和端村就成了一条线，淀里的斗争形势就变了。会上决定成立一个地区队。我第一个举手报了名的。"

　　……

① 孙犁：《文艺学习》，《孙犁全集》第 3 卷，第 226 页。
② 孙犁：《荷花淀》，《孙犁全集》第 1 卷，第 32 页。

  "我是村里的游击组长，是干部，自然要站在头里，他们几个也报了名。他们不敢回来，怕家里的人拖尾巴。公推我代表，回来和家里人们说一说。他们全觉得你还开明一些。"

  ……

  "家里，自然有别人照顾。可是咱的庄子小，这一次参军的就有七个。庄上青年人少了，也不能全靠别人，家里的事，你就多做些，爹老了，小华还不顶事。"

  ……

  "千斤的担子你先担吧，打走了鬼子，我回来谢你。"[1]

  新的现实催生新人，同时一种新的革命伦理关系开始建立。小说中提到水生对水生嫂的嘱咐，这往往被认为对女性的"特殊嘱咐"，但其实这样的"嘱咐"也是在民族国家话语逻辑里完成的。在民族国家话语里，夫妇关系和父子关系并不仅仅在家庭内部获得价值。一如小说中的场景："父亲一手拉着水生，对他说：'水生，你干的是光荣事情，我不拦你，你放心走吧。大人孩子我给你照顾，什么也不要惦记。'"[2]父亲提到"光

---

[1] 孙犁：《荷花淀》，《孙犁全集》第 1 卷，第 33 页。

[2] 同上，第 34 页。

荣事情"，话语简洁朴素却有强大力量，彰显着战时军民保卫家园、抗击日寇的决心。对光荣事情的记取既有民族国家意义，也有家庭伦理意义，这是作为父亲的承诺，更是作为乡亲对子弟兵的承诺。这也让人想到中国的古诗，"位卑未敢忘忧国"，想到"天下兴亡，匹夫有责"。中国文化传统中的高尚品德，在最普通的中国百姓身上闪光。

因为大敌当前，夫妇话别便也不再是简单的夫妇话别，而父子之间的托付也不只是简单的父子托付。"这当然不是一般的'儿女情，家务事'，也不仅是一对青年夫妇的'悲欢离合'，而是深刻动人地体现了中国劳动人民那种'公尔忘私，国尔忘家'的壮烈精神，体现了解放区人民和前方战士那种相依为命、同生共死的亲密关系。"①——《荷花淀》使抗日战士看到了后方人民的力量："看到我们的抗日根据地不断扩大，群众的抗日决心日益坚决，而妇女们的抗日情绪也如此令人鼓舞，因此就对这篇小说产生了喜爱的心。"②

《荷花淀》自发表以来便被视为革命文学经典，几十年来一直被收入中学课本，影响了一代代人。小说表现了战争年代

---

① 黄秋耘：《介绍〈荷花淀〉》，中央人民广播电台文教科学编辑部编《阅读和欣赏》第二集（现代文学部分），北京出版社，1963年，第91页。

② 孙犁：《关于〈荷花淀〉的写作》，《新港》1979年第1期。

最大的政治：抗击外敌、保家卫国；作家聚焦于那些最普通老百姓们的生活、情感、欢乐以及内心波澜，书写时代精神如何涉及人民生活，同时也书写人民如何影响我们时代的走向。作为主体的农民形象被重新构建，他们勇敢、团结、深具主体意识，他们并不是知识分子要启蒙的对象而是前方战士最稳固的靠山。《荷花淀》的重要贡献在于重新书写中国农民的精神面貌，这也正如郜元宝所言："从'五四'新文学开创以来，如此深情地赞美本国人民的人情与人性并且达到这样成功的境界，实自孙犁开始。也就是说，抗战以后涌现出来的孙犁以及和孙犁取径相似的革命作家，确实在精神谱系上刷新了中国的新文学。"①

## "公我"/"个我"的统一：革命生活与有情的叙述

陈世骧认为，中国文学的传统在于"抒情的传统"，这对于理解中国文学深具启发性和开创性②，也为重新理解《荷花

---

① 详见郜元宝：《柔顺之美：革命文学的道德谱系：孙犁、铁凝合论》，《南方文坛》2007 年 1 期。

② 语见王德威：《抒情传统与中国现代性》，第 137 页。王德威在《抒情传统与中国现代性》一书中，"提议寻找在革命、启蒙之外，'抒情'代表中国文学现代性——尤其是现代主体建构——的又一面向。"

淀》打开了新的入口。——很少有人像孙犁这样，可以将一部同仇敌忾的革命小说写得如此柔情似水，《荷花淀》既壮烈又柔美，既果敢又明媚，而他所使用的语言又是如此生动、鲜活、洗练。这让人想到中国古典文学传统的滋养，《荷花淀》的"别开生面"，也在于它的诗情画意，在于它独具"中国风景"之美。

情感是这部小说最大的核心——它表面以时间顺序结构，其实内在里是一种情感结构。小说的三个部分也正对应了水生嫂们的情感波动。小说中，景物与人物情感之间的互相对应关系，常常是景中有情，情中有景，情景互现。

> 这女人编着席。不久在她的身子下面，就编成了一大片。她像坐在一片洁白的雪地上，也像坐在一片洁白的云彩上。她有时望望淀里，淀里也是一片银白世界。水面笼起一层薄薄透明的雾，风吹过来，带着新鲜的荷叶荷花香。[1]

此时的生活是安宁的，景色的安静与人物内心相互映照。但"女人们到底藕断丝连"，因为"藕断丝连"，所以想去追踪，

---

[1]　孙犁：《荷花淀》，《孙犁全集》第 1 卷，第 31 页。

想再看看他们。对于男人的思念、不舍在她们的闲谈里，也体现在风景里。从亲戚家出来，得知了他们的消息，女人放了心："她们轻轻划着船，船两边的水哗，哗，哗。顺手从水里捞上一棵菱角来，菱角还很嫩很小，乳白色。顺手又丢到水里去。那棵菱角就又安安稳稳浮在水面上生长去了。"[1] 哗，哗，哗的水声是平缓的，与她们的心情正好相衬，丢到水里的菱角也变得安稳了。

但是，片刻的美好随即被鬼子打破。"后面大船来的飞快。那明明白白是鬼子！这几个青年妇女咬紧牙制止住心跳，摇橹的手并没有慌，水在两旁大声哗哗，哗哗，哗哗哗！"[2] 与之前轻划着船"哗，哗，哗"不同，鬼子来之后，"水在两旁大声哗哗，哗哗，哗哗哗！""哗"已经不再只是象声词，它还是情感和动作，是紧张的气氛，是"命悬一线"。


"往荷花淀里摇！那里水浅，大船过不去。"

她们奔着那不知道有几亩大小的荷花淀去，那一望无边际的密密层层的大荷叶，迎着阳光舒展开，就像铜

---

[1] 孙犁：《荷花淀》，《孙犁全集》第1卷，第36页。
[2] 同上。

墙铁壁一样。粉色荷花箭高高地挺出来，是监视白洋淀的哨兵吧！①

眼见之处，花朵枝叶以及芦苇都是有生命、有气节的，——"铜墙铁壁"和"哨兵"是比喻，但也是风景的态度。《荷花淀》中，"一切景语皆情语"，景色是真实的存在，同时也是白洋淀人民心灵与情感的投射。

情感是流动变化的，时间的逻辑里暗含着的是情感的逻辑。"她们向荷花淀里摇，最后，努力的一摇，小船窜进了荷花淀。几只野鸭扑棱棱飞起，尖声惊叫，掠着水面飞走了。就在她们的耳边响起一排枪声！"② 这是战时的风景，是切近的现场："整个荷花淀全震荡起来。她们想，陷在敌人的埋伏里了，一准要死了，一齐翻身跳到水里去。渐渐听清楚枪声只是向着外面，她们才又扒着船帮露出头来。她们看见不远的地方，那宽厚肥大的荷叶下面，有一个人的脸，下半截身子长在水里。荷花变成人了？那不是我们的水生吗？又往左右看去，不久各人就找到了各人丈夫的脸，啊！原来是他们！"③

① 孙犁：《荷花淀》，《孙犁全集》第 1 卷，第 36—37 页。
② 同上，第 37 页。
③ 同上。

　　壮烈的抗日故事里含有迷人的柔软的情感内核，即夫妻之情。那些欢快与思念、热爱与深情、依依不舍与千钧一发，都浸润在女人的行动、语言和所处风景里。而更好的风景则是男人们打胜仗的喜悦。"手榴弹把敌人那只大船击沉，一切都沉下去了。水面上只剩下一团烟硝火药气味。战士们就在那里大声欢笑着，打捞战利品。他们又开始了沉到水底捞出大鱼来的拿手戏。他们争着捞出敌人的枪支、子弹带，然后是一袋子一袋子叫水浸透了的面粉和大米。水生拍打着水去追赶一个在水波上滚动的东西，是一包用精致纸盒装着的饼干。"①

　　那些以往围着锅台转的女人哪里只是柔弱的被保护对象？她们开朗、明媚、乐观，也有承当。读者在小说中听到了她们爽朗的笑声，逐渐感受到她们的力量："这一年秋季，她们学会了射击。冬天，打冰夹鱼的时候，她们一个个登在流星一样的冰船上，来回警戒。敌人围剿那百亩大苇塘的时候，她们配合子弟兵作战，出入在那芦苇的海里。"②拿起枪来保家卫国的女性与做家务的女性是同一个女性，但又有不同。一如研究者们所指出的："于是，水生嫂们在'多情女人'的伦理

① 孙犁.《荷花淀》,《孙犁全集》第1卷，第37页。
② 同上，第39页。

身份之外又有了'革命女人'的社会政治身份，'革命'与'人性'就此建立起了和谐的联结。战争破坏了人的生存环境，也让'革命'获得了必要性与真实意义，而革命的终极目的就是要将幸福生活还给水生嫂和所有的善良的人们，美的人性与崇高的革命，就这样统一在孙犁的浪漫叙事中。"①

其实，《荷花淀》不仅以情感结构，它本身还是"思念之情"的产物。1992 年 5 月 20 日，孙犁在致卫建民的信中写道："《荷花淀》等篇，是我在延安时的思乡之情，思亲之情的流露，感情色彩多于现实色彩"。②1945 年春天，对家人的思念向他袭来："我离开家乡、父母、妻子，已经八年了。我很想念他们，也很想念冀中。打败日本帝国主义的信心是坚定的，但很难预料哪年哪月，才能重返故乡。"③事实上，1944 年，孙犁刚到延安便听说了故乡人民经历了空前残酷的"五一大扫荡"。"他曾为八百万人民以及家里亲人的安危，梦魂惊扰。后来接到家信，得知敌人'扫荡'已彻底失败，现在更得知故乡已完全重新获得解放，家里人也都无恙，才放了心。但是绵绵

---

① 丁帆、李兴阳：《论孙犁与"荷花淀派"的乡土抒写》，《江汉论坛》2007 年 1 期，第 129 页。

② 孙犁：《致卫建民（一封）一九九二年五月二十日》，《芸斋书简续编》，刘宗武编，大象出版社，2004 年，第 181 页。

③ 孙犁：《关于〈荷花淀〉的写作》，《新港》1979 年第 1 期。

的思念之情,还是经常地袭上心头。"<sup>①</sup>没有人知道战争哪一天结束，这位小说家／年轻的丈夫唯一能做的就是在纸上建设他的故乡、挂牵和祝愿。

与其说《荷花淀》是一个故事，不如说是孙犁以小说的形式写就的一封充满思念之情的家书，这封信里有着一位丈夫和一个儿子最深沉的情感。当然,这样的情感不只是个人的，也是战时千万人共同的心之所念。——写作《荷花淀》时的孙犁将"自我"完全浸入了革命战士的角色之中，作为抒情者与作为革命战士、作为士兵战士亲人的"自我"才能融为一体，于是，《荷花淀》中内置的抒情声音没有出现分裂而是得到了最大程度的统一："我写出了自己的感情，就是写出了所有离家抗日战士的感情，所有送走自己儿子和丈夫的人们的感情。我表现的感情是发自内心的，每个和我生活经历相同的人，都会受到感动。"<sup>②</sup>

孙犁以个人声音写出千万人的心之所向，由此，"个我"便也成为了"公我"，"个我"与"公我"情感与价值取向的高度契合是优秀革命抒情作品成功的关键，也是《荷花淀》历

---

① 克明·《一个作家的足迹——孙犁创作生活片段》,《长城》1981 年第 2 期。
② 孙犁：《关于〈荷花淀〉的写作》,《新港》1979 年第 1 期。

久弥新的魅力所在。自《荷花淀》开始，以热爱出发的情感写作，一直贯穿孙犁的创作之路。"我想写的，只是那些我认为可爱的人，而这种人，在现实生活中间，占大多数。她们在我的记忆里是数不清的。……当然，我在写她们的时候，用的多是彩笔，热情地把她们推向阳光照射之下，春风吹拂之中。……进城以后，我已经感到：这种人物，这种生活，这种情感，越来越会珍贵了。因此，在写作中间，我不可抑制地表现了对她，对这些人物的深刻的爱。"[①]

这意味着，在孙犁那里，"抒情"不只是一种表现手法，也是面对人生的态度，将他的写作放入普实克所理解的抒情方式是恰切的："抒情是中国文学现代性的一个发端。抒情在这里指的不只是诗歌文类，也是文学写作、思想的整体模式，或者是承接看待历史的方式。"[②]——对孙犁而言，抒情当然是写作的动机和写作行为本身，但也是他观照历史与现实的方式，正是在此意义上，孙犁成为了自觉的抒情文学传统的继承者。

---

① 孙犁：《关于〈山地回忆〉的回忆》，《孙犁全集》第5卷，人民文学出版社，2004年，第53页。

② 王德威：《抒情传统与中国现代性》，生活·读书·新知三联书店，2018年，第137页。

# 一位革命抒情作家的养成

《荷花淀》发表之前，孙犁写过一些文学作品，包括与《荷花淀》故事相近的《白洋淀之曲》，可是，这些作品并没有像《荷花淀》这样得到如此广泛而热烈的认可。是什么使孙犁在六年之间发生了如此重要的变化，作家的抒情美学趣味如何养成？

以"后见之明"看来，孙犁成为小说家与担任《冀中一日》编辑工作有密切关系。"冀中一日"是号召冀中百姓人人拿起笔书写"一日"生活的群众性写作活动。1941年4月，中共冀中区党委发出了"关于《冀中一日》的通知"，决定全区上下都共同记录5月27日所发生的事，写稿范围上自军区司令部、政治部、行署、冀中各团体；下至村公所、村团体。……从发动到编稿历时七、八月。最终，征文收到了近五万篇。

孙犁是偶然加入"冀中一日"编辑工作的。"1941年9、10月间，孙犁住在冀中二分区，等候过平汉路，回到阜平山地。因一时没有过路机会，又患了疟疾，就没有过成。后来，《冀中一日》编辑工作的主要负责人王林约他一同工作，他就留了下来。"①五万多篇稿件最终选出二百三十三篇,三十五万余字,分为四辑出版。孙犁编辑的是第二辑《铁的子弟兵》。在大量的稿件阅读中,孙犁发现,这样的群众写作运动对上层文学工作是一种"大刺激,大推动,大教育","使上层文学工作者更去深入体验生活,扩大生活圈子重新较量自己。在《冀中一日》照射之下,许多人感到自己的文章,空洞无物,与人民之生活、人民之感情距离之远。"②

《冀中一日》的编辑工作结束后,孙犁根据群众来稿完成了《区村和连队的文学写作课本》,这是用来辅导冀中人民进行写作的小册子,后来改名为《文艺学习》,甚至比《冀中一日》发行更广。王林回忆说,因为此书"'从群众中来,到群众中去'的,所以使冀中文艺青年感到特别亲切,在写作水平上也大大提高了一步"。③

《文艺学习》并不长,分为"描写"、"语言"、"组织"、"主题和题材"四章。在这部论作中,孙犁深刻思考了何为革命作家、时代与作家之间的关系,何为好的文学以及何为好的

① 郭志刚、章无忌:《孙犁传》,第 142—143 页。

② 孙犁:《关于〈冀中一日〉写作运动》,《孙犁全集》第 2 卷,人民文学出版社,2004 年,第 451 页。

③ 王林:《回忆〈冀中一日〉写作运动》,《冀中一日》,河北人民出版社,2011 年,第 426 页。

文学语言，一位作家如何锻造好的文学语言等重要文学问题。

《文艺学习》的出版表明，《冀中一日》的编辑工作已经开始促使孙犁思考"如何成为一位好小说家"和"如何写出一部好作品"这些问题了。多年过去，他的许多思考依然有启发性。比如他提到好作品与时代与生活的关系："作者更要有远见和勇气，永远望在时代的前面。"① "生在这一个时期的作家，责任就更重大。因为他要把新的人表现出来，把新时代新人的形象创造出来。他是新文学的产妇，要在挣扎战斗中尽了他的任务。在这个时期，文学事业和那些人一样是生气勃勃的。出现在这个时期的作家便好像勇敢的鱼浮在汹涌的江河里。同时，在这个时期，社会也需要大批的人向文学事业努力。"②

他认识到作家与农民的关系："在乡村，我们要认识新的农民，农民的心理。从他们过去的生活和今天的生活上来观察他们。在部队上，认识那些接受新的理想而战争的战士、干部，从部队生活的具体环境来表现他们。把新农民和战士连起来看，把部队和农村连起来看。要看出和抓紧我们的时代精神，在生活和工作上笼罩着的那个总的、战斗的、热情的、新生

① 孙犁：《文艺学习》，《孙犁全集》第3卷，第225页。
② 同上，第122页。

的气氛。在小的方面，要看出和抓紧一个人的进步和没落的过程里的重要筋脉。"① 也认识到作家的责任："在历史上，哪一时代都有它的有功绩的作家。而且，社会发展向前，在转变的年头，新的人大量产生出来，这些人因为他们的责任——埋葬旧的，创造新的，他们是生气勃勃，有勇有谋。这些人呼喊着，创造着，战斗着，这些人环绕起来，把新一代的社会捧献给人类的历史。"②

……以上观点可以看出，虽然还没有正式开始进行创作，但孙犁也已经有了革命作家身份的某种自觉。当然，在《文艺学习》中，孙犁更强调了语言及表现形式的重要性。他认为：

> 好内容必需用好的文字语言表达出来，才成了好作品。用滥调堆砌起来，堆砌一房高也不是好作品。好的作家的一生的工作，也可以说是文字语言的工作。不断学习语言，研究语言，创造语言。……文学的大师同时就是语言的大师。③
> ……

① 孙犁：《文艺学习》，《孙犁全集》第 3 卷，第 224 页。
② 同上，第 122 页。
③ 同上，第 115 页。

从事写作的人，应当像追求真理一样去追求语言，
应当把语言大量贮积起来。应当经常把你的语言放在纸
上，放在你的心里，用纸的砧，心的锤来锤炼它们。[①]

……

重视语言，就是重视内容了。一个写作的人，为自
己的语言努力，也是为了自己的故事内容。他用尽力量追
求那些语言，它们能完全而美丽地传达出这个故事，传
达出作者所要抒发的感情。[②]

什么样的语言是好的语言？在孙犁看来，好的语言要"明
确、朴素、简洁、浮雕、音乐性、和现实有密切联系"。[③] 近
几年来，研究者们都注意到孙犁对文学口语化所做出的贡
献[④]，事实上，他对好的语言的理解也可以概括《荷花淀》的

---

① 孙犁：《文艺学习》，《孙犁全集》第 3 卷，第 150 页。
② 同上，第 170 页。
③ 同上，第 151 页。
④ 胡河清认为："孙犁在解放区作家中，大概也可以算得最善于使用口语的
  一人。他小说里的叙述文字，几乎都是从冀中地域流传的口语中提炼出来
  的。不仅不掺丝毫半文半白的'杂质'，且又似乎进一步革了'五四'以
  来书面化白话的命。"（胡河清：《重论孙犁》，《胡河清文存》，生活·读书·新
  知上海三联书店，1996 年，第 11 页。）

特点，准确、洗练而又有音乐性。——在《荷花淀》的写作实践中，他已经认识到语言与内容相契合的问题，他已经找到一种独属于他的表达方式，一种腔调、韵律与节奏。而正是这种对语言的执着追求，支撑了他的革命抒写与对抒情传统的继承。正如王彬彬在《孙犁的意义》中所言：孙犁"像'追求真理一样去追求语言'，实践'口语理论'的洗练之美，在幽默与坦诚中表现人道主义，……使他跨越大半个世纪的文学创作，成为历史赋予我们的宝贵遗产。"①孙犁对语言的这样的追求，使人重新看待他与抒情传统的关系，——在孙犁的整个创作生涯中，从青年时代的《白洋淀纪事》到晚年的《芸斋笔记》，兴与怨、情与志、诗与史都在他的文字里糅杂在一起，他的写作意义需要在中国抒情传统而不是史诗传统上去认知。

《文艺学习》并非成熟写作者的写作经验集大成之作，因为此时的孙犁还没有动手写小说，所以这本书充其量只是他的阅读心得。但是，这些心得对这位年轻作者弥足珍贵，它是一种创作的储备——也许他对群众创作的看法太犀利、对他人文字的批评太尖锐了，以至于他的同事有一次委婉提醒他，"你

---

① 王彬彬：《孙犁的意义》，《文学评论》2008 年第 1 期。

也可以写些创作,那样一来,批评工作就可以做得更好些了。"①
很多年后,孙犁对这个提醒依然不能忘记。

"我自己,从写了这本书以后,就开始学习创作"②,从《文艺学习》开始,作为写作者的孙犁开始有意克服那些创作中的"随大流",那些抗战写作中的"程式化",那些对抗战生活的"浮夸"以及语言形式的平庸。——如果说《文艺学习》写下的是孙犁关于"人民—生活"、"文学—生活"的理解,那么《荷花淀》则是这位作家对其"所知"的践行,换句话说,《荷花淀》的面世表明,孙犁不仅是"有所知"的人,也在努力成为"有所做"者。在这样的背景下重读《荷花淀》,会发现革命抒情美学风格的诞生不是凭空的,他有革命工作者的自觉,有对诗性表达、抒情方式的深刻认知……动手写作《荷花淀》之前,孙犁的抒情美学趣味已然养成。

## 结语：在晋察冀山地扎下的根，在延安开花结果

要特别提到孙犁那篇《谈赵树理》,这篇不长的文字尤论

---

① 孙犁:《文艺学习》,《孙犁全集》第3卷,第278页。
② 同上,第276页。

是在赵树理研究还是在孙犁研究中都有深远影响。在讨论赵树理何以成为赵树理时，孙犁特别提到抗日战争之于赵树理写作生涯的重要性。"当赵树理带着一支破笔，几张破纸，走进抗日的雄伟行列时，他并不是一名作家。他同那些刚放下锄头，参加抗日的广大农民一样，并没有觉得自己有任何特异地方。他觉得自己能为民族解放献出，除去应该做的工作，就还有这一支笔。"① 为什么赵树理最后成为了赵树理呢，是因为，"这一作家的陡然兴起，是应大时代的需要产生的，是应运而生，时势造英雄。他是大江巨河中的一支细流，大江推动了细流，汹涌前去。他的思想，他的所恨所爱，他的希望，只能存在于这一巨流之中，没有任何分散或格格不入之处。他同身边的战士，周围的群众，休戚与共，亲密无间。"②

> 他要写的人物，就在他的眼前，他要讲的故事就在本街本巷。他要宣传、鼓动，就必须用战士和群众的语言，用他们熟悉的形式，用他们的感情和思想。而这些东西，就在赵树理的头脑里，就在他的笔下。如果不是

① 孙犁：《谈赵树理》，《孙犁全集》第 5 卷，人民文学出版社，2004 年，第 109 页。
② 同上，第 110 页。

这样，作家是不会如此得心应手，唱出了时代要求的歌。正当一位文艺青年需要用武之地的时候，他遇到了最广大的场所，最丰富的营养，最有利的条件。①

这些文字对赵树理是"知音之言"，也是孙犁的"夫子自道"。孙犁之所以能成为风格独异、气质卓然的革命作家，其实也在于"他遇到了最广大的场所，最丰富的营养，最有利的条件"②，"可以自信，我在写作这篇作品时的思想、感情，和我所处的时代，或人民对作者的要求，不会有任何不符节拍之处，完全是一致的。"③——在革命年代里，孙犁以文字应和了时代的呼唤，从作为个人的抒情主体成为集体的抒情主体代言人，表达了万千民众的心中所愿。一如传记作者所说，"在河北平原和晋察冀解放区扎下的文学之根，最终在延安开花结果了"。④

2021 年 6 月 15 日—2021 年 8 月 15 日

---

① 孙犁：《谈赵树理》，《孙犁全集》第 5 卷，第 110 页。
② 同上。
③ 孙犁：《关于〈荷花淀〉的写作》，《新港》1979 年第 1 期。
④ 郭志刚、章无忌：《孙犁传》，第 195 页。

# 第六章　旧故事如何长出新枝丫

——关于赵树理《登记》

　　《登记》是赵树理写于 1950 年的短篇小说。讨论这部作品，不得不谈到二十世纪八十年代广为流传的戏曲唱段《燕燕作媒》，它取自沪剧《罗汉钱》，曾获得第一届全国戏曲观摩演出大会剧本奖和演出奖。而鲜为人知的是，《罗汉钱》便是由赵树理的《登记》改编而来。

　　《登记》旨在宣传新中国第一部《婚姻法》。这部改变每个中国人生活的法典颁布于 1950 年 5 月 1 日。"1950 年夏天，正是大力宣传婚姻法的时候，刊物急需要发表反映这一题材的作品，但编辑部却没有这方面的稿子。编委会决定自己动手写。谁写呢？推来推去，最后这一任务就落到了老赵头上。这是命题作文章，也叫做'赶任务'，一般的说来是'赶'不出什么好作品来的。老赵却很快'赶'出了一篇评书体的短篇小说《登记》。"①

《登记》完成于 1950 年 6 月 5 日，发表在《说说唱唱》1950 年第 6 期，约有 14000 字。故事所写的是 1950 年，在山西东王庄，母亲小飞蛾无意间发现女儿艾艾的罗汉钱，回忆起二十多年前自己与保安相恋，后来被迫嫁给张木匠，从此婚姻生活陷于暴力和恐惧之中的经历，担心女儿重蹈覆辙，小飞蛾拒绝了媒人五婶的说亲。艾艾因为与小晚往来被村人视为"名声不正"，燕燕上门为艾艾做媒，小飞蛾同意了孩子们的婚事。但村公所依然不准登记。村里的青年小进和燕燕的恋爱也遭到阻碍。两个月后，《婚姻法》颁布，艾艾和小晚登记并被视为模范婚姻，燕燕和小进后来也圆满结合。

《登记》完全可以说是一个新中国故事，一发表便引起文艺界强烈反响，很快被改编为戏曲《罗汉钱》，以地方戏形式上演（沪剧只是其中的一种）。读《登记》，会很自然地想到赵树理的成名作《小二黑结婚》，事实上，研究者们后来将这两部作品称为姊妹篇。两部作品相同之处在于有共同的主题 ——都是年轻人冲破重重阻力寻找婚姻自由。但不同也很明显:《小

① 马烽:《忆赵树理同志》,《光明日报》1978 年 10 月 15 日。

二黑结婚》的故事发生在1943年的解放区，当时还没有《婚姻法》；《登记》发生在七年后，新中国已经成立，《婚姻法》刚刚颁布。于是，同样的婚姻自由主题，同样书写母女两代的关系，相比而言，《登记》的调性更为明朗欢快，年轻人也变得更为勇敢和主动。

和《小二黑结婚》共享一个故事内核，《登记》是如何翻新、生长出新鲜枝丫而令人喜闻乐见的？与《小二黑结婚》相比，《登记》中的女性形象与年轻人形象塑造方面有何显著不同？在移风易俗的进程中，赵树理如何在国家话语与女性自身力量之间寻找到他的叙述策略？这是本文感兴趣之处，也是重读目的所在。

## "人是苦虫"？小飞蛾与她的"缓慢觉醒"

《登记》发表时被标记为"评书"。开头便以说书人口吻出现："诸位朋友们：今天让我来说个新故事。这个故事题目叫《登记》，要从一个罗汉钱说起。"[1] 故事分成四部分：一、罗汉钱；二、眼力；三、不准登记；四、谁该检讨。

---

① 赵树理：《登记》，《赵树理文集》第2卷，人民文学出版社，2005年，第95页。

　　整体而言，小说的四部分结构严谨，对应传统故事"起、承、转、合"。虽然四部分字数均衡，小说的重点也讲的是年轻一代如何克服困难去登记，但小说中让人最印象深刻的还是"罗汉钱"，也是新故事发生的背景，母亲小飞蛾的旧故事。

　　二十多年前，作为新媳妇的小飞蛾俊俏而活泼，但村里人慢慢传来了她的闲话，了解到她以前的相好叫保安，张木匠也发现，小飞蛾身上的罗汉钱是二人定亲的信物。在最初，张木匠并没有要用武力降服小飞蛾，他只是把不满告诉了母亲，母亲则挑唆他："快打吧！如今打还打得过来！要打就打她个够受！轻来轻去不抵事！"[1] 受怂恿的儿子马上动手，"他拉了一根铁火柱正要走，他妈一把拉住他说：'快丢手！不能使这个！细家伙打得疼，又不伤骨头，顶好是用小锯子上的梁！'"[2]

　　"张木匠打媳妇"是罗汉钱里非常重要的场景。每一位读者都会对张木匠如何"教训"小飞蛾的片断难以忘记：

　　　　她是个娇闺女，从来没有挨过谁一下打，才挨了一下，痛得她叫了一声低下头去摸腿，又被张木匠抓住她的头

----

① 赵树理：《登记》，《赵树理文集》第2卷，第98页。
② 同上。

发，把她按在床边上，拉下裤子来"披、披、披"一连打了好几十下。她起先还怕招得人来看笑话，憋住气不想哭，后来实在支不住了，只顾喘气，想哭也哭不上来，等到张木匠打得没了劲扔下家伙走出去，她觉得浑身的筋往一处抽，喘了半天才哭了一声就又压住了气，头上的汗，把头发湿得跟在热汤里捞出来的一样，就这样喘一阵哭一声喘一阵哭一声，差不多有一顿饭工夫哭声才连起来。……小飞蛾哭了一阵以后，屁股蛋疼得好像谁用锥子剜，摸了一摸满手血，咬着牙兜起裤子，站也站不住。①

虽然讲故事人和听众／读者一起观看张木匠打人场景，但小说所聚焦和传达的却是被打者的感受、疼痛和屈辱。而这样的疼痛和屈辱使活泼的小飞蛾像换了个人一样，从此生活在恐惧中。

从挨打那天起，她看见张木匠好像看见了狼，没有说话先哆嗦。张木匠也莫想看上她一个笑脸——每次回来，从门外看见她还是活人，一进门就变成死人了。有

---

① 赵树理：《登记》，《赵树理文集》第 2 卷，第 99 页。

一次，一个鸡要下蛋，没有回窝里去，小飞蛾正在院里撵，张木匠从外边回来，看见她那神气，真有点像在戏台上系着白罗裙唱白娘娘的那个小飞蛾，可是小飞蛾一看见他，就连鸡也不撵了，赶紧规规矩矩走回房子里去。张木匠生了气，撵到房子里跟她说："人说你是'小飞蛾'，怎么一见了我就把你那翅膀奔拉下来了？我是狼？""呱"一个耳刮子。小飞蛾因为不愿多挨耳刮子，也想在张木匠面前装个笑脸，可惜是不论怎么装也装得不像，还不如不装。张木匠看不上活泼的小飞蛾，觉着家里没了趣，以后到外边做活，一年半载不回家，路过家门口也不愿进去，听说在外面找了好几个相好的。[1]

殴打使她改变性情，活泼的性格就此消失。对于小飞蛾而言，曾经爱上过别人已经成为她的原罪。小说动情地书写了小飞蛾遭受家庭暴力后所感受到的孤独、恓惶和无处依归。"小飞蛾离娘家虽然不远，可是有嫌疑，去不得；娘家爹妈听说闺女丢了丑；也没有脸来看望。这样一来，全世界上再没有一个人跟小飞蛾是一势了。"[2]没有人帮助小飞蛾，包括同为

---

[1]　赵树理：《登记》，《赵树理文集》第 2 卷，第 99 页。
[2]　同上，第 100 页。

女性的婆婆。事实上,在张木匠家暴行为的背后,婆婆起了推波助澜的作用。

> 他妈把他叫到背地里,骂了他一顿"没骨头",骂罢了又劝他说:"人是苦虫!痛痛打一顿就改过来了!舍不得了不得……"他受过了这顿教训以后,就好好留心找小飞蛾的茬子。①

"人是苦虫",是一种地方方言②。"人是苦虫"这句话在《登记》里出现了两次,一次是前面张木匠母亲怂恿他去打小飞蛾时,而另一次则是五婶去说媒,被问起艾艾是不是还能改时,五婶回答说:"改得了!人是苦虫,痛痛打一顿以后就没有事了!"③对方又说:"生就的骨头,哪里打得过来?"④五婶则说:"打得过来,打得过来!小飞蛾那时候,还不是张木匠一顿锯梁子打过来的?"⑤某种意义上,就这部小说而言,"人是苦虫"中的"苦虫"特指女人,指的是那些有过恋爱史或者婚前有

---

① 赵树理:《登记》,《赵树理文集》第 2 卷,第 98 页。
② 旧时官府骂人的话,意谓人性轻贱,不拷打就不会招供。
③ 赵树理:《登记》,《赵树理文集》第 2 卷,第 106 页。
④ 同上。
⑤ 同上。

过相好的女人,而教育她们的方式便是"打",——"人是苦虫"有如密码,从这个角度可以看到像空气一样对女性的歧视与羞辱,也会自然联想到当时诸多农村女性在婚内被不断殴打、改造的故事,但在那时,很少有人意识到殴打本身的问题。

1950 年的小飞蛾再次听到五婶这句"人是苦虫"时,表达了"不服"。"她想:'难道这挨打也得一辈传一辈吗?去你妈的!我的闺女用不着请你管教!'"[1]这是作为母亲的小飞蛾的反抗和她的不屈服,也是对像空气一样的旧习惯和旧习俗说不。事实上,即使当年被张木匠殴打,小飞蛾也并没有真的被"改造":

> 小飞蛾只好一面伺候婆婆,一面偷偷地玩她那个罗汉钱。她每天晚上打发婆婆睡了觉,回到自己房子里关上门,把罗汉钱拿出来看了又看,有时候对着罗汉钱悄悄说:"罗汉钱!要命也是你,保命也是你!人家打死我我也不舍你,咱俩死活在一起!"她有时候变得跟小孩子一样,把罗汉钱暖到手心里,贴到脸上,按到胸上,衔到口里……除了张木匠回家来那有数的几天以外,每天晚上她都是

---

① 赵树理:《登记》,《赵树理文集》第 2 卷,第 106 页。

离了罗汉钱睡不着觉，直到生了艾艾，才把它存到首饰匣子里。①

孙先科在分析小飞蛾这一形象时认为："小飞蛾虽然被张木匠用锯梁子惩戒与规训，但小飞蛾并没有完全被改造。张木匠可以使她怕，但不能使她爱，张木匠不在场时，她的神气仍然像'在戏台上系着白罗裙唱白娘娘的那个小飞蛾'，……或者说张木匠只惩戒了她的皮肉，并没有改造她的心气；张木匠吓破了她的胆，并未虐杀她的精神，她仍然是那个生气勃勃的小飞蛾。"② 也因此，他将小飞蛾称之为有烈性气质的"蛾式女人"，这一分析实为精当。

正是因为"不服"的性格，小飞蛾面对自己过往和女儿的婚事时，多了一些思考。在最初看到女儿手里的"罗汉钱"时，她并不能判断这是件好事还是一件坏事，但听到五婶说"人是苦虫"时，她意识到女儿未来应该怎样生活的问题：

五婶那两句话好像戳破了她的旧伤口，新事旧事，

① 赵树理：《登记》，《赵树理文集》第2卷，第100页。
② 孙先科：《作家的"主体间性"与小说创作中的"间性形象"——以赵树理、孙犁的小说创作为例》，《河南大学学报（社会科学版）》2003年第1期。

想起来再也放不下。她想："我娘儿们的命运为什么这多一样呢？当初不知道是什么鬼跟上了我，叫我用一只戒指换了个罗汉钱，害得后来被人家打了个半死，直到现在还跟犯人一样，一出门人家就得在后边押解着。如今这事又出在我的艾艾身上了。真是冤孽：我会干这没出息事，你偏也会！从这前半截事情看起来，娘儿们好像钻在一个圈子里，傻孩子呀！这个圈子，你妈半辈子没有得跳出去，难道你就也跳不出去了吗？"[1]

看到女儿未来的生活的隐患，母亲是否还要求女儿走自己的老路？小飞蛾在这里显现了她的主体性。事实上，这位母亲也意识到，她曾经的遭际也不仅仅是她一个人的遭际：

她又前前后后想了一下：不论是和她年纪差不多的姊妹们，不论是才出了阁的姑娘们，凡有像罗汉钱这一类行为的，就没有一个不挨打——婆婆打，丈夫打，寻自尽的，守活寡的……"反正挨打的根儿已经扎下了，贱骨头！不争气！许就许了吧！不论嫁给谁还不是一样挨打？"[2]

---

① 赵树理：《登记》，《赵树理文集》第 2 卷，第 106 页。

② 同上，第 106—107 页。

　　既然大家都有这样的遭际，就顺着命运吗？当然不。小飞蛾不是那样逆来顺受的女性。一如小说中所说："头脑要是简单叫点，打下这么个主意也就算了，可是她的头脑偏不那么简单，闭上了眼睛，就又想起张木匠打她那时候那股牛劲：瞪起那两只吃人的眼睛，用尽他那一身气力，满把子揪住头发往那床沿上'扑差'一近，跟打骡子一样一连打几十下也不让人喘口气……'妈呀！怕煞人了！二十年来，几时想起来都是满身打哆嗦！不行！我的艾艾哪里受得住这个？……'"①

　　这是属于母亲的缓慢而坚定的觉醒，——再也不让女儿走老路，这位母亲要放女儿到光明中去，换句话说，虽然这是属于母亲的旧故事、艾艾故事发生的前史，但是，在这个旧故事里已经包含了新故事的曙光，这也为艾艾和小晚的自由结合做了铺垫。

　　当然，小说也另有伏笔。虽然村子里有许多女人被打过，但也并不是所有女人有小飞蛾的觉悟。一如张木匠的母亲，正是她撺掇儿子去打儿媳妇的，不仅仅撺掇，而且还告诉他哪个打得最疼："他妈为什么知道这家具好打人呢？原来他妈当年年

---

① 赵树理：《登记》，《赵树理文集》第 2 卷，第 107 页。

轻时候也有过小飞蛾跟保安那些事，后来是被老木匠用这家具打过来的。"① 而且在儿媳妇挨打之后，并不表示同情："一家住一院，外边人听不见，张木匠打罢了早已走了，婆婆连看也不来看，远远地在北房里喊：'还哭什么？看多么排场？多么有体面？'"② 这种受罪的媳妇后来又成为严厉管教媳妇的婆婆类型，在赵树理小说是一个系列，她们守旧而顽固，是农村家庭中特有的人物系列。这也正是《登记》中艾艾的故事发生的土壤和背景，苏醒的人是少数。作为小说家，赵树理以小飞蛾际遇出发，所要讲述的是作为土壤和空气的对女性戕害的旧习俗。

　　在妇女形象塑造中，赵树理其实并没有塑造解放区文艺中一种普遍而重要的人物形象，如喜儿（《白毛女》）、燕燕（《赤叶河》）、赵巧儿（《赵巧儿》）、蓝妮（《赶车传》）等受到地主阶级迫害、侮辱的女性形象。这也正是赵树理与其他解放区作家的不同，一如黄修己所说，"这说明赵树理塑造这个形象系列，主要不在于揭露地主阶级的罪恶，而在于表达他对改革农村封建陋习的强烈愿望，寄托着他对妇女解放的理想。"③

---

① 赵树理：《登记》，《赵树理文集》第 2 卷，第 98 页。
② 同上，第 99 页。
③ 黄修己：《赵树理创作形象、母题和情节的构成》，《贵州社会科学》1983年第 3 期。

赵树理小说主要是对农村风俗的批判，正是这样的批判使小飞蛾作为历史中间物获得了她的主体性：她是新旧故事的衔接者，旧的故事的受害者，而在新故事里，她则要做一个新的长辈和母亲。小飞蛾不是靠他人／外力的启发，而是从自身经验出发地觉醒，她是赵树理小说中少有的有主体意识的母亲形象。

## 欲海挣扎：三仙姑与小飞蛾人生的裂变

《小二黑结婚》在赵树理创作中有着非常重要的地位。"这篇成名作以其塑造最重要的人物形象，涉及最经常出现的问题，而确立了它在整个作家创作中的长子地位。农村社会的独特见解，在《小二黑结婚》中已经基本上体现出来了。"① 确乎如此。《小二黑结婚》里包含了赵树理小说的诸多创作母题。而把《登记》和《小二黑结婚》两相对照，也很容易发现它们的共通性：依然写年轻一辈如何突破阻挠实现婚姻自由；人物设定也是相近的，包括父一辈的有些老脑筋和小字辈的艾艾、燕燕、小晚、小进。甚至结构上也非常相近。在写登记和

---

① 黄修己：《赵树理创作形象、母题和情节的构成》，《贵州社会科学》1983年第3期。

如何登记时，作家先荡开一笔写"罗汉钱"，一如写小二黑结婚时作家先写三仙姑和二诸葛以及金旺兄弟等等，被称为"峰回路转式"的结构。但《登记》和《小二黑结婚》的小说调性有明显差异，《小二黑结婚》面对的是反动势力、是黑恶势力，而艾艾、小晚所面对的则是新社会，是新社会里的官僚主义。也因此，《登记》中的年轻人尽管遇到了挫折，但却让人感受到一种希望和力量在召唤。两部小说中，长辈的力量也在发生变化。《小二黑结婚》里，三仙姑和二诸葛是重要的阻挠力量，但是在《登记》中，父辈并不是最大的阻挠力量，甚至他们中一些人在亲情的感召下开始支持年轻人自主婚姻。

当然，这两部小说都贡献了深有光泽的人物，《小二黑结婚》里是三仙姑，《登记》里则是小飞蛾。尽管她们并不是小说中的主人公，也不是作家所要歌颂的对象，但是，她们各自拥有属于远高于新一代／新人的文学光芒。

某种意义上，三仙姑和小飞蛾是有着相同处境的人：两位女性都是俊俏媳妇，年轻时都很吸引同村青年的目光，另外，她们都有着不幸福的婚姻，同时，也都各有反抗性。赵树理如何讲述这两个女性的欲望、如何理解这两位女性的反抗，其实背后代表了作家对女性命运的不同视点。

《小二黑结婚》以漫画式的方式记录了三仙姑这一类的农

村女性。她长得好看，对婚姻和丈夫并不满意。而婚姻具体如
何不幸，小说并没有正面描写。在提到她的丈夫于福时，只
是说，他"只会在地里死受"。

> 三仙姑下神，足足有三十年了。那时三仙姑才十五
> 岁，刚刚嫁给于福，是前后庄上第一个俊俏媳妇。于福
> 是个老实后生，不多说一句话，只会在地里死受。于福
> 的娘早死了，只有个爹，父子两个一上了地，家里只留
> 下新媳妇一个人。村里的年轻人们感觉着新媳妇太孤单，
> 就慢慢自动地来跟新媳妇做伴，不几天就集合了一大群，
> 每天嘻嘻哈哈，十分红火。于福他爹看见不像个样子，有
> 一天发了脾气，大骂一顿，虽然把外人挡住了，新媳妇却
> 跟他闹起来。新媳妇哭了一天一夜，头也不梳，脸也不洗，
> 饭也不吃，躺在炕上，谁也叫不起来，父子两个没了办法。
> 邻家有个老婆替她请了一个神婆子，在她家下了一回神，
> 说是三仙姑跟上她了，她也哼哼唧唧自称吾神长吾神短，
> 从此以后每月初一、十五就下起神来，别人也给她烧起
> 香来求财问病，三仙姑的香案便从此设起来了。[1]

---

[1]　赵树理：《小二黑结婚》，《赵树理文集》第 2 卷，第 4 页。

"跳大神"是三仙姑解决困境的一种手段，某种意义上，也是她隐秘欲望宣泄的出口，小说里，有着旺盛欲望的三仙姑是被嘲笑的，首先是对她衣饰的嘲笑。

> 青年们到三仙姑那里去，要说是去问神，还不如说是去看圣像。三仙姑也暗暗猜透大家的心事，衣服穿得更新鲜，头发梳得更光滑，首饰擦得更明，官粉搽得更匀，不由青年们不跟着她转来转去。①

叙述人用了"更新鲜""更光滑""更明""更匀"，来间接描述三仙姑的主动、渴望及过犹不及。与三十年前的克制相比，在写二仙姑三十年后的穿着时，批评和指摘则更不遮掩。小说中写到三十年后的男人们都长了胡子不再往三仙姑家跑，但"三仙姑却和大家不同，虽然已经四十五岁，却偏爱当个老来俏，小鞋上仍要绣花，裤腿上仍要镶边，顶门上的头发脱光了，用黑手帕盖起来，只可惜官粉涂不平脸上的皱纹，看起

---

① 赵树理：《小二黑结婚》，《赵树理文集》第2卷，第4页。

来好像驴粪蛋上下上了霜"。①"偏爱当个老来俏""小鞋上仍
要绣花""裤腿上仍要镶边",再加上后面的比喻"驴粪蛋上
下上了霜",显然都是极尽嘲讽之意。或者可以说,整部小说中,
作为异类的三仙姑是一位被嘲笑和挖苦的对象,几乎看不到
作者对她的同情。

　　同时,小说也直白地写出了三仙姑不同意小芹和小二黑结
婚的原因,是因为她与女儿的争风吃醋:"她跟小芹虽是母女,
近几年来却不对劲。三仙姑爱的是青年们,青年们爱的是小芹。
小二黑这个孩子,在三仙姑看来好像鲜果,可惜多一个小芹,
就没了自己的份儿。……开罢斗争会以后,风言风语都说小二
黑要跟小芹自由结婚,她想要真是那样的话,以后想跟小二黑
说句笑话都不能了,那是多么可惜的事,因此托东家求西家要
给小芹找婆家。"② 这是入木三分的书写,三仙姑的不幸里,包
括欲望无法满足,也包括人性深层次的母女相嫉、母女相妒。
《小二黑结婚》尖锐书写了三仙姑身上性欲的蓬勃与母性的
匮乏。

　　小飞蛾也是生命能量旺盛的女性。"原来这地方一个梆子

---

① 赵树理:《小二黑结婚》,《赵树理文集》第 2 卷,第 4 页。
② 同上,第 9 页。

戏班里有个有名的武旦，身材不很高，那时候也不过二十来岁，一出场，抬手动脚都有戏，眉毛眼睛都会说话。唱《金山寺》她装白娘娘，跑起来白罗裙满台飞，一个人撑满台，好像一只蚕蛾儿，人都叫她'小飞蛾'。"①"白娘娘"、"蚕蛾儿"的表述，都意味着这个女性别有一种生命力。在讲述小飞蛾的不幸时，小说家看到了这位女性的不驯，即使是没有《婚姻法》的加持，她在内心里也不愿意让孩子去走自己的伤心路，因此强烈表达了对旧习惯的反抗。这意味着，在女性解放问题和如何理解女性的问题上，七年前的赵树理和七年后的赵树理发生了变化，这也让人想到，"不论赵树理是怎样一个乡土作家，不论他怎样站在乡土民间和农民的立场上，然而，他的内心仍然经过了现代的洗礼和革命的风暴。他和大部分中国现代作家一样，深深的卷入了现代世界的历史潮流和漩涡之中。"②

　　两位母亲都有面对女儿婚事时的转变。三仙姑的态度转变是因为在区长办公院子里被围观。

　　　　区长打量了她一眼道："你就是小芹的娘呀？起来！

---

① 赵树理：《登记》,《赵树理文集》第 2 卷，第 97 页。

② 旷新年：《赵树理的文学史意义》,《文艺理论与批评》2004 年第 3 期。

不要装神作鬼！我什么都清楚！起来！"三仙姑站起来了。区长问："你今年多大岁数？"三仙姑说："四十五。"区长说："你自己看看你打扮得像个人不像？"门边站着老乡一个十来岁的小闺女嘻嘻嘻笑了。交通员说："到外边耍！"小闺女跑了。区长问："你会下神是不是？"三仙姑不敢答话。区长问："你给你闺女找了个婆家？"三仙姑答："找下了！"问："使了多少钱？"答："三千五！"问："还有些什么？"答："有些首饰布匹！"问："跟你闺女商量过没有？"答："没有！"问："你闺女愿意不愿意？"答："不知道！"区长道："我给你叫来你亲自问问她！"又向交通员道："去叫于小芹！"

刚才跑出去那个小闺女，跑到外边一宣传，说有个打官司的老婆，四十五了，擦着粉，穿着花鞋。邻近的女人们都跑来看，挤了半院，唧唧哝哝说："看看！四十五了！""看那裤腿！""看那鞋！"三仙姑半辈子没有脸红过，偏这会儿撑不住气了，一道道热汗在脸上流。交通员领着小芹来了，故意说："看什么？人家也是个人吧，没有见过？闪开路！"一伙女人们哈哈大笑。

把小芹叫来，区长说："你问问你闺女愿意不愿意！"三仙姑只听见院里人说："四十五""穿花鞋"，羞得只顾擦汗，再也开不得口。院里的人们忽然又转了话头，都说"那是人家的闺女""闺女不如娘会打扮"，也有人说"听说还会下神"，偏又有个知道底细的断断续续讲"米烂了"的故事；这时三仙姑恨不得一头碰死。①

区长的压力使三仙姑不得不同意小二黑和小芹的婚事。而她之所以要改变衣着方式，也是因为他人的看法："三仙姑那天在区上被一伙妇女围住看了半天，实在觉着不好意思，回去对着镜子研究了一下，真有点打扮得不像话；又想到自己的女儿快要跟人结婚，自己还卖什么老俏？这才下了个决心，把自己的打扮从顶到底换了一遍，弄得像个当长辈人的样子，把三十年来装神弄鬼的那张香案也悄悄拆去。"②——三仙姑的转变是发自内心的吗？这是让人怀疑的。一如研究者所言，他们"这些看似'进步'的举止，其实也是人生的不得已，他们要在社会急剧变动中生存起来生存下来便只能如此。或者这也是一种'就事论事'，因为他们不是非凡的超人，而是世俗中多数，是不得不跟上时代，而随波逐流的人"。③

①　赵树理：《小二黑结婚》，《赵树理文集》第 2 卷，第 14—15 页。
②　同上，第 16 页。
③　董之林：《"工农兵小说"：通俗外观下的生活隐喻》，《长江学术》2013 年第 4 期。

诸多研究者都指出《小二黑结婚》中叙述视角的分裂："小二黑结婚的主题是歌颂自由恋爱,歌颂解放区社会的进步。但从作品的实际描写看,它存在着两个视角,看小二黑小芹的自由恋爱时,站在时代的高度,热情肯定了他们的新思想、新精神、新风貌;看三仙姑这个可怜可厌的人物时,却站在当时农村社会一般的、也是传统道德的立场上,简单地责备她不像媳妇,不像长辈。两个视角并存,说明作者当时伦理道德的矛盾。"①

七年之后,赵树理为了配合婚姻法而创作出了《登记》,某种程度上是对《小二黑结婚》故事的一次改写。《登记》中,小飞蛾不仅考虑到女儿不能走自己的伤心路,也想到了和她有共同际遇的姐妹们。小飞蛾的转变,是人情和事理的统一。小飞蛾身上有朴素的母性,她愿意放儿女们到"光明"中去。这是小飞蛾与三仙姑的重要不同。当然,与三仙姑故事里的嘲讽相比,小飞蛾故事部分也有着浓厚的抒情元素,容易引起人的共情,这也是后来戏剧改编者对此一片段不断改编的重要原因。依然是母女,小飞蛾婚姻的不幸被作家深切凝视,也被寄予深切关怀。因此,"作品中虽然也有两个视角,两种

---

① 陈兴:《从三仙姑、小飞蛾人物塑造看赵树理伦理道德观的发展》,《山西师大学报(社会科学版)》1996年第23卷第3期。

道德观念,但不是并存在作者一人身上。张家庄群众看小飞蛾,是站在传统道德立场上,尽管他们代表着当时普遍的道德意识,但在新道德观念冲击下,已显示出被取代的趋向。作者看小飞蛾,是站在反传统立场上,代表着与历史发展同向的现代道德观念……"①

我以为,《登记》中有着赵树理对小飞蛾命运深具现代性别意识的书写和凝视,这是极为珍贵的。不过,与《小二黑结婚》中三仙姑贯穿全场不同,小飞蛾只是在小说中的第一、二部分深具主体性,而在第三及第四章节,小飞蛾变成了配角,变成了父母辈中的一个,这与赵树理小说"重事轻人"的风格有重要的关系。——作为小说家,赵树理侧重于解决问题、讲述故事而不是书写一个人的主体性如何确立。这也是《登记》未能完整塑造出一个深具主体意识的农村母亲形象的原因。

## 与"声名不正"斗争：姐妹情谊与女性力量

新中国《婚姻法》是对女性解放有着重要的推动作用的

---

① 陈兴:《从三仙姑、小飞蛾人物塑造看赵树理伦理道德观的发展》,《山西师大学报（社会科学版）》1996年第23卷第3期。

法律。它的第一章第一条便开宗明义："废除包办强迫、男尊女卑、漠视子女利益的封建主义婚姻制度。实行男女婚姻自由、一夫一妻、男女权利平等、保护妇女和子女合法权益的新民主主义婚姻制度。"而当年《人民日报》社论则直接指出，这部法典深具女性解放精神："婚姻法的立法精神是要推翻以男子为中心的'夫权'支配。"

作为配合宣传的小说，《登记》完满地传达了《婚姻法》的条例：婚姻自由、保护妇女权益。如果说"人是苦虫"鲜明记录了旧故事里小飞蛾所受到的屈辱，那么新故事所要面对的则是当时农村对"声名不正"女性的歧视。声名不正／声名不好／名声不正是相近的词，在赵树理小说中出现的频率并不低。《小二黑结婚》中，"名声不正"出现过一次，指的是三仙姑，"她本想早给小芹找个婆家推出门去，可是因为自己名声不正，差不多都不愿意跟她结亲。"[1] 在这个语义环境里，"名声不正"的评价与三仙姑是相符的，因为似乎她的确是与很多男人不清不楚。

七年后，当"名声不正"／"声名不正"／"声名不好"等相类的词在《登记》中成为高频词时，其中"声名不正"出

---

[1] 赵树理：《小二黑结婚》，《赵树理文集》第 2 卷，第 9 页。

现了 7 次，而"声名不好"出现了 3 次。这些词语出现在不同人物和不同场景里，内在推动着故事情节的发展。

"声名不正"第一次出现是在艾艾、燕燕、小晚讨论时，"小晚问燕燕，'去年腊月你跟小进到村公所去写证明信，村公所不给写，是怎么说的？什么理由？'燕燕说：'什么理由！还不是民事主任那个死脑筋作怪？人家说咱声名不正，除不给写信，还叫我检讨哩！'"[①]这是死脑筋的村公所民事主任对燕燕的称呼。另外，在谈到艾艾时，外人对她的评价是："人样儿满说得过去，不过听说她声名不正！"[②]由此引出了需要对艾艾打一顿才能改正的聊天，这也是小飞蛾不同意艾艾嫁给别人的重要原因。

具体什么是声名不正？小说中用不同人的口吻做过解释。在燕燕打算做小晚和艾艾的介绍人时，王助理员并不同意，原因是"村里有报告，说你的声名不正！"[③]于是三个青年人同问："有什么证据？"王助理员则回答说："说你们早就有来往！"[④]在这里，登记之前便早有来往便是"声名不正"的具体行为。

----

① 赵树理：《登记》，《赵树理文集》第 2 卷，第 103 页。
② 同上，第 105—106 页。
③ 同上，第 114 页。
④ 同上。

民事主任是艾艾和小晚登记结婚的阻碍，在他那里，"声名不正"有两个相反的估价：

> 有一次，他看见艾艾跟小晚拉手，他自言自语说："坏透了！跟年轻时候的小飞蛾一个样！"又一次，他在他姊姊家里给他的外甥提亲提到了艾艾名下，他姊姊说："不知道闺女怎么样？"他说："好闺女！跟年轻时候的小飞蛾一个样！"这两种评价，在他自己看起来并不矛盾：说"好"是指她长得好，说"坏"是指她的行为坏——他以为世界上的男人接近女人就不是坏透了的行为。不过主任对于"身材"和"行为"还不是平均主义看法：他以为"身材"是天生的，是什么就是什么，行为是可以随着丈夫的意思改变的，只要痛痛打一顿，说叫她变个什么样就能变成个什么样。①

以上可以看出，从《小二黑结婚》到《登记》，"声名不正"在两部小说里的所指语义发生了变化——《登记》里村子里人们所谓的"名声不正"，并不是真正的"名声不正"，某种程度上，

---

① 赵树理：《登记》，《赵树理文集》第2卷，第112页。

而是对那些性格活泼、自由恋爱的女性的污名化称谓。

《登记》中贯穿了女性们对"声名不正"的抗争。从小飞蛾就开始了，在"眼力"部分，小飞蛾明确拒绝了五婶提亲；艾艾面对婚姻问题时，有着强大的主体性，坚决不跟除小晚以外的人结婚；而燕燕，不仅仅不愿意屈从，还试图帮助艾艾和小晚完成婚姻登记。在得知艾艾和小晚的困境后，小说有一段关于燕燕的描写："燕燕猛然间挺起腰来，跟发誓一样地说：'我来当你们的介绍人！我管跟你们两头的大人们提这事！'"①这充分显现了燕燕的勇敢。事实上，在与"声名不正"做搏斗的过程中，燕燕和艾艾并不蛮干，而是有详细的计划和安排："艾艾又和燕燕计划了一下，见了谁该怎样说见了谁该怎样说，东院里五奶奶要给民事主任的外甥说成了又该怎样顶。"②在登记又一次遇到困难时，年轻人想到了要互相帮助："他们谈到以后该怎么样办，燕燕仍然帮着艾艾和小晚想办法，他们两个也愿意帮着燕燕，叫她重跟小进好起来。用外交上的字眼说，也可以叫做'订下了互助条约'。"③

简而言之，《登记》虽然写的是年轻人如何克服阻碍去登

① 赵树理：《登记》，《赵树理文集》第 2 卷，第 104 页。
② 同上，第 105 页。
③ 同上，第 156 页。

记，但其实内在里写的却是女人们如何不屈不挠地与"声名不正"做斗争——整部小说，年轻人都在和那种将恋爱自由视为"名声不正"的死脑筋、官僚主义搏斗。而正在一筹莫展之时，《婚姻法》有如春风一样，一切迎刃而解，——在"声名不正"的斗争中，借助《婚姻法》的帮助，艾艾和小晚、燕燕和小进最终有情人终成眷属。当然，"登记"并不是最后的结局，还是要与官僚主义与死脑筋表达了不满，那是年轻人另一种层面上的抗争。

艾艾说："大家不是都知道我的声名不正吗？你们知道这怨谁？"有的说："你说怨谁？"艾艾说："怨谁？谁不叫我们两个人结婚就怨谁！你们大家想想：要是早一年结了婚，不是早就正了吗？大家讲起官话来，都会说：'男女婚姻要自主'，你们说，咱们村里谁自主过？说老实话，有没有一个不是父母主婚？"

……

区分委书记说；"你骂得对！我保证谁也不恼你们！群众说你们声名不正，那是他们头脑还有些封建思想，以后要大家慢慢去掉。村民事主任因为想给他外甥介绍，就不给你们写介绍信，那是他干涉婚姻，中央人民政府公布了《婚姻法》以后，谁再有这种行为，是要送到法院判罪的。王助理员迟迟不发结婚证，那叫官僚主义不肯用脑子！他自己这几天正在区上检讨。中央人民政府的《婚姻法》公布以后，我们共产党全党保证执行，我们分委会也正在讨论这事，今天就是为了搜集你们的意见来的！"①

区分委书记的讲话正是小说的点题，将一层层阻隔进行了剥离，年轻人与"声名不正"的斗争最终取得胜利。小说的结尾处，再一次与第一部分"罗汉钱"照应：

散会以后，大家都说这种婚姻结得很好，都说："两个人以后一定很和气，总不会像小飞蛾那时候叫张木匠打得个半死！"连一向说人家声名不正的老头子老太太，也有说好的了。

这天晚上，燕燕她妈的思想就打通了，亲自跟燕燕说叫她第二天跟小进到区上去登记。②

①　赵树理：《登记》，《赵树理文集》第 2 卷，第 118—119 页。
②　同上，第 119—120 页。

新故事的完美结尾使《登记》带给人一种欢欣鼓舞。那是新中国农村男女青年生活的美好图景。"从《伤逝》描写子君、涓生这一对城市知识青年为自由结合进行斗争而失败，到《小二黑结婚》中农村男女青年争取个性解放获得胜利，可以量出中国革命在 20 多年间所迈出的巨大步伐。"①而如果说成功的艺术作品是社会生活的一面镜子，那么，读者从《登记》可以看到新社会青年农民争取解放的面影，看到新《婚姻法》给人们思想精神面貌所带来的新变化。

某种意义上，婚姻自主的主题、女性解放的主题、新旧社会女性命运的对比主题，都在《小二黑结婚》里出现了，但真正意义上的完成是在《登记》里——小飞蛾的出现是重要的，她并不是新人，但却是令人倍感新鲜，原因在于她的觉醒和行动，这也意味着新社会、新时代、新觉醒不仅仅指的是新的年轻人，也指他们的父母。

---

① 唐弢、严家炎主编：《中国现代文学史》第 3 卷，人民文学出版社，1980 年，第 323 页。

# 结　语

读《登记》会想到赵树理的讲故事能力。尽管作品为宣传而写，但是赵树理的故事本身却有更为丰富而宽广的向度。他的故事里总有着更为丰富、复杂甚至矛盾的内核，这恰恰也是他的故事被不断解读的魅力所在。当然读这部小说也会想到张爱玲在《自己的文章》所说："写小说应当是个故事，让故事自身去说明，比拟定的主题去编故事要好些。许多留到现在的伟大作品，原来的主题往往不再被读者注意，因为事过境迁之后，原来的主题早已不使我们感觉兴趣，倒是随时从故事本身发见了新的启示，使那作品成为永生的。"[①]

很多年后，《婚姻法》已经不必"宣传"便深入人心，但"登记"的故事却一直在被阅读。我们会越过《婚姻法》看到在逐渐宽松的土壤里小飞蛾的自觉和她身上所内蕴的生命能量。那是女性身上隐含的力量。这力量使女儿们不再走老路，这力量在为后来的姐妹和女儿们尽可能争取更大的可能。——

---

[①]　张爱玲：《自己的文章》，《张爱玲文集》第 4 卷，金宏达、于青编，安徽文艺出版社，1992 年，第 175 页。

正视女性的能量并将其与作为国家话语的《婚姻法》结合在一起，赵树理的故事核里长出了新的生机勃勃的枝丫。

2021 年 8 月 21 日—2021 年 10 月 10 日

# 第七章　唯一一个报信人

## ——关于莫言《红高粱》

对于生你养你、埋葬你祖先灵骨的那块土地，你可以爱它，也可以恨它，但你无法摆脱它。①

——莫言《我的故乡与我的小说》

## "本地人"莫言

今天，莫言的"高密东北乡"已经成为中国文学乃至世界文学中蓬勃旺盛的独特所在。"在地理学的意义上，高密东北乡是胶河平原上的一个小镇，面积小，影响低；在文学的

①　莫言：《我的故乡与我的小说》，《当代作家评论》1993 年第 2 期。

世界里，高密东北乡却是一个伟大的王国，拥有浩瀚的疆土，丰沛的河流，肥沃的田野和无以计数的人口。"① 这是深深打着莫言印迹的王国。一如王德威所言，"现代中国文学有太多乡土作家把故乡当作创作的蓝本，但真正能超越模拟照映的简单技法，而不断赋予读者想像余地者，毕竟并不多见。莫言以高密东北乡为中心，所辖辖出的红高粱族裔传奇，因此堪称为当代大陆小说提供了最重要的一所历史空间。"②

莫言出生于 1955 年，在高密东北乡生活了近二十年。之后离开家乡参军，再进入解放军艺术学院读书、写作，成为作家。理论上讲，作家莫言早已成为都市人。但三十年的写作实践表明，莫言目光坚定专一，他的取景器永远对准故土，一刻不停地书写他的高密东北乡。

游子书写故乡，在中国文学史中源远流长，而在中国现代文学传统里，书写故乡多与书写乡土社会有关。1921 年，中国现代文学之父鲁迅发表了杰出作品《故乡》。故乡巨变使叙述人处于深刻的震惊体验当中。为真切表现这一体验，鲁迅采取了身在都市者的回乡即"离去—归来"的叙事模式，这

---

① 叶开：《莫言评传》，河南文艺出版社，2008 年，第 5 页。
② 王德威：《千言万语，何若莫言》，《当代小说二十家》，生活·读书·新知三联书店，2006 年，第 217 页。

一写作模式深刻影响了几代中国作家的回乡写作。与之相对，沈从文之于故乡"湘西"的建构则别出路径，他以建设纸上乡原的方式对抗"现代化"和"都市病"，并以《边城》开启了中国现代乡土文学写作的另一传统。鲁迅、沈从文是有着不同艺术追求的小说家，他们认知故乡的结构并不相同。一如汪曾祺所言："鲁迅作品贯串性的主题很清楚，即'揭示社会的病痛，引起疗救的注意'。我的老师沈从文先生，他作品的贯串性主题是'民族品德的发现和重建'。"①

莫言崇敬鲁迅，对其作品很熟悉。莫言在不同场合自述过鲁迅对他产生的重要影响。《白狗秋千架》里，有《故乡》中的经典回乡模式，莫言有如鲁迅般对故乡的痛切感受。近年来，有诸多研究者已发现莫言与沈从文经历的相近，比如他们都是早年辍学，都有乡野生活经历及从军经验。《红高粱家族》系列作品也使研究者发现，莫言与沈从文一样，都有意通过乡土书写重新发现民族精神。此为莫言与两位文学大师书写故乡的相似。

程光炜敏锐发现莫言与鲁迅、沈从文乡土书写的重要不

① 汪曾祺：《晚翠文谈新编》，生活·读书·新知三联书店，2002年，第40、41页。

同，他认为，本地人身份使莫言面对农村的思考和方式有显著区别：

> 说莫言与鲁迅、沈从文不同，首先是说他们重返农村的"决定性结构"的不同，由于认知结构不同，他们与农民的关系实际是不一样的。这只是外部观察。其次再从小说的内部看，鲁迅和沈从文从未做过实实在在的农民，没干过农活。鲁迅因为祖父犯案跟母亲逃到乡下呆过三个月，沈从文是凤凰县城的居民，他因从小当兵跟着军队在湘西沅水上下游一带换防，接触了一点乡下人的生活，所以他们是"外地人"的身份，不是"本地人"的身份。莫言小说与鲁迅和沈从文小说的不同，就在他完全是"本地人"身份,他对农活的细切手感和身体感觉，以及农活知识是非常内行的，一看小说就知道这是一个地地道道的本地人。[①]

本文受到程光炜的"本地人"这一说法的启发。它令人想到另一位农民出身的乡土作家赵树理，但莫言与赵树理的乡

---

① 程光炜：《小说的读法》，《文艺争鸣》2012 年第 8 期。

土书写也有明显差异。本文拟将程光炜的看法推衍开去,将"本地人"作为观察视点,以莫言不同阶段的几部重要作品:《白狗秋千架》《红高粱》、《蛙》为例,观察莫言与中国现代作家鲁迅、沈从文、萧红、孙犁、赵树理乡土书写的区别,分析其故乡书写路径的独特性与复杂性。

本文将要讨论的是:莫言如何倚重他"本地人"的身份与视角写出别一样的故乡之景;在三十年写作中,莫言如何不断调整他与故乡的关系;故乡在他的笔端发生着怎样的变化;他如何寻找到独属于他的写作路径和方法。——站在哪里写故乡是重要的,就地理空间而言,莫言远离他的故乡,但是,在精神上,他从未远离。在书写故乡时,他并不是完全站在故乡内部、本地人或民间立场书写——他既不回避他作为本地人的立场和经验,也并不隐瞒批判和审视。这位"从农民中走出的知识者",在反启蒙与启蒙、在现代与反现代之间寻找着他书写故乡的最佳路径和方法。

## 归去来:读书人回故乡

1984 年《中国作家》第 4 期,刊登了莫言的短篇小说《白狗秋千架》,它对莫言具有重要意义。一如莫言自述:"'高密东北乡原产白色温驯的大狗，绵延数代之后，很难再见一匹纯种。'这是在我的小说中第一次出现'高密东北乡'这个字眼，也是我的小说中第一次出现关于'纯种'的概念。这篇小说就是后来赢得过台湾联合文学奖并被翻译成多种外文的《白狗秋千架》。从此之后，我高高地举起了'高密东北乡'这面大旗，就像一个草莽英雄一样，开始了招兵买马、创建王国的工作。"①

《白狗秋千架》是典型的"离去—归来"模式作品。"我"，一位已在大城市生活的大学教师回故乡的路上遇到"暖"。暖是美丽的乡村女孩儿，曾经有过对生活的美好憧憬，喜欢当时在村子里驻扎的一位军队干部，渴望参军，渴望逃离乡村。"我"在当时则是暖的爱慕者。他们有过快乐时光：

> 我站在跳板上，用双腿夹住你和狗，一下一下用力，秋千渐渐有了惯性。我们渐渐升高，月光动荡如水，耳边习习生风，我有点头晕。你格格地笑着，白狗呜呜地叫着，终于悠平了横梁。我眼前交替出现田野和河流，房屋和坟丘，凉风拂面来，凉风拂面去。我低头看着你的眼睛，问：

---

① 莫言：《在京都大学的演讲》，《莫言文集·用耳朵阅读》，作家出版社，2012年，第7页。

"小姑，好不好？"你说："好，上了天啦。"①

不幸的是，秋千的绳子断了，暖和白狗飞到刺槐丛中去，槐针扎进暖的右眼。小说开篇，即是多年后"我"从都市回故乡，看到成年的只有一只眼的暖。

　　"这些年……过得还不错吧？"我嗫嚅着。

　　我看到她耸起的双肩塌了下来，脸上紧张的肌肉也一下子松弛了。也许是因为生理补偿或是因为努力劳作而变得极大的左眼里，突然射出了冷冰冰的光线，刺得我浑身不自在。

　　"怎么会错呢？有饭吃，有衣穿，有男人，有孩子，除了缺一只眼，什么都不缺，这不就是'不错'吗？"她很泼地说着。

　　我一时语塞了，想了半天，竟说："我留在母校任教了，据说，就要提我为讲师了……我很想家，不但想家乡的人，还想家乡的小河，石桥，田野，田野里的红高粱，清新的空气，婉转的鸟啼……趁着放暑假，我就回来啦。"

① 莫言：《白狗秋千架》，《中国作家》1984 年第 4 期。

"有什么好想的，这破地方。想这破桥？高粱地里像他妈×的蒸笼一样，快把人蒸熟了。"她说着，沿着漫坡走下桥，站着把那件泛着白碱花的男式蓝制服褂子脱下来，扔在身边石头上，弯下腰去洗脸洗脖子。[①]

这是故乡的女人。记忆中年轻美好的暖已经远去。她甚至"旁若无人地把汗衫下摆从裤腰里拽出来，撩起来，掬水洗胸膛。汗衫很快就湿了，紧贴在肥大下垂的乳房上。看着那两个物件，我很淡地想，这个那个的，也不过是这么回事"。[①]苦难、不幸和命运的不公全部降临在这个女人身上，她嫁了个哑巴丈夫，生了三个哑巴孩子。

程光炜在《小说的读法》一文中高度评价了这部小说，认为这部回乡小说之所以新鲜，在于"残忍"。的确，莫言残忍地书写了被爱情故事包裹的归乡情感。暖和暖的现状给予读者以巨大的震惊体验，并不亚于鲁迅《故乡》。我认为，此处所说残忍，首先是指命运的残忍，其次是小说结尾，暖偷偷离开家，来到高粱地，她央求白狗带"我"来。在她自己制

---

① 莫言：《白狗秋千架》，《中国作家》1984 年第 4 期。
② 同上。

造的那个高粱地空间里，有一场暖与我的对话："好你……你也该明白……怕你厌恶，我装上了假眼。我正在期上……我要个会说话的孩子……你答应了就是救了我了，你不答应就是害死了我了。"①

正如读者所意识到的，暖渴望从"我"身上借种，生一个健康的孩子，以此作为生活下去的光明和希望。小说没有明确"我"是否愿意，只是以暖对我说的话作结："有一千条理由，有一万个借口，你都不要对我说。"②

在王德威看来，《白狗秋千架》有"强烈文学史嘲讽意图"："莫言以一个女性农民肉体的要求，揶揄男性知识分子纸上谈兵的习惯。当鲁迅'救救孩子'的呐喊被'落实'到农妇苟且求欢的行为上时，'五四'以来那套人道写实论述，已暗遭瓦解。"③ 我以为，五四以来的人道写实论述在这个故事里并未遭到瓦解。原因在于，《白狗秋千架》深受鲁迅影响，小说的归去来模式源自鲁迅，小说中有诸多段落令人想到《故乡》，小说的叙述伦理也与鲁迅乡土小说一脉相承。另外，小说叙述的是乡村生活的苦难，那些生活在乡村里的人是"待拯救者"。

---

① 莫言：《白狗秋千架》，《中国作家》1984 年第 4 期。
② 同上。
③ 王德威：《千言万语，何若莫言》，第 217 页。

与五四以来现代文学中男性知识分子拯救女性于水火的叙述逻辑如出一辙，暖希望借种于"我"而获得新生，——前者是靠男性知识分子的思想，后者希冀依靠男性身体。

但莫言显然比鲁迅更具有农村经验。"但鲁迅写不好农村生活的具体细节，他揣摩乡下人的心理来自新锐的知识者，是明显的外来人，莫言在这方面要胜鲁迅一筹。"[1] 作为曾经的农民，莫言深晓农活的辛苦与乏味，对劳动之辛苦感同身受，小说中多次出现感叹劳动艰难的段落，仅以两段为例：

> 我在农村滚了近二十年，自然晓得这高粱叶子是牛马的上等饲料，也知道褪掉晒米时高粱的老叶子，不大影响高粱的产量。远远地看着一大捆高粱叶子蹒跚地移过来，心里为之沉重。我很清楚暑天里钻进密不透风的高粱地里打叶子的滋味，汗水遍身胸口发闷是不必说了，最苦的还是叶子上的细毛与你汗淋淋的皮肤接触。[2]

> 猛地把背上沉重的高粱叶子摔掉，她把身体缓缓舒展开。那一大捆叶子在她身后，差不多齐着她的胸乳。我

---

[1]　程光炜：《小说的读法》，《文艺争鸣》2012 年第 8 期。
[2]　莫言：《白狗秋千架》，《中国作家》1984 年第 4 期。

看到叶子捆与她身体接触的地方，明显地凹进去，特别着力的部位，是湿漉漉揉烂了的叶子。我知道，她身体上揉烂了高粱叶子的那些部位，现在一定非常舒服；站在漾着清凉水气的桥头上，让田野里的风吹拂着，她一定体会到了轻松和满足。轻松，满足，是构成幸福的要素，对此，在逝去的岁月里，我是有体会的。[①]

没有切实经验的人，难以了解叶子细毛与出汗皮肤之间摩擦的痛苦，也无法体会田野上的微风对于一位农人所意味的幸福。当回乡叙述人真切讲述农活细节时，他仿佛具有了分身——他既是旁观者，又是劳动的农人。叙述人无法纯粹旁观和审视农人的日常劳作，因为他曾经是他们其中的一员。因此，当叙述人讲述他的回乡际遇时，他虽然对乡村的苦难感到震惊，但却并没有批判和审视的启蒙主义立场，他要表达的是身处那种境遇里的无奈、来自生命内部的绝望以及对这种绝望的拼死反抗。

与其说暖是作者莫言的另一个"我"，不如说暖是故乡的具象，叙述人希冀通过暖的故事表达他对故乡的复杂情感。

①　莫言：《白狗秋千架》，《中国作家》1984年第4期。

某种意义上，"我"之于暖的情感与"我"之于故乡的情感相类：一方面，小说叙述人有着毫不遮掩的逃离乡土的庆幸之感，同时，也有着对乡村生活的充分同情和理解。既庆幸又同情，既痛苦又无奈的分裂情感表明，尽管这部小说有着回乡小说的一般写作模式，但却绝不能视为具有纯粹意义上的启蒙视角小说。当叙述人将来自本地人的回乡之感以"剪不断理还乱"的方式呈现在读者面前，也成就了小说文本的多声与多义。

## "红高粱精神"

苦难、无奈、挣扎着的故乡是莫言书写故乡的开始。但这位从不满足的作家很快调整了他的写作方向。把《白狗秋千架》中的"高粱地"与《红高粱》里的"高粱地"做对比，会发现这位小说家书写故乡时所发生的隐秘而重大的转向。《白狗秋千架》里有一段"高粱地相会"场景。"我"随着白狗来到高粱地：

> 分开茂密的高粱钻进去，看到她坐在那儿，小包袱放在身边。她压倒了一边高粱，辟出了一块空间，四周的高粱壁立着，如同屏风。看我进来，她从包袱里抽出

黄布，展开在压倒的高粱上。一大片斑驳的暗影在她脸上晃动着。白狗趴到一边去，把头伏在平伸的前爪上，"哈达哈达"地喘气。

我浑身发紧发冷，牙齿打战，下腭僵硬，嘴巴笨拙："你……不是去乡镇了吗？怎么跑到这里来……"

……

"我信了命。"一道明亮的眼泪在她的腮上汩汩地流着，她说，"我对白狗说，'狗呀，狗，你要是懂我的心，就去桥头上给我领来他，他要是能来就是我们的缘分未断'，它把你给我领来啦。"①

以被压倒的高粱地为空间，暖为自己建立了一个临时的避风港湾。她希冀在这里获得"种子"，借此，对生活、对命运进行反抗。但这个空间对于回乡的"我"来说，分明是令人悲伤、窒息和绝望的所在。这是莫言小说中最初的高粱地风景和故事。两年之后的小说《红高粱》中，这一场景重新出现。但叙述视角、叙述语气以及整个场景传达的气质，都迥然不同。

---

① 莫言：《白狗秋千架》，《中国作家》1984 年第 4 期。

余占鳌把大蓑衣脱下来，用脚踩断了数十棵高粱，在高粱的尸体上铺上了蓑衣。他把我奶奶抱到蓑衣上。奶奶神魂出舍，望着他脱裸的胸膛，仿佛看到强劲慓悍的血液在他黝黑的皮肤下川流不息。高粱梢头，薄气袅袅，四面八方响着高粱生长的声音。风平，浪静，一道道炽目的潮湿阳光，在高粱缝隙里扫射。奶奶心头撞鹿，潜藏了十六年的情欲，迸然炸裂。

……

奶奶和爷爷在生机勃勃的高粱地里相亲相爱，两颗蔑视人间法规的不羁心灵，比他们彼此愉悦的身体贴得还要紧。他们在高粱地里耕云播雨，为我们高密东北乡丰富多彩的历史上，抹了一道酥红。[①]

此处的高粱地，不再是痛苦的承载，它是戴凤莲和余占鳌交欢的场域，是展现他们生命力的空间，它蔑视一切规则、伦理、法度。高粱地重新焕发了生机和生气：

八月深秋，无边无际的高粱红成汪洋的血海。高粱

---

① 莫言：《红高粱》，《人民文学》1986 年第 8 期。

高密辉煌，高粱凄婉可人，高粱爱情激荡。秋风苍凉，阳光很旺，瓦蓝的天上游荡着一朵朵丰满的白云，高粱上滑动着一朵朵丰满的白云的紫红色影子。一队队暗红色的人在高粱棵子里穿梭拉网，几十年如一日。他们杀人越货，精忠报国，他们演出过一幕幕英勇悲壮的舞剧，使我们这些活着的不肖子孙相形见绌，在进步的同时，我真切感到种的退化。①

此高粱地与彼高粱地，有云泥之别。之所以发生如此重要的变化，在于莫言开启了故乡记忆的另一个阀门，他的立场、审美、对故乡生活的理解，都发生了重要转向。有多种原因导致了这一变化的发生。最初进入文坛时，莫言模仿过孙犁，也受到鲁迅的影响，这两位作家，都使用的是对农村生活回望式讲述方式，只不过一种是冷峻的启蒙主义式的，另一种则是唯美式的，但两种讲述方式都是作为他者对故乡的隔岸相看。"鲁迅那代人飞扬的只是个体的自我意识，描述乡下的景观时，笔端却被寂寞缠绕起来，叙述者和对象世界有着一定的距离。后来的孙犁和汪曾祺都有点这样的意味。置身于乡土，又不属

① 莫言：《红高粱》,《人民文学》1986 年第 8 期。

于乡土,民众的激情被作家自我的情感所抑制。激情属于自我,和描述的客体是两种状态的。"①

进入军艺后,莫言读到了福克纳和马尔克斯,这两位作家的作品和经验告诉他,他可以使用另一种方式激活他丰饶的农村生活经验。他完全可以写出故乡本身的生命力,属于它自身的"众声喧哗"。在《红高粱》里,莫言所要做的是重新书写故乡和祖先,他希冀从故乡寻找我们久违的民族品质和民族精神。《红高粱》的卷首语:"谨以此文召唤那些游荡在我的故乡无边无际的通红的高粱地里的英魂和冤魂",②也体现了这样的创作理念。

《红高粱》一发表便在当时的文坛引起强烈反响。它被视为"寻根文学"的终结性作品。孟悦将对莫言的阅读感受形容为"震惊":

> 莫言带给我们的是一种震惊,一种完全不同的震惊。我们不是怵怵于伤痕——灵魂深处致命的、不可测的创洞,而是震动于生命的辉煌——高密东北乡人任情豪放

① 孙郁:《莫言,与鲁迅相逢的歌者》,《莫言研究》,华夏出版社,2013年,第57页。
② 莫言:《红高粱》,《人民文学》1986年第8期。

的壮丽生活图景，烫灼着我们这些习惯了黑暗和创伤的眼睛。在那株鲜红茁壮的红高粱面前，仿佛我们背负着历史丰碑屈膝驼背的生存，我们小心翼翼苟且偷生的愿望，我们自以为拥有或希图保有的一切，从没有过地苍白暗淡，卑琐无光。①

旷新年认为，"野性的红高粱象征着原始的生命力量、欲望和激情"，"在作者的心目中，乡村民间是一种理想的生存状态，这里没有任何道德礼教的束缚，这是一个非道德、非法律的生机盎然的法外之地。他们是一群非礼非法、无法无天、敢爱敢恨、敢作敢为、自由自在、热情奔放的化外之民。"② 事实上，批评家们已然注意到，以《红高粱》为标志，莫言已经寻找到他的"精神家园"：

　　作为"无父的一代"之一员，以某种方式结束了他在意识形态荒野中无始无终的游荡，他"听到了整个红

---

① 孟悦：《荒野弃儿的归属》，《人·历史·家园》，人民文学出版社，2006年，第277页。

② 旷新年：《莫言的〈红高粱〉与"新历史小说"》，《莫言研究》，华夏出版社，2013年，第117页。

高粱家族的亡灵向他发出的指示迷津的呼唤"，他确立了自己在现在与过去、现在与理想、陌生的外部世界与遥远的内心家园之间所处的位置，进入了一个由历史上高大英雄"父母"与现实中"孱弱子孙"、"过去的"红高粱与现在的"杂种高粱"构成的负正关系式，从而也确立了自己与文化及历史现实的想像性关系。①

《红高粱》重新刷新了我们对乡土中国的理解。在通常的书写中，知识分子习惯将农村视为悲惨苦难之所在，回乡知识分子也往往习惯使用启蒙视角去理解他们的生活，同情他们的际遇。张闳分析说，中国乡间文化中包含"苦难与快乐的奇特的混合物"，"但'寻根派'作家无法理解这一特性奇妙之处，因为他们往往抱定某种僵死的文化理论模式和简单历史进步论观点，而不能容忍乡民在苦难与快乐相混杂的泥淖之中生存的现状。"② 莫言则避免了"寻根文学"的这些弊端："莫言在这部小说中更重要的是描写了北方中国农村的生存状况：艰难的生存条件和充满野性的顽强生存。"③

---

① 孟悦：《荒野弃儿的归属》，《人·历史·家园》，第 296 页。
② 张闳：《莫言小说的基本主题与文体特征》，《说莫言（下）》，辽宁人民出版社，2013 年，第 155 页。
③ 同上。

如果说《白狗秋千架》中，莫言将故乡及其子民视为"绝望的生存"和"绝望的反抗"，那么《红高粱》则写出了他对故乡的另一种看法，即艰难环境下的不屈不挠的生存。这是对故乡生活的重新理解，也是莫言故乡态度的重要变化："我曾经对高密东北乡极端热爱，曾经对高密东北乡极端仇恨，长大后努力学习马克思主义，我终于悟到：高密东北乡无疑是地球上最美丽最丑陋、最超脱最世俗、最圣洁最龌龊、最英雄好汉最王八蛋、最能喝酒最能爱的地方。"[1] 离开故乡后，莫言固然能感同身受故乡人生存的艰难，但他同时也写下了他在故乡听到的那些神勇故事。作为故乡子民，他唯有把所见所闻悉数表达，才能不辜负他在这片土地上曾经的生活。

## "唯一一个报信人"

据许多去过莫言家乡的人说，现实中的高密东北乡并不像其纸上描绘的那样美妙精彩，它跟中国无数北方乡村一样平淡无奇。这多半因为我们"外来人"的身份。我们没有喝过那里的井水，吃过那里的粮食。没有人看到过那个姓蓝的

---

[1] 莫言：《红高粱》，《人民文学》1986年第8期。

单干户推着独轮车顽固地行走，身边有瘸腿毛驴和小脚妻子陪伴；也没有人了解那个将千言万语压在心头、一出声就要遭祸殃的"雪集"①。——作为外地人，我们到过现实中的那个地方，但我们并不了解它。毕竟我们没有与这个地方朝夕相处，相濡以沫，它没有成为我们身体不可分割的一部分。

莫言和我们的不同在于，高密东北乡在他的身体内部，在他的骨头里，在他的血肉里。他在那里生长到二十岁。在最初，他恨他的故乡．

> 十五年前，当我作为一个地地道道的农民在高密东北乡贫瘠的土地上辛勤劳作时，我对那块土地充满了仇恨。它耗干了祖先们的血汗，也正在消耗我的生命。我们面朝黑土背朝天，付出的是那么多，得到的是那么少。我们夏天在酷热中挣扎，冬天在严寒中战栗。一切都看厌：那些低矮、破旧的茅屋，那些干涸的河流，那些狡黠的村干部……当时我曾幻想：假如有一天我能离开这块土地，我绝不会再回来。所以，当我坐下运兵的卡车，当那些

---

① 莫言：《会唱歌的墙》，《莫言文集：会唱歌的墙》，作家出版社，2012年，第82页。

与我一起入伍的小伙子流着眼泪与送行者告别时，我连头也没回。我有鸟飞出了笼子的感觉。我觉得那儿已没有什么东西值得我留恋了。我希望汽车开得越快、开得越远越好，最好开到海角天涯。[①]

仇恨沉淀在《白狗秋千架》里，也有逃离的庆幸。很快，他的情感发生了变化：

> 但是三年后，当我重新踏上故乡的土地时，我的心中却是那样激动；当我看到满身尘土、眼睛红肿的母亲挪动着小脚艰难地从打麦场上迎着我走过来时，一股滚热的液体哽住了我的喉咙，我的脸上挂满了泪珠。[②]

那是难离的热土。高粱地里发生的故事在持续发酵，故乡的风景变成了小说的风景。"故乡留给我的印象，是我小说中的魂魄，故乡的土地与河流、庄稼与树木、飞禽与走兽、神话与传说、妖魔与鬼怪、恩人与仇人，都是我小说的内容。"[③]

---

① 莫言：《我的故乡与我的小说》，《当代作家评论》1993 年第 2 期。
② 同上。
③ 莫言：《故乡往事》，《莫言散文》，浙江文艺出版社，2000 年，第 18 页。

莫言换了个视角看家乡，他开始认识到这座村庄的美丽和秘密。

不过，莫言对在小说中构造迷人的故乡之景心存排斥，作为乡土生活的亲历者，他无法把故乡生活描述为一种乌托邦，在他那里，那样的书写意味着对乡土的不敬。正如孙郁在《莫言，与鲁迅相逢的歌者》中所分析的：

> 作者对乡下世界的爱怜完全不同于一般作家，他不满足于对乡俗的打量，……在他那里，没有对乡间文明文雅的礼赞，那些伪静穆的山水图在此崩解了。莫言不喜欢文人的诗情画意，那些书斋里的墨香含着自恋和无耻。他拥有的只是苦民的歌谣，那些扎在泥土里的、含着冤屈和伤痕的谣曲，自始至终响在他的小说里。[1]

研究者们注意到莫言小说的民间身份与他所使用的语言与视角之间的间离效果[2]。比如写到奶奶的缠脚。"奶奶不到六

[1] 孙郁：《莫言，与鲁迅相逢的歌者》，《莫言研究》，华夏出版社，2013年，第59页。

[2] 王光东：《民间的现代之子》，《说莫言（下）》，辽宁人民出版社，2013年，第114页。

岁就开始缠脚，日日加紧。一根裹脚布长一丈余，曾外祖母用它，勒断了奶奶的脚骨，把八个脚趾，折断在脚底，真惨！我每次看到她的脚，就心中难过，就恨不得高呼：打倒封建主义！人脚自由万岁！"[①]——这里的叙述人，身在乡野，精神却在远方。离开故乡的农民，拥有了他的现代观念，对乡村的野蛮习俗，他有严厉批判。

莫言对故乡既留恋又审视的态度让人想到萧红《呼兰河传》，相比之下，萧红的乡土书写有着不加克制的感伤和浓郁的"乡愁"。但是，这种乡愁在莫言那里是不存在的。作为道地的农民，他拒绝借故乡抒情。这种做法让人想到同为农民出身的现代小说家赵树理。赵树理小说也拒绝抒情，拒绝启蒙，认同本地人立场和观念。和莫言一样，赵树理对自己的农民出身有清晰的认识，他将自己视为现代知识分子与民间形式之间的媒介者，一个沟通者，一个中间人。莫言的写作视角也有那种"中间性"特征，在本地人视野和外在视角之间，他在寻找他的中间性位置，但莫言的强大在于他能吸纳外来文化并据为己有，这使他的写作走出了封闭。而赵树理在强调自己农民本色时也迷恋"民间"文化而拒斥外来文化，这

---

① 莫言：《红高粱》，《人民文学》1986 年第 8 期。

最终导致了他创作的困窘。

换言之，与赵树理相比，莫言具有脱离本地人／农民立场的勇气。现代人的修养使他有能力重新审视故乡人民的生活。因而，《红高粱》中奶奶临死前的表达并不只是一个普通女性的临终遗言，还葆有现代意义上的豪放、自由、勇敢的"红高粱精神"：

> "天哪！天……天赐我情人，天赐我儿子，天赐我财富，天赐我三十年来红高粱般充实的生活。…天，你认为有罪吗？你认为我跟一个麻疯病人同枕交颈，生出一窝癞皮烂肉的魔鬼，使这个美丽的世界污秽不堪是对还是错？天，什么叫贞节？什么叫正道？什么是善良？什么是邪恶？你一直没有告诉过我，我只有按着我自己的想法去办，我爱幸福，我爱力量，我爱美，我的身体是我的，我为自己作主，我不怕罪，不怕罚，我不怕进你的十八层地狱。我该做的都做了，该干的都干了，我什么都不怕。"[1]

"现代人视野"成就了《红高粱》的经典地位。一如王光

----

[1] 莫言:《红高粱》,《人民文学》1986 年第 8 期。

东所说 :"'民间'通过叙述人的双重身份所运用的语言在间离中的内在统一，转化成了当代人文精神的重要资源，形成了莫言'批判的赞美和赞美的批判'（莫言语）的艺术态度和人生态度。正是从这个意义上说，莫言是一个'民间的现代之子'。"[①] 换言之,在书写故乡时,莫言虽然倚重他的本地人视角，但他更有力量的地方在于将一种现代的外在视角与民间的本地视角相结合。

　　"不在"故乡亦"在"故乡,既是本地人又是外来者的"中间性"特点使莫言回到了书写故乡的宝贵的灰色地带，进而成为了"唯一一个报信人"。 在庙堂与民间之间，在乡野与都市之间，在他乡和故乡之间，在启蒙与反启蒙、在现代与反现代之间，莫言寻找到了独属于他的讲述位置和观察角度。"高密东北乡"不是那个沉默而阴郁的未庄，也不是有绝美风光的湘西——莫言以既荒芜又丰饶，既明亮又黑暗的高密东北乡与先辈的书写范式构成了有力的对峙。三十年的不断摸索和寻找，独属于莫言的新型故乡书写范式已然完成。

----

① 王光东:《民间的现代之子》,《说莫言（下）》,辽宁人民出版社, 2013 年,第 114 页。

# 第八章　两个"福贵"的文学启示

## ——关于余华《活着》

　　把赵树理与余华放在一起论述具有一定的危险性，它挑战我们的文学"常识"——看起来，赵树理与余华，无论是小说风格、文学追求以及个人道路都存在巨大差异。但是，也的确有将他们共同论述的必要：他们都拥有名叫"福贵"的主人公，两个福贵形象有很多相似性——他们都是农民身份，都有赌博、流浪、赤贫到走投无路的经历。

　　《福贵》是赵树理写于1946年的短篇小说。福贵小时候是好孩子，他精干、勤劳，为给病逝的母亲操办后事，福贵借了高利贷，为此做了地主家的长工，辛苦的劳作并未使他很快还完债，原来的三十块钱越变越多，"第四年便滚到九十多块钱了。十月里算帐，连工钱带自己四亩地余下的粮食一同抵给老万还不够。"① 福贵日渐灰心。他赌博，做王八，小偷小摸，本族人和村里人以他为耻，福贵只好逃走。村子被"解放"后，他回到家乡，重新做了"新人"。小说结尾止于"刨穷根会"上福贵的控诉，他质问地主："看我究竟算一种什么人！看这个坏蛋责任应该谁负？"反诘式结尾引发深思：旧社会使"人"变成"鬼"，新政策使"鬼"变成"人"。《活着》是余华写于1991年的长篇小说，出版于1992年，讲述了一个富家子弟福贵由富贵走向赤贫的人生中所遇到的种种苦难，书写了一位中国农民既普通又传奇的一生，小说止于二十世纪八十年代，福贵和他的老牛依然坚忍生活。

以余华的阅读谱系，写作《活着》时他应该未曾看过赵树理的《福贵》，两个福贵的相似可能只是偶然的巧合。可是，正是此中无意，才更值得分析与关注：在同一类型农民形象身上，赵树理和余华之间进行了一次跨越时空的、颇有症候色彩的文本对话。在我的视野范围里，已经有两位学者注意到了两个"福贵"形象之间的"亲缘"关系。王德威在《当代小说二十家》中指出余华小说中福贵的遭遇是对赵树理福贵形象的

① 赵树理：《福贵》，《赵树理全集》第1卷，北岳文艺出版社，1986年，第185页。以下《福贵》引文均出自此版本，不另注。

"冷笑"。《写在当代文学边上》中，旷新年认为两个福贵形象是潜在的互文关系，"不论余华是否意识到，或许是否阅读过赵树理的这篇小说，赵树理的这篇小说都明显地构成了余华写作的一个背景和传统。"[1]

受到前面两位学者的启发，本文希望在此基础上对两个福贵的文学史做进一步的讨论：是什么导致赵树理与余华的福贵形象迥异，是什么使余华改写了福贵，进而完成了无论是其个人写作生涯还是当代文学史上的一次重大转变？偶然巧合中有没有"必然"——是什么使赵树理和余华在语言风格、叙述形态方面具有不易察觉的相似性？本文希冀从《福贵》与《活着》的互文关系入手，挖掘两个福贵现象后面隐藏的必然性和关联性，探究这两位作家在寻找写作的可能性——对民间资源／外来资源的汲取与化用方面所做出的某些示范工作及其意义。

## 历史处境与个人经验

"我们记得 20 世纪 40 年代的赵树理也曾写下一篇《福贵》

---

[1] 旷新年：《余华的小说》，《写在当代文学边上》，上海教育出版社，2005 年，第 127—128 页。

的小说。那个故事中的福贵受尽旧社会的影响，偷鸡摸狗。革命到来，他终有了翻身重新做人的机会。而站在世纪末往回看，余华一辈作家要冷笑了。"① 这是王德威对于两个福贵的评述。可是，余华之所以能写出《活着》，并不只是余华的个人才能使然。使余华有能力并有勇气"冷笑"的是使他站在"世纪末往回看"的历史处境和个人经验。

《写在当代文学边上》认为《福贵》是一篇"明显为了配合政治宣传而写作的小说"，这样的判断并非毫无道理。但，在赵树理的农村生活中，"福贵"的遭遇不是个案。赵树理的本家兄弟各轮能干，可是没有地种，最后沦为小偷，被村里人唾弃，被族长打个半死然后拉到河滩上活埋。当年，有感于这位本家兄弟的际遇，赵树理曾经想过写《各轮正传》。二十年后，赵树理回到家乡，又听说朋友冯福贵在坏名声中死去，尸体被草草埋葬。赵树理本人出身寒微。王春在《赵树理是怎样成为作家的？》中提到赵树理的家境，"他家原先种着十来亩地，但地上都带着笼头，就是说指地举债，到期本利不齐，债主就要拿地管业。从有他到抗战开始的三十年里，他

---

① 王德威:《伤痕即景，暴力奇观——余华论》,《当代小说二十家》,生活·读书·新知三联书店，2006 年，第 143 页。

的家和他自己是一直呻吟在高利债主的重压下的。被债主扫
地出门的威胁，他经过。不得已几乎卖掉妹妹的惨痛，他经
过。大腊月天躲避债主的风寒，他受过。总而言之，他是穷
人，他是穷人的儿子。"——回到历史语境会发现，在讲述
1946 年及此前中国农村人命运的《福贵》中，"土改政策使
二流子变成了人"抑或"革命重新改造人"并不是空话，它
包含的是赵树理、赵树理的朋友以及本家兄弟的真切人生经
验，它们并不轻逸。

应该想象一下两位作家面对各自福贵命运时的感受。当
赵树理书写福贵时，他亲眼看到了穷人在一夜之间有了土地
并成为了受人尊重的人的社会现实，他的内心有可能是激动
的，四十五年后，当余华书写同样叫作福贵的农民的一生时，
整个中国大陆已经经历了土改、合作社、"大跃进"、"文化大
革命"、十一届三中全会政策下的土地承包……余华把福贵的
一生总结为"熬着"，这说法暴露了他内心里的感慨。换言之，
1946 年的赵树理书写的是他眼见的解放区农民因土地而改变
命运的历史，而 1991 年的余华书写的也是他本人亲眼所见（而
赵树理并没有亲见和亲历）的"福贵"的余生。如果早出生
四十五年，余华在 1946 年是否能写出《活着》，如果晚出生
四十五年，赵树理在 1991 年会不会书写《福贵》？这是个伪

命题。但这样的发问将使我们深刻认识到历史处境对一位小说家创作的深刻影响。

任何一位优秀小说家的经典之作都是站在前辈写作基础之上写就，也与前辈作品隐秘地构成对话。作为小说家的赵树理和余华只是各自以忠实内心的方式完成了他们之于中国历史／农民际遇的见证与认识。正是因为有了前面诸多或叫"福贵"或不叫"福贵"的农民形象的存在，《活着》才深刻显示出其独特的意义来。——无论如何，余华版"福贵"都不是从石头缝里冒出来的。

## "我们"与"我"：共同体想象与个体体认

"我赌博因为饿肚，我做贼也是因为饿肚，我当忘八还是因为饿肚！我饿肚是为什么啦？因为我娘使了你一口棺材，十来块钱杂货，怕还不了你，给你住了五年长工，没有抵得了这笔帐，结果把四亩地缴给你，我才饿起肚来！我从二十九岁坏起，坏了六年，挨的打、受的气、流的泪、饿的肚，谁数得清呀？直到今年，人家还说我是坏人，躲着我走，叫我的孩子是'忘八羔子'，这都是你老人家的恩典呀！"——《福贵》中，好孩子变成王八的原因在于那无穷无尽、无法偿还的高利贷。这正是小说的目的之一："作者让人们看到了过去的社会中使贫苦农民们生活不下去的除了葬送生命之外别无出路的'社会骗局'和'阴险圈套'。"[1] 赵树理以福贵书写了"我们穷人"之于"苦难"的控诉者和讨伐者形象，这也是一个时代之于苦难的态度与理解。

在《福贵》中，为"活着"做的事情：小偷小摸、赌博、埋死去的孩子、在葬礼上做吹鼓手……在福贵、村人、族人本家那里被视作王八行径，是福贵被人抽打、他被认为（也自认为）低人一等的原因。但是，埋葬死去的孩子赚钱以及在葬礼上做吹鼓手并不和赌博、偷盗属于同一性质。此间的"善恶"实在需要辨析。因而，小说最后福贵的质问中，使人变成"坏蛋"的责任不能由一个人来负——使福贵变成"忘八"的因素既包括高利贷的压迫，也应该包括村人和族人的愚昧与守旧。在《回忆历史，认识自己》中，赵树理强调了书写《福贵》的反封建立场："那时，我们有些基层干部，尚有些残存的封建观念，对一些过去极端贫穷、做过一些被地主阶级认为是下

---

[1] 洲之内彻：《赵树理文学的特色》，引自黄修己编：《赵树理研究资料》（中国现代文学资料汇编乙种），北岳文艺出版社，1985年，第452页。以下《赵树理研究资料》引用资料均出自此版本，不另注出版社及出版年月。

等事的人（如送过死孩子、当过吹鼓手、抬过轿等），不但不尊重，而且有点怕玷污自己的身份，所以写这一篇，以打通其思想"。① 可是小说文本中，叙述人在寻找是谁使福贵变坏的原因时态度是暧昧的——他没有像小说作者赵树理那样把目标指向当时的封建观念，相反，人物福贵的"控诉"声音强大到把叙述人的声音"掩盖"了。换言之，在控诉非人际遇时，福贵将旧有道德的迫害作为了对老万控诉的"理所当然"的一部分，叙述人对此也给予默认。"封建观念"是复杂的，风俗的形成，有地主阶级的原因，也以普通农民和大众的共同认识为基础。面对村子里弥漫的封建思想，干部的思想需要打通，"我们"和"我"不也应该检讨吗？作家的创作意图和小说中福贵对地主的声讨出现了"不和谐"，这使叙述人在文本中的态度变得犹疑。

"不和谐"是由于写作者赵树理受到了"我们"的叙述视角的限制。茅盾说，"作者是站在人民立场写这题材的，他的爱憎分明，情绪热烈，他是人民中的一员而不是旁观者……"② 周扬则说，"他没有站在斗争之外，而是站在斗争之中，站在

---

① 赵树理：《回忆历史，认识自己》，《赵树理文集》第4卷，人民文学出版社，2005，第344页。

② 茅盾：《关于〈李有才板话〉》，《赵树理研究资料》，第193页。

斗争的一方面，农民的方面，他是他们中间的一员。……因为农民是主体，所以在描写人物，叙述事件的时候，都是以农民直接的感受，印象和判断为基础的。"①站在人民／农民／群众／集体的立场是赵的小说之所以受到广大农民欢迎的原因。正是这种把"自己"放置于"我们村"中的书写，成就了一种融入群众的叙述风格和一种"我们"的叙述策略。在我的理解中，此中的"我们"，具体而言不是赵树理在创作谈中指的"我们有些基层干部"中的"我们"，更确切地是指"他们"——那些喜欢阅读倾听赵树理小说的农民们。赵树理以使"我"融入"他们"的方式创造了"我们"，进而，"赵树理小说创造了一种更能为农民接受的阅读方式和调动其'共同体'想象的文化接受方式。"②

使农民接受和认同，意味着对大多数群众的认识、看法与观念要有所迁就，就《福贵》而言，在面对隐蔽的旧的思想及风俗时，小说失去了应有的复杂与尖锐。这在赵的其他小说中也存在。《小二黑结婚》中，以大众和村人的观点去看待老年后依然喜欢打扮的三仙姑，她是可笑的小丑。村人们的哄

---

① 周扬：《论赵树理的创作》，《赵树理研究资料》，第 184 页。
② 贺桂梅：《重新思考文学的"现代性"——以赵树理文学为对象》，《人文学的想象力》，河南大学出版社，2005 年，第 356 页。

笑是当时社会气氛的写照,但叙述人或作家本人也没有"异议"却不应该。这站在"群体"立场对个体者的嘲笑,使《小二黑结婚》最终没有能呈现出伟大作品的光泽。代"我们"立言的同时,赵树理作品显示了他的"时代性",他"是在创造典型的同时,还原于全体的意志"。① 只是,这样的书写方式是双刃剑——当他把"我"还原于"他们",使用与"他们"一起看世界的方式书写时,遗失的是对中国农民内部复杂性的认知,遗失的是对农民身上守旧一面的批判(或批判的力度不够)。

余华不是站在农民内部写作的作家。他不进入"群体",也不迁就任何人,他只是"旁观者"。在《活着》及《许三观卖血记》中,余华之于苦难的书写需要琢磨——余华没有强烈的代入感,人物与时代环境的关系若即若离。郜元宝在分析余华的苦难意识时认为,余华是将主体的苦难意识融入了本原的未经知性和习俗道德分离的"身在其中"的情感和存在状况,融入了不特别张扬苦难意识但无疑把苦难意识和苦难情感涵摄其中的存在意识,融入了"活着"这种最直接最朴素的生存感受。② 余华阐述过他眼中的苦难书写:"作家的使命不是

① 竹内好:《新颖的赵树理文学》,《赵树理研究资料》,第 490 页。
② 郜元宝:《余华创作中的苦难意识》,《文学评论》1994 年第 2 期。

发泄，不是控诉或者揭露，他应该向人们展示高尚。"写《活着》，就是"写人对苦难的承受能力，对世界乐观的态度。写作过程让我明白，人是为活着本身而活着的，而不是为了活着之外的任何事物所活着"。① 这是余华与赵树理在苦难理解上的巨大的差异。这最终体现在两个福贵对于苦难的不同认识——赵树理的福贵把苦难算在了以老万为代表的地主阶级身上并给予愤怒控诉，而余华的福贵只把苦难当作生活的一部分。

对苦难的认识显示了两位小说家历史观的迥异。阅读赵树理小说，读者从中可以站在"今天"感受"昨天"的黑暗，预见"明天"的光明。所以，赵树理小说人物站在"今天"审看"昨天"时就有了立场和力量，而正如郜元宝所分析的，余华小说并不是站在"今天"审看"昨天"的，"今天"在余华小说中没有光，它不能照亮别的时间，"线性的历史观"在余华小说中变得混沌而暧昧。

与其说余华的《活着》书写的是一个真实的人物形象，毋宁说他借助福贵这一形象书写了现代"采风者"自乡间采集到的宝贵的"风"。这使整部小说对"历史"的依赖降到了最低，也使"活着"具有普泛意义。换言之，着眼于个人心路历程和

---

① 叶立文：《访谈：叙述的力量——余华访谈录》，《小说评论》，2002 年第 2 期。

内心经验,余华在另一个层面书写了"我们","我们人类"。——不同国度的读者都"看懂"了这部小说:"这是非常生动的人生纪录,不仅仅是中国人民的经验,也是我们活下去的自画像。"① 由此,《活着》显示了与同时代小说作品不一样的光泽。《活着》"是一部让人感动的寓言,它所揭示的绝望与地狱式的人生,便成了一部真正的哲学启示录"。② 与余华有着相同历史处境的书写者人数众多,只有余华写出了《活着》——历史处境只是作家写作的一个条件,《活着》能够绽放出经典小说的光泽,最终有赖于余华的叙述才华和他独有的既复杂又简单的文学气质,有赖于余华卓越的个人才能。

当然,余华和赵树理的预设读者也不同。余华的潜在读者是"个人",而不是"群体"。《活着》适合于黑夜中一个人阅读,读者是一个阅读主体,这个主体"与把人从家庭、国家中分离出来的经济个人主义相联系"。③ 赵树理不同,他喜欢把自己的作品读给农民听——对评书体的热爱使赵树理写作时更倾向于大众的认同度:"我想,我应该向农民灌输新知

① 《东亚日报》,1997年7月3日,转引自余华《活着》封底,南海出版社,1998年。
② 张清华:《文学的减法》,《南方文坛》,2002年第4期。
③ 伊恩·P.瓦特:《小说的兴起》,高原、董红钧译,生活·读书·新知三联书店,1992年,第92页。

识，同时又使他们有所娱乐，于是我就开始用农民的语言写作。我用词是有一定的标准的。我写一行字，就念给我父母听，他们是农民，没有读过什么书。他们要是听不懂，我就修改。"①这令人想到勾栏瓦肆中听评书的场景。对群体读者的想象使赵树理对塑造一个人物形象没有热情，"他不喜欢在作品里只写一个中心人物，他喜欢描写整个村子、整个时代。他笔下的人物是由他所了解的许多人的综合体。"②

对"我们"和"我"的理解不同，决定了两部作品给予阅读者的感受不同：从《福贵》中，读者获得的是"我们"的希望——一种"想象共同体"对光明前途的无限信任和向往；从《活着》中，读者获得的则是个人内心生存普遍经验的被唤起。因而，《福贵》中对读者有冲击力的是"穷人"的胜利和"我们"的胜利，而不是福贵个人的内心世界。——"重事轻人"使赵树理小说中"个人"的一切被有意识地简单化了，所以，他的小说"很少有伤感的东西"。③而余华的《活着》，注重的是"个人"的疼痛，有庆、凤霞和苦根的死亡是小说中最令人心痛的段落，这让不同国族的亿万读者在黑夜中怅惘、伤神，它直击的是人的内心。

---

① 杰克·贝尔登：《中国震撼世界·赵树理》，《赵树理研究资料》，第 40 页。
② 同上。
③ 洲之内彻：《赵树理文学的特色》，《赵树理研究资料》，第 459 页。

## 写作的可能性与写作的困境

每一部作品的问世，都是作家对个人写作可能性的突破与寻找。赵树理和余华的创作之路上，伴随着对写作的可能性的不断探索，也各自面临困境——在他们的写作史上，都有着对民间资源／外来资源的汲取与化用，尽管风格迥异，但在如何从民间形式中寻找资源方面，他们显示出了某种相似性。

1930年，赵树理把名字由"树礼"改为"树理"，意为"破封建社会的'礼'，立马克思主义的'理'"[1]，这显示了他对自己的重新认识和某种暗自期许。"我既是个农民出身而又上过学校的人，自然是既不得不与农民说话，又不得不与知识分子说话……以后即使向他们（农民）介绍知识分子的话，也要翻译成他们的话来说……说话如此，写起文章来便也在这方面留神。"[2]赵树理的话显示了他对自我身份——"知识分子"与"农民"之间沟通"桥梁"的定位。赵树理眼中，中国的文学艺术传统分三个部分，一是中国古代士大夫阶级的传统，二是

---

① 董大中：《赵树理年谱》，北岳文艺出版社，1994年，第74页。

② 赵树理：《也算经验》，《赵树理研究资料》，第98页。

"五四"以来的文化界传统，三是民间传统。① 赵属意民间传统。他对"五四"以来形成的文坛持有激烈批判态度。"我不想上文坛，不想做文坛文学家。我只想上'文摊'，写些小本子夹在卖小唱本的摊子里去赶庙会，三两个铜板可以买一本，这样一步一步地去夺取那些封建小唱本的阵地。"② 为此，他要寻找他的路——在中国民间形式与新文学传统之间寻找平衡。在对中国文学语言的丰富与创造，对评书体小说叙述手法的更新上，赵树理做了卓有意义的革新。

赵树理使用农民式口语——他不使用夸张的粗话和方言而选择简洁、准确、形象的生活口语。"他的语言极其生活化、形象化，同时又简单化、纯粹化，达到了非常富于思想性的语言高度。"③ 赵树理侧重叙述而不是描写，他从民间评书小说中获得启发：赵树理改造了中国评书小说冗长而令人厌烦的缺陷，他寻找到既适合读者阅读／倾听，又能调动读者积极性的写作手法。从民间传统中汲取创作资源的写作方式实践了现代文学以来的"民族化"梦想，这使赵树理小说在朱自清、郭沫若等新文学家那里获得了认同，他的小说被认为清新、

① 赵树理：《回忆历史，认识自己》，《赵树理文集》第4卷，第357页。
② 李普：《赵树理印象记》，《赵树理研究资料》，第19页。
③ 今村与志雄：《赵树理文学札记》，《赵树理研究资料》，第481页。

明快，具有陌生的新鲜。① 当然，这也使他成为"可能是共产党地区中除了毛泽东、朱德之外最出名的人了"。②

余华在外国文学与民间资源之间找到恰当的位置。作为新时期以来重要的先锋作家，余华深受外国文学影响，"因为只有在外国文学里，我才真正了解写作的技巧……然而作为一位中国作家，我却有幸让外国文学抚养成人。"③ 对外国文学的阅读和模仿成就了余华。中年以后的他从语言观念到语言实践都发生着改变。他开始觉得"直接的、很准确的叙述"更有力量。④ "如何写出我越来越热爱的活生生来？这让我苦恼了一段时间，显然用过去的叙述，也是传统的叙述可以解决这样的问题，可是同时我又会失去很多，这样的叙述会使我变得呆板起来，让我感到叙述中没有了音乐，没有了活泼可爱的跳跃，没有了很多。我感到今天的写作不应该是昨天的方式，所以我的工作就是让现代叙述中的技巧，来帮助我达到写实

---

① "我是完全被陶醉了，被那新颖、健康、朴素的内容与手法。这儿有新的天地，新的人物，新的感情，新的作风，新的文化，谁读了，我相信都会感着兴趣的。"郭沫若：《〈板话〉及其他》，《赵树理研究资料》，第 175 页。

② 杰克·贝尔登：《中国震撼世界·赵树理》，《赵树理研究资料》，第 32 页。

③ 余华：《我为何写作》，《余华研究资料》，洪治纲主编，天津人民出版社，2007 年，第 43 页。

④ 余华、洪治纲：《火焰的秘密心脏》，《余华研究资料》，第 26 页。

的辉煌。"① 这段话包含了余华如何借用传统的叙述又加入现代技巧的思索。

思索最终化为了行动。余华越来越喜欢使用简洁而直接的叙述，在精神上向民间贴近——他以中国民间特有的诙谐幽默态度消解苦难与沉重，他与现实表达"和解"之意。吴义勤认为余华的转型并不能简单地看作是对于"技术"的否定与抛弃，也不能看作是对于"先锋前"艺术形式的复辟，他认为这种变化与转型，实际上是"否定之否定"的过程。② 研究者总结说，"余华成功地将各种外来文学因素与个人体验、民族历史相结合，创造出了让全世界都为之感动的中国人形象。……作为一名当代中国作家，余华更是突破了中国传统的写作手法、美学原则和文学思想，在更为广阔的文学背景下使用着'共同语言'与世界文学进行着精神对话。"③

"福贵这个人，在村子里比狗屎还臭。"简洁、直接、形象而准确的小说开头很像余华写出来的④，其实它出自赵树

① 余华：《叙述中的理想》，《当代文坛报》1997 年第 5—6 期。
② 吴义勤：《告别虚伪的形式》，《文艺争鸣》2000 年第 1 期。
③ 姚岚：《余华对外国文学的创造性吸收》，《余华研究资料》（吴义勤主编），山东文艺出版社，2006 年，第 362 页。
④ 旷新年：《余华的小说》，《写在当代文学边上》，上海教育出版社，2005 年，第 127 页。

理——从同一传统中寻找资源的努力，使赵树理小说和余华小说在语言追求方面和面对民间态度方面具有某种细微的相似性。赵树理因对民间语言风格和叙述模式的借用成为了现代知识分子与民间形式之间的媒介人物，余华则因对民间叙述形态的借用和对简洁而准确的语言风格的追求而成为了先锋派回归"写实"之路上最早的和最成功的实验者。1940—1950 年代，《小二黑结婚》风靡解放区，实践了现代文学的"大众化"梦想；1992 年以来，《活着》则因持续畅销而续写了二十世纪最后一个纯文学作品"大众化"的实绩。

正如任何实验都会面临重重困难，赵树理在 1950 年代以后日益面临创作的困窘。"作者对形式好象越来越执着，其表现特点为：故事行进缓慢，波澜激动幅度不广，且因过多罗列生活细节，有时近于卖弄生活知识。遂使整个故事铺摊琐碎，有刻而不深的感觉……"[1]赵树理对民间形式的狂热，使"他对'五四'新文学以及外国文学的反感也表现出比较狭隘的文化心态，妨碍了他的创作朝更博大精深的路向发展"。[2]而就余华而言，2005 年出版的长篇小说《兄弟》，一方面是 110 万

① 孙犁：《谈赵树理》，《赵树理研究资料》，第 297 页。
② 钱理群、温儒敏、吴福辉：《中国现代文学三十年》（修订本），北京大学出版社，1998 年，第 484 页。

册的销量，一方面是面临种种来自专业读者的非议，亲历"文革"的人强烈质疑这部作品的"时代感"——当余华书写"文革"并试图正面强攻我们的时代时，《活着》独有的"历史感"此刻可能面临莫大挑战。不过，余华现在正处在创作的高峰期，他有理由让我们保持期待。

寻找中国文学写作的可能性，思索中国文学的民族化与现代化的问题，是 1917 年以来现代文学创作发生期时就遇到的重要命题，从鲁迅、沈从文、张爱玲、萧红的创作实践，乃至到当代作家莫言的《檀香刑》《生死疲劳》、格非的《人面桃花》《山河入梦》、毕飞宇的《平原》《推拿》等新世纪以来的诸多代表作品中，都可以看到中国作家不断为此问题进行思索和尝试的努力。如何具有"世界性"因素同时又保有宝贵的"中国经验"和"中国传统"，是百年来中国文学面临的重大课题，赵树理或余华只是诸多实践者中突出的代表作家之一。

# 第九章　素朴的与飞扬的

——读铁凝《玫瑰门》《大浴女》《笨花》

作为作家，铁凝对棉花情有独钟。棉花常常在她作品里出现，而棉花地则是她诸多小说故事的发生地，目前为止，她有两部重要作品都以棉花命名——中篇小说《棉花垛》里，写了棉花地里发生的故事，而在最具代表性的长篇小说《笨花》里，她则书写了几代人在"笨花村"的生活。谈及为何起名"笨花"，铁凝说：

> "笨"和"花"这两个字让我觉得十分奇妙，它们是凡俗、简单的两个字，可组合在一起却意蕴无穷。如果"花"带着一种轻盈、飞扬的想象力，带着欢愉人心的永远自然的温暖，那么"笨"则有--种沉重的劳动基础和本分的

意思在其中。我常常觉得在人类的日子里，这一轻一重都是不可或缺的。①

"笨"和"花"何尝不是铁凝文学世界的品质？

## 一、朴素的思考

1957 年 9 月，铁凝出生于北京，后随父母迁居河北保定。父亲铁扬是当代著名油画家，母亲是声乐教授。十六岁时，父亲带她去看望著名作家徐光耀。读过女孩子的作文后，徐光耀非常激动，连着说了两个"没想到"，他对铁凝说，"你写的已经是小说了"②。这个评价对少年铁凝是莫大鼓励。

铁凝的处女作是《会飞的镰刀》，这是她在 1975 年创作的。也是那一年，铁凝高中毕业。"我想当作家。父亲说中国作家是理应了解乡村的，他冒险地鼓动着我，我冒险地接受着这鼓动。其实，有谁能保证，一旦了解了农村你就能成为作家

---

① 铁凝：《从梦想出发：铁凝散文随笔集》，湖南文艺出版社，2007 年，第 57 页。
② 铁凝：《真挚的做作岁月》，《铁凝文集》第 5 卷，江苏文艺出版社，1996 年，第 444—445 页。

呢？"①从1975年下乡到1979年调到保定地区文联，铁凝在博野县张岳村生活了近四年。四年间，这位年轻人写下四五十万字左右的笔记，关于她对农村生活和农民的理解。当然，务农四年的时间里，她也开始发表《夜路》《丧事》《蕊子的队伍》等短篇小说。

铁凝的成名作是《哦，香雪》，发表在1982年第5期的《青年文学》。香雪是个十七岁的农村姑娘，小说写了火车对乡村人生活的冲击，写了香雪用四十个鸡蛋到火车上去换一个塑料铅笔盒的故事，文风清新、自然、生动，有如来自山野的风。孙犁读到后很兴奋，特意写信给她："这篇小说，从头到尾都是诗，它是一泻千里的，始终一致的。这是一首纯净的诗，即是清泉。它所经过的地方，也都是纯净的境界。"②在信中，孙犁甚至谦虚地对这位年轻作家说："我也写过一些女孩子，我哪里有你写得好！"③《哦，香雪》被《小说选刊》和《小说月报》选载，获得了首届全国优秀短篇小说奖。研究者称农村少女香雪是"铁凝艺术世界中第一个被公认的、成功的、美的形象"④。《哦，香雪》后来也被选入高中语文课本。事实上，

---

①　铁凝：《铁凝影记》，河北教育出版社，1998年，第53页。

②　孙犁：《读铁凝的〈哦，香雪〉》，《小说选刊》1983年第2期。

③　同上。

④　贺绍俊：《铁凝评传》，郑州大学出版社，2004年，第41页。

香雪不仅受到中国读者喜欢，小说还被翻译成了英、日、法、意、德等多种文字出版，不同国度的读者都曾为这部作品打动，因为它表现了一种人类心灵共通的东西。

1983年对于铁凝来说是收获之年，这位二十六岁的青年作家不仅获得了全国优秀短篇小说奖，还发表了卓有影响力的中篇小说《没有纽扣的红衬衫》（获得1984年全国优秀中篇小说奖）。《没有纽扣的红衬衫》的女主人公安然，是个向往自由自在，渴望远离复杂人际关系的女中学生，她健康、开朗、明亮，深受青少年喜爱。这是1980年代没有沉重历史负担的人，作家准确把握到了时代的敏感点，将她对未来的思考集中在人物身上。在当年，每个女孩子都渴望穿上没有纽扣的红衬衫，当时人们甚至把"没有纽扣的红衬衫"叫作"安然衫"。文学史上，安然和蒋子龙的《乔厂长上任记》里的乔光朴一样，成为当时在中国产生巨大影响的文学新人。如果说香雪代表了1980年代我们对美好文明生活的向往，那么安然则代表了我们的理想人性和理想人格。《哦，香雪》和《没有纽扣的红衬衫》都在1980年代被搬上大屏幕，受到观众欢迎：同名电影《哦，香雪》荣获第四十一届柏林国际电影节最佳儿童片水晶熊大奖；《没有纽扣的红衬衫》被改编为电影《红衣少女》，荣获百花奖和金鸡奖的最佳故事片奖。

当年，年轻的铁凝及其作品给人惊喜。批评家一致认为宝贵的农村生活经验给予了她丰厚的创作素材，这当然有道理，但更重要的是，农村生活使她养成了不同寻常的理解力。如《村路带我回家》中，下乡知青乔叶叶选择了在农村生活而不是回到城市，原因很简单："……我愿守着我的棉花地，守着金召，他就要教会我种棉花了。让我不种棉花，再学别的，我学不会。"[①] 一如当年赵园的分析，"作者以极其'个人'的人物逻辑，使人物的回归、扎根'非道德化'，与任何意识形态神话、政治豪言、当年誓言等等无干，也以此表达了对当年知青历史的一种理解：那一度的知青生活，不是炼狱不是施洗的圣坛不是净土不是'意义''主题'的仓库不是……作者没有指明它'是'什么，或者'是'即在不言自明之中：那就是平常人生"[②]。这也是最初铁凝进入文坛时所带给人的喜悦：她以一位书写者的本能拒绝了知青文学中那份高高在上、那份时代赐予的深厚的意识形态性，那份深藏其间被诸多作者读焉不察的等级意识。她通过笔下那些以笨拙并不机敏著称的人物的选择，显示了自己对世界的"别有所见"[③]。

---

① 铁凝：《村路带我回家》，《长城》1984 年第 3 期。

② 赵园：《地之子》，北京十月文艺出版社，1993 年，第 275 页。

③ 张莉：《仁义叙事的难度与难局——铁凝论》，《南方文坛》2010 年第 1 期。

共同生活、共同劳动使铁凝与农民凝结了深切的情意，她不把自己与他们区别开来。这最终构成了铁凝认识世界的方式——农村的一切，在她笔下有了一种他人无法察觉的气息。《孕妇和牛》中，乡间怀孕的妇女和怀孕的牛如此可爱，她们互相映衬，成为美好景象："有一次我到一个地方去，都快收麦子了，麦穗已经很饱满，麦田一望无际，在地头上，站着一个怀孕的妇女，挺着大肚子特别自豪。我觉得那个'景象'特别打动人，就想把它写成小说。"①《孕妇和牛》是铁凝的经典小说，一经发表便得到无数读者的喜爱。在汪曾祺眼里，这部小说写的是"幸福"："古人说：'愁苦之言易好，欢愉之言难工。'铁凝能做到'人所难言，我易言之'。这是一篇快乐的小说，温暖的小说，为这个世界祝福的小说。"②

"要是你不曾在夏日的冀中平原上走过，你怎么能看见大道边、垄沟旁那些随风摇曳的狗尾巴草呢？"③散文《草戒指》里，铁凝谈到对冀中平原上狗尾巴草的记忆，女孩子们常常编成草戒指戴在手上，它盛载着她们的向往和期待。草是如此不起眼，但因为代表着情意便又变得珍贵和不平凡。将草

① 朱育颖：《精神的田园——铁凝访谈》，《小说评论》2003 年第 3 期。
② 汪曾祺：《推荐〈孕妇和牛〉》，《文学自由谈》1993 年第 2 期。
③ 铁凝：《草戒指》，《当代》1990 年第 6 期。

和戒指放在一起思考，这位作家认识到，"却原来，草是可以代替真金的，真金实在代替不了草。精密天平可以称出一只真金戒指的分量，哪里又有能够称出草戒指真正分量的衡具呢？却原来，延续着女孩子丝丝真心的并不是黄金，而是草"。①这样的联想和思考都显示了铁凝卓异的审美能力，正如世界上所有优秀作家都拥有的那种能力——他们总能够将这个世界上真实的、看起来毫无关系的东西进行重新组合，进而引领我们重新理解和认识世界。

　　这位作家看到这个世界的普遍性，看到人与人之间的共通与共情。《麦秸垛》里，城市女青年杨青看到乡村生活和大芝娘的际遇，但也看到了"世上的人原本都出自乡村，有人死守着，有人挪动了"②，其实，那也"不过是从一个麦场挪到另一个麦场"。叙事人顺着杨青的眼睛看到，"城市女人那薄得不能再薄的衬衫里，包裹的分明是大芝娘的那对肥奶，她还常把那些穿牛仔裤的年轻女孩，假定成年轻时的大芝娘"③。不只是在"此处"思考"此处"，铁凝对人世的理解从不画地为牢。她有她的辽远，她的犀利。关于《麦秸垛》的创作，铁凝提

---

① 铁凝：《草戒指》，《当代》1990 年第 6 期。
② 铁凝：《麦秸垛》，《收获》1986 年第 5 期。
③ 同上。

到出访挪威的经历，在奥斯陆她听到小婴儿的哭声，这哭声让她想到华北平原土炕上婴儿的哭声，想到农村街坊邻居娃娃们的哭声。"原来全世界的小人儿都是一样的哭声，一样的节奏一样的韵律，要多伤心有多伤心，要多尽情有多尽情。"①由此，这位作家想到："当一名三代以上都未沾过农村的知识妇女同我闲聊时，为什么我会觉得她像哪位我熟悉的乡下人？为什么我甚至能从那面容粗糙、哭天抢地的吵闹的农妇身上看见我？哪怕从一个正跳霹雳舞的时髦女孩儿身上，我也看见那些山野小姐儿的影子在游荡。"②

城市与乡土、富裕与贫穷对这位写作者并未构成真正的分界，那种简单的关于文明与愚昧、先进与落后的划分也是危险的。在写作之初，铁凝就以一种朴素的情感去理解世界上的人：女人有她们共同的际遇，人和人也有。农村和城市没有必然的等级，而人的生活和情感也有着相通和相近的一面。这种朴素的角度与情感最终使这位写作者拥有了非凡的理解力。一种与土地、与农村、与农民的深厚情感在她那里被点燃。那些面目平凡的农民形象因为这样的情感而变得不凡，他们心

① 铁凝：《我尽我心》，《像剪纸一样美艳明净》，人民文学出版社，2006年，第245、246页。

② 同上。

地质朴，隐匿在他们内心深处的聪明、智慧、仁义、诚信，包括那些虚弱、贫穷和精明，也都在这位作家的文字世界里展现。

## 二、女性的内省

1988 年 9 月，长篇小说《玫瑰门》在大型文学期刊《文学四季》创刊号上首发，随后，作家出版社出版《玫瑰门》单行本。《玫瑰门》聚焦于司绮纹为代表的庄家几代女性的人生际遇，深刻揭示了女性命运与现实、性别秩序与历史之间的冲突与矛盾。读者尤其难忘外婆司绮纹的一生，这个女人经历了五四运动、抗日战争、新中国成立等历史时期，经历种种人生变故，但生命力依然旺盛。事实上，小说书写的并不是那种传奇女性，相反，《玫瑰门》剥离了一般意义上对于女性命运的书写和理解，铁凝着眼于一个女人与自我的搏斗，着眼于一个女人与她的生存环境的搏斗，着眼于她由年轻到衰老，由强悍到虚弱，由雄心勃勃到无能为力的生命过程。[1]铁凝冷静直面一个女人的可怜和卑微，以及她内心深处的肮脏、龌龊、黑暗与苦苦挣扎。

---

[1]　张莉：《刻出平庸无奇的恶》，《名作欣赏》2013 年第 8 期。

小说发表后引起强烈反响，不同时代的批评家们都曾给予过高度评价。曾镇南说："铁凝在司绮纹形象身上，不仅汇聚了'五四'以后中国现代史上某些历史风涛的剪影，而且几乎是汇聚了'文革'这一特殊的历史阶段的极为真实的市民生态景观。小说最有艺术说服力震撼力的部分，无疑是对'文革'时期市民心理的真实的、冷静的、毫不讳饰的描写。这种描写的功力在揭示司绮纹生存中的矛盾方面达到了令人惊叹的程度。"[1] 戴锦华认为《玫瑰门》"表现了令人震惊的洞察、冷峻和她对女性命运深刻的内省与质询"[2]。谢有顺则称赞《玫瑰门》是"借由个人与时代、个人与个人之间的隐秘斗争，深刻地写出了三代女性在一个荒谬年代里的命运脉络"。[3] 三十多年来，《玫瑰门》不断被诸多文学史家重新解读、阐释，累积的评价之多，已然构成庞大而复杂的阅读谱系。

《玫瑰门》被文学史认为是中国女性文学的巅峰之作，也通常被认为是铁凝的转型之作，她的风格由清新而犀利、复杂、深刻。事实上，文学史家们将铁凝的一部分作品视为中

---

[1] 曾镇南：《评铁凝的〈玫瑰门〉》，《曾镇南文学论集》，花山文艺出版社，2001年，第152页。

[2] 戴锦华：《真淳者的质询——重读铁凝》，《文学评论》1994年第5期。

[3] 谢有顺：《铁凝小说的叙事伦理》，《中国当代文学批评大系 1949—2009》第6卷，王尧、林建法主编，苏州大学出版社，2012年，第210页。

国女性写作的典范之作,这些作品包括中篇小说《麦秸垛》《棉花垛》《青草垛》《对面》《永远有多远》以及长篇小说《无雨之城》和《大浴女》等。《无雨之城》是铁凝的第二部长篇小说,是著名的"布老虎丛书"之一,畅销百万册。《无雨之城》是关于人的情感故事。小说中固然书写了官员普运哲的处境,女记者的痛苦,但最有吸引力的还是那位官员的妻子葛佩云。这位官员妻子刻板、机械而又麻木地生活着,尤其令人印象深刻的是她的生活细节,比如她总喜欢在鞋垫上钉个钉子,以防鞋垫滑出来。葛佩云是可怜人,也是平庸的人,让人想到契诃夫笔下那位套中人。这样的书写代表了作家对某一类女性处境的凝视。

《大浴女》是铁凝的第三部长篇作品。城市女青年尹小跳负载了复杂的童年罪恶,小说中几乎所有人物都在一种内心的愧疚和不安中挣扎。人物内心的独白与复杂生长环境相呼应,形成了这部小说的独特调性。大江健三郎对《大浴女》的女性群像书写赞不绝口:"如果让我在世界文学范围内选出这十年间的十部作品的话,我一定会把《大浴女》列入其中。"① 王蒙读完《大浴女》则感慨说,"却原来一个人从生下来就承负

---

① 铁凝、大江健三郎、莫言:《中日作家鼎谈》,《当代作家评论》2009 年第 5 期。

着那么多自己和别人的包括上一代人的和社会的罪恶……读起来觉得惨然肃然"①。

中篇小说《对面》发表于 1993 年，以一位男性的偷窥为主题，男人因不能占有"对面"那位独居女人而爆发恶意实施报复，而那个女性则因他的一时逼恶心脏病发作而离世。小说犀利尖锐，冷峻陡峭，是铁凝少有的以男性视角书写的作品，它因多重意义上的反思和批判而深受批评家们的褒扬。1999 年，铁凝的另一部重要中篇代表作《永远有多远》发表，在这部作品中，铁凝将深具传统仁义美德的女性和北京精神叠合在一起，写出了胡同里长大的女孩子白大省的情感历程，小说一经发表便引起读者长久的共情风暴。这是一部深具多种文化内涵的作品，曾获得第二届鲁迅文学奖中篇小说奖，后被改编为同名电视连续剧，引起广泛影响。"永远有多远"这一题目也成为了世纪末流行的"金句"，代表了某种时代慨叹。

从《哦，香雪》《没有纽扣的红衬衫》《麦秸垛》到《玫瑰门》《无雨之城》《大浴女》《永远有多远》，铁凝刻画了香雪、安然、大芝娘、司绮纹、竹西、苏眉、尹小跳、尹小帆、白大省等一个个生动鲜活的女性形象，这些有着不同性格特征的女性生长

---

① 王蒙：《读〈大浴女〉》，《读书》2000 年第 9 期。

于不同时代，有城市女性、农村女性，有老年女人、中年女人，也有少女；有姐妹、祖孙、母女……不同际遇、不同阶层的女性在她的作品中有着隐秘互映，形成了参差互现的美学特征。还没有哪位中国作家像铁凝这样，塑造了如此多栩栩如生、富有生命质感的女性形象，这些女性形象在不同历史时期都曾经陪伴读者成长。某种意义上，铁凝以一系列女性群像的方式书写了中国当代女性的处境，在她的书写里，有着中国最普泛女性的生存与生活样貌。

如果说书写了丰富、复杂、鲜活多样的女性群像是铁凝女性文学作品的特质，那么，其另一独特性便是独属于铁凝的文学表达。在那些女性文学作品里，她使用了内心独白的对话体方式，这尤其表现在铁凝的《大浴女》中，第一人称与第三人称互为交错，这使她的写作有了一种众声喧哗与兀自独语交互呈现的特质。王一川认为，铁凝在文本中创造了一种"反思对话体"[1]，"反思对话体是指一种由内心的反思和对话占据主导地位的文体样式……内心反思，是说主人公及其他人物常常处在对于自己的思想、情感和行为的回头沉思及审视状态，例如，尹小跳就时常反思自己的早年行为，陷于深深的原罪感

---

① 王一川：《探访人的隐秘心灵》，《文学评论》2000 年第 6 期。

中难以自拔,这种反思性审视一直伴随和影响着她。内心对话,是说主人公和其他人物总是在心理与他者和自我对话,尹小跳就总是为自己设置一个他者,同他展开尖锐的对话。内心反思与对话在这里是相互交融在一起的"①。正是这种反思对话体的使用,使小说得以建构一种独属于现代人的错综复杂的内心冲突世界。

反思对话体之外,铁凝作品中的抒情特质格外吸引人,这在《玫瑰门》及《大浴女》中足可以称为华彩部分,而这正是铁凝诚挚诚恳之处,一如王蒙所言:"与其他有些女作家的一个重要不同在于:第一,铁凝是一个把自己放在书里的作家,你从书里处处可以感到作者的脉搏、眼泪、微笑、祝祷和滴自心头的血。她在作品里扮演的是一个抒情者、倾诉者、歌哭者、笑者、祝福者或者呐喊者。她与书中的人物互为代言人。你读了书就会进一步感知与理解作者,直至惦记与挂牵作者。"②

内心独白、反思对话体及强烈的抒情特质构成了铁凝女性文学世界的迷人调性:那个世界绝不是封闭、单一和狭隘的,相反,那个世界是开放的、多元的、多声部的,那里众声喧哗,

---

① 王一川:《探访人的隐秘心灵》,《文学评论》2000 年第 6 期。
② 王蒙:《读〈大浴女〉》,《读书》2000 年第 9 期。

那里杂花生树；那里既是有关女性的生存，同时也是一个女性的自我与阔大世界的坦率对话，这样的对话中包含了女性的倾诉、困惑、质询、追问，也包含着一个女性的自我反省、自我怀疑和自我成长。这样的女性世界深具女性特质，但却不是通常意义上的女性特质，不是软弱的、自怜自恋的女性气质，相反，它丰饶、诚恳、包容、富有生机，同时，它也强劲而有力。

铁凝的女性文学有着非凡的对于女性美、女性身体、女性命运的不同理解，而这些理解也与前此以往的女性书写拉开了距离。比如关于如何理解女性身体。《玫瑰门》"鱼在水中游"一节中，小说书写了竹西身体之美，在小苏眉眼里，竹西的身体是"一座可靠的山，这山能替你抵挡一切的恐惧甚至能为你遮风避雨"[1]，这"山"有别于其他文学文本中的女性身体，她健康、强壮、坦然，从不躲躲闪闪。事实上，铁凝多部作品里都描述过一个健康而坦然的女性身体，在《对面》中是那位拥有健壮身体的女游泳教练；在《没有纽扣的红衬衫》中，她是安然；在《大浴女》中，她是尹小跳……某种意义上，铁凝重新发现了女性身体之美，她将女性身体从外化的标签中解放出来。这些身体不是供欲望化观看的，但也不是用来展览

---

[1]　铁凝：《玫瑰门》，人民文学出版社，2013年，第96页。

的，在她这里，女性美是自然的、自在的，洗浴的女性，恋爱中的女性，年老的女性，农村的女性，那些洗桃花水的女性，都是美的。什么是铁凝笔下女性之美，是对自我身体的凝视、认同、接纳，是自信与自在，是以健康和强壮为底的。

铁凝之于女性写作的贡献是在两个向度完成的。一个向度是她将女性身体进行去魅，进行一次卓有意味的解放，她笔下的女性身体，努力逃离那种男性视角下的被注视命运，使女性身体回归女性身体本身。另一个向度的完成则是她将女性视为社会关系的总和。这也意味着，她的写作天然地具有一种社会性别意识。这里的社会性别意识指的是，将女性命运遭际放于民族国家、阶级、阶层中去理解，她躲避了男女二元对立的思维模式，并不单向度地理解女性命运，而是多维度、整体性地理解女性之所以成为女性，女性何以成为女性这些问题。一如《玫瑰门》中，你可以看到男性之于司绮纹生命历程所构成的压迫，但更重要的是社会语境和历史负累之于一个女性的重压。铁凝并不把女性的命运简化或单线条地归之于受一个或一群男性的压迫，她将女性命运放在更阔大和更深广的背景下去思考。在司绮纹的成长过程中，她一次次被社会、被家庭抛弃，她既是受害者，但同时也是主动的施害者。这个女人之所以成为这个女人，与社会和环境有关，也与本人的懦弱、本人对恶的趋奉密不可分。作为作家，铁凝有她清晰的性别立场和性别敏感，但是，她绝非为某一立场写作，她最终遵从的是她作为艺术家的直感，不提纯美化女性自身而是逼近女性的生存真相，她从女性内心的更深更暗处去审视。

早在 1989 年，铁凝谈到《玫瑰门》的写作时，说起过自身作为女性如何书写女性的问题："我以为男女终归有别，叫我女作家，我很自然。这部小说我很想写女性的生存方式、生存状态和生命过程。我认为如果不写出女人的卑鄙、丑陋，反而不能真正展示女人的魅力。我在这部小说中不想作简单、简陋的道德评判。任何一部小说当然地会依附于一个道德系统，但一部女子的小说，是在包容这个道德系统的同时又有着对这个系统的清醒的批判意识。"①——那些农村女性为什么要彩礼，为什么"草戒指"如此珍贵，为什么大芝娘晚上睡觉总要抱着一个枕头？作为写作者，要紧紧贴住这些女性，写出她们夜晚中内在的欲望和挣扎，不是高高在上的观看，也不简单地给予批判，而是尽可能给予理解和体谅，写出其中的复杂、矛盾和纠结，使她们成为她们自身，而不是成为某类符号。

① 此为 1989 年 2 月 22 日《玫瑰门》研讨会的铁凝发言，《二十世纪中国女性文学史（下）》，盛英主编，天津人民出版社，1995 年，第 773 页。

看到女性身体的美与力量，看到女性生命的光泽与强悍，看到她们的斑点和衰老、虚荣和自恋，不虚美，不隐恶，唯其如此，才是对所写人物的真正尊重。每一个人物都不是（也不应该是）某种写作理念的产物，而是活生生的人。什么是属于铁凝的朴素思维？是站在农村立场，对所有书写对象平等以待，同时也遵从作为女性艺术家的本能，不察言观色，不左顾右盼，既不强化也不躲闪女性身份，诚实地写出"我"之所见、"我"之所思、"我"之所感。

## 三、内面之魅

多年后，铁凝回忆起写作《哦，香雪》的缘起。她来到一个小村庄，住在房东家，"我在一个晚上发现房东的女儿和几个女伴梳洗打扮、更换衣裳"。这个"发现"弥足珍贵，她看到了女孩们普通生活的另一面，"我以为她们是去看电影，问过之后才知道她们从来没有看过电影，她们是去看火车，去看每晚七点钟在村口只停留一分钟的一列火车。这一分钟就是香雪们一天里最宝贵的文化生活。为了这一分钟，她们仔细地洗去劳动一天蒙在脸上的黄土，她们甚至还洗脚，穿起本该过年才拿出来的家做新鞋，也不顾火车到站已是夜色模糊。

这使我有点心酸——那火车上的人，谁会留神车窗下边这些深山少女的脚和鞋呢。然而这就是梦想的开始，这就是希冀的起点"[①]。最日常的生活里有着不为人知的兴奋，最普通不过的农村姑娘内心，有着难以为外人察觉的心之波澜。重要的是"发现"。从那位普通的农村女性身上，铁凝发现了一个人的梦想和一个村庄的希冀。这也意味着属于她的写作视点慢慢生成。她逐渐瞩目于那些日常生活中普通而本分的人们。写出那些没有故事的人身上的故事，写出他们平凡面容之下的内心起伏，是铁凝小说中一以贯之的美学追求。

铁凝总能发现生活的"内面"，这里的内面首先指的是日常生活本身的质感和美感。作为作家，铁凝有一种神奇的召唤本领，她总能将那些久已消失的味觉、嗅觉以精妙的句子聚拢来，进而将某种人类共通的情感牢牢凝聚在白纸黑字间。一如《永远有多远》中，她曾为我们召唤过一种"冰凉"："我只记得冰镇汽水使我的头皮骤然发紧，一万支钢针在猛刺我的太阳穴，我的下眼眶给冻得一阵阵发热，生疼生疼。"[②]——那些已然流逝的岁月，那些与岁月共在的情感，经由一个精当

①　铁凝：《三月香雪》，《人民日报》2018 年 6 月 16 日。
②　铁凝：《永远有多远》，《十月》1999 年第 1 期。

的比喻重回，昔日由此重回，美好由此再现。而这美好与情感，其实都是独属于日常生活的质感。

事实上，就像一天只吃两顿饭的香雪依然有着她的追赶火车的隐秘欢乐，安然不开心时总有酸奶化解一样，铁凝笔下的人物们无论何时何地都要在千篇一律的生活中发现一种微光、一种明亮。或者说，这位作家总能挤进生活的内部，发现其中的甘甜、人的可爱。那是什么样的甘甜，又是什么样的人的可爱呢？王蒙深有感慨地说："是穿越了众多的苦涩和酸楚之后，作者的比一切失望更希望，比一切仇恨更疼惜，比一切痛苦更怡悦的爱心和趣味。她总是津津有味地兴致勃勃地乃至痴痴诚诚地直至得意洋洋地写到人，写到爱情，写到城市乡村（作者是一个既善于写乡村又善于写城市的作家，我知道不止一个年长的文学人更喜欢她的写乡村之作），写到平常的日子，写到国家民族，写到党政干部，写到画家编辑，写到穿衣打扮、购物吃饭、出国逛街、读书执炊，甚至尹小跳开电灯、钻被窝与骑凤凰车也写得那样有兴味，不是颓废的享乐与麻醉，而是纯真的无微不至的活泼与欣然。读完了，人物们再不幸也罢，人生与历史中颇有些不公正也罢，事情不如人意也罢，命运老是和自己的主人公开玩笑也罢，曾经非常贫穷非常落后非常封闭也罢，你仍然觉得她和她的人物们活得颇有滋味，看个《苏联妇女》杂志，看个阿尔巴尼亚故事片，都那么其乐无穷。"[①]
因此，铁凝小说内在地给人以憧憬和向往，她有一种使读者
重新认识生活、重新认识人之所以为人的能量。

　　发现生活内面的微光是一种能力，而另一种能力则在于
她总能进入生活的"根部"，发现并勘探人性内部风景。比如
短篇小说《安德烈的晚上》（1997 年）。罐头厂职工安德烈的
生活如此平常，他娶了自己的表妹，日子按部就班。每天他都
会和同车间的女工姚秀芬聊天，后者常常会和他一起分享自己
包的饺子，二人就这样波澜不惊地生活着。突然有一天安德烈
要调到广播电台工作了，要和姚秀芬说再见时，两个老实人
想到了"一夜情"。那是个夜晚，两个人要去安德烈的朋友家
相会时，安德烈却忽然忘记了朋友家的门牌号，而此前他曾去
过无数次。那个夜晚，安德烈和姚秀芬最终没有能找到属于他
们的房间，而秀芬饭盒里的饺子在他们分手时也掉落了一地：
"饭盒掉在地上，盖子被摔开，饺子落了一地，衬着黑夜，它
们显得格外精巧、细嫩，像有着生命的活物儿。安德烈慌着蹲
下捡饺子，姚秀芬说捡也吃不得了。安德烈还捡，一边说你
别管你别管。姚秀芬就也蹲下帮安德烈捡。两个人张着四只手，

---

　　① 　王蒙：《读〈大浴女〉》，《读书》2000 年第 9 期。

捕捉着地上那些有着生命的活物儿。四只手时有碰撞，却终未握在一起。也许他们都已明白，这一切已经有多么不合时宜。"①

仿佛什么都没发生，但又好像什么都发生过了。《安德烈的晚上》有着隐匿的一波三折，有着一个普通人内心的翻江倒海。小说的结尾是："他骑上车往家，车把前的车筐里摆着姚秀芬那只边角坑洼的旧铝饭盒。安德烈准备继续用它装以后的午饭。他觉得生活里若是再没了这只旧饭盒，或许他就被这个城市彻底抛弃了。"②时间依然流逝，生活依然向前。某个晚上对于一个人的一生而言可能并不算什么。可是，因为作家潜心描摹的那只"边角坑洼的旧铝饭盒"，安德烈生命中惊心动魄的一瞬由此定格，小说使我们记住了一位普通中年男人曾经有的瞬间心动，微末的生活细节被这位小说家重新注视，而一切又因为这样的注视变得不一样。

《逃跑》发表于 2003 年。"逃跑"是这部小说的关键词。老宋来到一所地方剧团的传达室工作。他勤劳、本分、认真，任劳任怨，赢得了全团上下的信任，也收获了和剧团演员老夏

---

① 铁凝：《安德烈的晚上》，《青年文学》1997 年第 10 期。

② 同上。

的友谊。因此，在老宋罹患腿疾、面临截肢困境时，老夏和剧团人筹措了一笔钱以帮助他免于截肢。但老宋携款潜逃了，他用不到两千块钱锯掉腿，用剩下的钱来接济女儿和外孙……穷人的逻辑逐渐展现在读者面前，这令人震惊。《逃跑》根植于日常伦理，并不追求表面的喧腾和戏剧化。后来，老夏来到了老宋家乡，老宋远远看到他撒腿便跑，"如一只受了伤的野兽"逃离。由此，铁凝将老宋推到了道德／伦理绝境：在极端经济困境里，一个人如何保有整全的身体和尊严。已经很难用正确或错误、好或者不好来衡量老宋的行为了，事实上，这部作品并没有引领我们对老宋进行道德审判，相反，它在打开我们对世界的理解力，打开我们对人的认识。①

"内面"如此具有吸引力，她带领我们发现这个世界的微妙与"魅性"——铁凝拥有一种从"寻常"中发现"不寻常"的本领，她能敏锐觉察普通人流畅表达之下的某种磕磕绊绊，也能精微描摹出那平淡表情之下的隐隐不安；虽然所写几乎全是最日常最习见的生活，她却总能抵达基于生活逻辑的"出乎意表"；于是，那些普泛生活便一下子拥有了属于艺术品的神奇光泽。这是属于铁凝小说的不凡。

---

① 详细分析见张莉《恰如其分的理解，或同情》,《北京文学》2020 年第 9 期。

2006 年，长篇小说《笨花》发表，小说讲述了向喜一家的抗战经验，这些人是中华民族的普通人，但也是坚韧而深具民族美德的人。小说有洗尽铅华之美，作家再次回到乡村、回到村庄内部的视角。尽管《哦，香雪》和"三垛"等都书写乡村生活，其中也有一种朴素的思考，但《笨花》变得更为朴素，铁凝叙述缓慢，卓有耐心，她以一种凝练但又古朴的方式描摹冀中平原上那些朴素、平凡、善良的人们，她写下人性的光辉幽暗和民间烟火，展现了冀中平原一代代人民面对外族侵略时的民族气节，这是铁凝写作美学的一次重要调整，由此，她的长篇小说气象变得阔大、厚重，卓有气度。

贺绍俊认为《笨花》是超越了个人生活经验的创作。王春林则认为这是铁凝的一次自我超越，与其以往长篇面目完全不同，"如果说《玫瑰门》与《大浴女》更多地将艺术的聚焦点投射向了对于人性中恶与丑的一面的挖掘与审视，那么《笨花》则将艺术的聚焦点更多地投射向了人性中善与美的一面，并且极其令人信服地在这善与美的表现过程中展示出了人性中正面力量的充沛与伟大……在《笨花》的写作过程中，铁凝向自我发出了具有相当难度的艺术挑战。但也正是在应对这一难度很大的自我艺术挑战的过程中，铁凝的小说创作于有意无意间踏入了一种如王国维所言'眼界始大，感慨遂深'

的全新的艺术境界之中"①。

这是重新回到最初美学风格系统的写作之变，虽然看起来依然书写人之美善，但与当年书写香雪时有重要不同。《笨花》里，铁凝逐渐形成了自己对何为中国精神、何为民族气质的理解并将这种理解切实体现在她的创作中。"笨花、洋花都是棉花。笨花产自本土，洋花由域外传来。有个村子叫笨花。"这是《笨花》的题记，它颇有含义处在于将笨和花视为事物的一体两面。"笨花"之"笨"里，有作为艺术家的本分、老实以及耐烦，也有作家对民族身份的清醒认知，这是看到外来世界后对自我处境的一次重要回视。要知道"自我"是谁，不妄自菲薄，但也不妄自尊大——这是一个低调的、不愿追赶文学风潮的写作者，敏锐、深情、热爱乡村和土地、怀有赤子之心。《笨花》中，铁凝以比朴素更朴素、比缓慢更缓慢的写作方式，呈现了另一种独属于北中国的美学气质。

"小聪明是不难的，大老实是不易的。大的智慧往往是由大老实作底的。"②铁凝说。事实上，她对"大老实"品质情有

---

① 王春林：《凡俗生活展示中的历史镜像——评铁凝长篇小说〈笨花〉》，《小说评论》2006 年第 2 期。

② 铁凝、王尧、栾梅健：《"关系"一词在小说中——在苏州大学"小说家讲坛"上的讲演》，《当代作家评论》2003 年第 6 期。

独钟:"小说家更应该耐心而不是浮躁地、真切而不是花哨地关注人类的生存、情感、心灵,读者才有可能接受你的进攻。你生活在当代,而你应该有将过去与未来连接起来的心胸。这心胸的获得与小聪明无关,它需要一种大老实的态度,一颗工匠般的朴素的心。"①《笨花》最迷人的东西是什么?说到底,是一位作家面对生活、面对世界的"大老实"气质。

## 四、"诚"与"真"

2017年出版的短篇小说集《飞行酿酒师》,收录了铁凝担任作协主席十年来创作的短篇小说,读者们惊讶地发现铁凝的写作发生了隐秘而细微的变化。

《伊琳娜的礼帽》(2009年)被同行赞誉为有契诃夫小说的神韵。作为旁观者,"我"目睹了一对俄罗斯男女在机舱的邂逅。尽管"我"不能听懂他们的语言,但他们的动作和表情却胜似千言万语。飞机落地后,一切戛然而止。伊琳娜和迎接她的丈夫拥抱,而目睹一切的儿子萨沙呢,"他朝我仰起脸,并举起右手,把他那根笋尖般细嫩的小小的食指竖在双唇中

---

① 铁凝、王尧、栾梅健:《"关系"一词在小说中——在苏州大学"小说家讲坛"上的讲演》,《当代作家评论》2003年第6期。

间，就像在示意我千万不要作声。"①——在狭窄封闭的有限空间里，小说将人的情感际遇写得风生水起、意蕴深长，从而揭示了人性内部的丰饶、幽微以及现代人"异域"处境的斑驳复杂。②

《伊琳娜的礼帽》获得首届郁达夫小说奖短篇小说大奖，得到了评委及同行的高度赞扬。王德威评价说："叙事者冷眼旁观人间风情流转，时有神来之笔，本身社会、情爱位置的自我反讽，尽在不言之中。全文严守短篇小说的时空限制，写来举重若轻。"③作为同行，格非认为这部作品其实写了三个故事，"这三个本来是重叠的'共时性'故事，作者将它们放在'历时性'的线性层面展开。这样一来，原本很简单的故事陡然增加了厚度和力量。作者的匠心所指，正是短篇小说叙事艺术的精髓"④。迟子建认为这部作品是铁凝近年小说创作中的"奇葩"："机舱内由人间携来的不自由，与机舱外天空中广阔的自由，形成了强烈的反差，这似乎正是人类情感尴尬处境的真实写照。大胆而唯美，抒情而又节制的笔法，使小说焕

---

① 铁凝:《伊琳娜的礼帽》,《飞行酿酒师》,人民文学出版社,2017 年,第 20 页。
② 张莉:《作为酿酒师的小说家》,《文汇报》2017 年 10 月 1 日。
③ 《首届郁达夫小说奖终评公示》,《江南》2010 年第 5 期。
④ 同上。

发着温暖而忧伤的人性光辉。"①

　　近十多年来，铁凝笔下的故事发生地并不宽阔，它们大都发生在家庭的餐桌上，发生在饭馆、别墅、诊疗室、旅馆、机舱里，尽管活动范围有限，但读来却有宽广、辽阔之感，小说家在短篇小说的有限空间里极大拓展了表达的无限可能。虽然批评家们看到了变化，但也都注意到，铁凝小说里总有一种不变，即"香雪"身影的存在。② 是的，铁凝作品里的确有"香雪"，那些年长女性都可以视为香雪成长后的身影，那是站在农村的、朴素的女性角度理解世界——香雪身上最宝贵的是，她有未受世界浸染的真淳，这种真淳，在初写作者那里，是一种本能，正是这一写作初心使铁凝最初为人所识。如何不忘来路、不受世俗所扰但又使写作更上层楼，是这位作家面对的最大难度。这也是作品中一直有香雪身影的重要意义所在。某种意义上，正是对写作初心的专注、聚精会神和心无旁骛，才使铁凝成为铁凝。四十年风雨，四十年的创作实践，铁凝对文学、对世界、对人生有着自己诸多认知，换句话说，在这个状态写作的作者是"有知"之人，但她要克服自己的"有知"，

---

① 《首届郁达夫小说奖终评公示》，《江南》2010 年第 5 期。

② 王彬彬：《铁凝〈飞行酿酒师〉简论》，《当代作家评论》2018 年第 1 期。

努力让自己回到"无",回到"诚"与"真"。以初心写作并不难，难的是一直保持初心并不断精进。

诚挚地看待并理解世界和他人而不让自己为风霜、成见所侵蚀，这是一位优秀写作者最大的"诚"，也是最大的"真"。正是这种属于艺术家的"诚"与"真"，使铁凝近几年的作品有种返朴的迷人质感。《火锅子》（2013 年）讲述了一对老年夫妻的日常，两位老人一起吃火锅，但他和她的味觉和嗅觉已经退化，"他"的两个眼睛都得了白内障。她发现，他热情夹给她的海带是"抹布"，不过，她舍不得告诉他，"她从盘子里拣一片大白菜盖住'海带'说，好吃！好吃！"虽是耄耋之年，但那种与爱、温暖、柔情、甜蜜、体恤有关的情感依然新如朝露，完全不因时光摧毁而暗淡。这只属于两个人的别样"缠绵"，远胜过我们所知道、所能想象到的"缱绻""悱恻""热烈"。

写作《火锅子》时的铁凝并非不了解这世上情爱关系越来越薄脆如纸，也并非不知晓许多婚姻里交织着的肮脏、背叛、仇恨和麻木。但是，这并不影响她对爱情的另一种认知和书写。小说家希望记取的是被我们忽略的日常之爱与平凡情感，她希望凝视夫妻关系里的体恤、包容、扶助和彼此珍重。某种意义上，《火锅子》是返朴，也是祛魅，它使我们从一种粗糙、简陋、物质唯上的情感中解放出来，重新认识爱情的质地，它的平实、普通和隐秘的神性。[①]

《七天》(2012 年)由一位别墅女主人的烦恼起笔，她不知如何对待家中那位不断长高的小保姆布谷。从家乡回来的布谷几天之内越来越高，实在让人震惊，不仅仅如此，她时时刻刻有饥饿感，要吃光冰箱里所有的东西，而与之相伴随的是她生理期的反常，鲜血淋漓不止……谁能猜到布谷突然长高的秘密呢？布谷家乡旁边新建了加工厂，从车间流出来的废水流进村外的河，那正是全村人吃水的河。孩子吃了河里的水，上课时坐不住，乱动。污水使布谷和家人的生活发生改变。在工厂做工的两个姐姐也越长越高，厂里辞退了她们，婆家退了亲。小说结尾，布谷主动离开了雇主家。她没有再去厨房大吃，而是把房间和卫生间清洗干净，留下字条，黎明之前悄悄离开。

小说想象力卓异，它从一个女性身体的反常讲起，写出了污染曾经给每个人带来的影响，《七天》里分明有着荒诞的情节处理和奇崛的想象，但我们依然能感受到一种巨大的诚意，正是这样的诚意让人感受到这是切实的、切肤的，与我们每个人的生活息息相关。纯朴的布谷让人想到当年的香雪，但是，布谷的故事远比香雪的故事更为复杂——将深刻的理

---

① 张莉：《作为酿酒师的小说家》，《文汇报》2017 年 10 月 1 日。

解力、洞察力与一种真淳的善意结合在一起，这是铁凝《七天》所带来的魅力。①

## 五、持续的成熟

从《哦，香雪》到《没有纽扣的红衬衫》，从《孕妇和牛》《对面》到《永远有多远》，从《攻瑰门》《大浴女》到《笨花》《伊琳娜的礼帽》，无论从作品数量、质量、风格多样性以及成熟度而言，铁凝都有她的不变、她的守持，同时也有她的蜕变与持续成熟——正是因为在不同阶段都能写出不同以往、不断精进的优秀作品，铁凝才被称为当代文学史上的重要作家。

① 张莉：《爱情之树长青》，《北京文学》2013 年第 7 期。

# 第十章　三个文艺女性，一场时代爱情

## ——关于《爱，是不能忘记的》《一个人的战争》《我爱比尔》

　　三部当代小说《爱，是不能忘记的》、《一个人的战争》和《我爱比尔》的文学史意义并不相同，但基本情节都与一个女人的爱情有关。三个女主人公钟雨、多米、阿三都热爱文学艺术，是我们通常所说的文艺女性，她们都一往情深地爱过男主人公。如果以长相厮守为幸福判断标准，她们的爱情一个比一个不如意：钟雨和"他"一生在一起的时间超不过二十四小时；多米被"他"深深背叛和欺骗；阿三不仅得不到比尔的爱，还因为"爱比尔"滑向一个巨大的、黑暗的深渊——她因为做妓女最终进了劳改场。三部小说发表的当时，1979、1994、1997年，都引起过轰动和争议，三部小说的作者张洁、林白、王安忆也都是在当代文坛有着重要和广泛影响的女性小说家。

　　三个文本讲述的都是对爱情的追忆——小说发表的时间和小说中爱情故事发生的时间出现错位：《爱，是不能忘记的》中的爱情跨越了建国后和"文革"岁月；《一个人的战争》中爱情的发生与结束定格于二十世纪八十年代；《我爱比尔》中阿三爱情的背景则是全球化风涌的九十年代。某种程度上，每部小说既是关于一个文艺女性的爱情故事，又有其暧昧的语境和指代。通过本文的分析，我们将发现一个卓有意味的事实：三个文艺女性的当代爱情史，也是新时期三十年颇有症候的文化史，三部小说"讲述一个人和个人经验的故事时最终包含了对整个集体本身的经验的艰难叙述"。[①]

## 阅读产生爱情

　　《爱，是不能忘记的》中，女主人公钟雨以一位"隐忍的热恋者"形象出现。钟雨爱情的叙述由笔记本中的文字与女儿的回忆共同构成："二十多年啦，那个人占有着她全部的情

---

① 　詹明信：《处于跨国资本主义时代中的第三世界文学》，张旭东编，陈清侨等译，《晚期资本主义的文化逻辑》，生活·读书·新知三联书店，1997年，第545页。

感，可是她却得不到他。她只有把这些笔记本当是他的替身，在这上面和他倾心交谈。每时，每天，每月，每年。"①打动读者的是女主人公对男主人公的思念。为了看一眼他乘的那辆小车，她煞费苦心地计算过他上下班可能经过那条马路的时间；每当他在台上做报告，她坐在台下，泪水会不由地充满她的眼眶。她和他之间的交往，最接近的是两个人的共同散步。彼此离得很远地在一条土路上走。"我们走得飞快，好象有什么重要的事情在等着我们去做，我们非得赶快走完这段路不可。我们多么珍惜这一生中唯一的一次'散步'，可我们分明害怕，怕我们把持不住自己，会说出那可怕的、折磨了我们许多年的那三个字，'我爱你'。"女主人公对一个人的思念二十年不变，它们因写在纸上而变成了永恒。

多米对 N 的热爱不亚于钟雨。"我常常整夜整夜地想念他，设想各种疯狂的方案，想象自己怎样在某种不可思议的行动中突然来到他的面前"，② 像钟雨对"他"赠送的书爱不释手，林多米对 N 用铅笔随意写的两张纸条特别着迷，一刻不停地想

① 张洁：《爱，是不能忘记的》，花城出版社，1980 年。以下《爱，是不能忘记的》的引文均引自此版本。

② 林白：《一个人的战争》，长江文艺出版社，1999 年，以下《一个人的战争》的引文均引自此版本。

着要看、要抚摸、要用鼻子嗅、用嘴唇触碰它们。多米盼望他的到来。"在那个时期，我生活的主要内容就是到阳台、过道、楼顶、平台、卫生间，看他窗口的灯光。只要亮着灯，我就知道他一定在，我就会不顾一切地要去找他，我在深夜里化浓妆，戴耳环，穿戴整齐去找他。……在这样的夜晚，我总是听到他的门里传出别人的声音，我只有走开。"与前面两位女主人公的"精神性思念"不同，《我爱比尔》里阿三的思念更具行动性。她的身体勤于学习，在床上变换着花样去赢得比尔的注意。阿三的热爱并不逊于前面两位："没有比尔，就没有阿三，阿三是为比尔存在并且快活的。"①

成长于不同时代与背景，脾气、秉性也完全不同，但三个人共同具有的"飞蛾扑火"的姿态，使人对促成她们共性的原因有所体察：她们对文学或艺术深深热爱——她们中，有两个人从事文字写作工作，一个从事绘画工作。这样的背景决定了她们表达爱情的方式：她们用文字或画笔表达思念。在《爱，是不能忘记的》中，她和他借由写小说／读小说来传达感情。"他突然转身向我的母亲说：'您最近写的那部小说我读过了。我

---

① 王安忆：《我爱比尔》，南海出版公司，2000 年，以下《我爱比尔》的引文均引自此版本。

要坦率地说，有一点您写得不准确。您不该在作品里非难那
位女主人公……要知道，一个人对另一个人产生感情原没有
什么可以非议的地方，她并没有伤害另一个人的生活……其
实，那男主人公对她也会有感情的。不过为了另一个人的快乐，
他们不得不割舍自己的爱情。'"阿三和比尔对性的认识借助
于阿三画作展开——阿三的"绘画讲述"说服了比尔。《一个
人的战争》中多米多次承认，是阅读和写作影响了她对爱情
的理解．"这个女人长期生活在书本里，远离正常的人类生活，
她中书本的毒太深，她生活在不合时宜的艺术中，她的行为
就像过时的书本一样可笑。"

　　仿佛是，女主人公都不以容貌美丽而著称，她们每一个
人对自我外表的认识都清醒，同时，无论是叙述人还是小说
中的人物，对女主人公的才华都认可并确信——对文学艺术
的热爱使她们拒斥世俗对女性的价值判断标准。《爱，是不能
忘记的》中，叙述人夸奖钟雨时认为她有趣味（而不是美丽）；
《我爱比尔》中，阿三凭借自己流利的英语和独特的绘画才能
表明自己与"她们"不一样。林多米坦诚自己不漂亮，但她
认为自己有气质。"气质"的优越感和对自我才华的确信使小
说中的爱情故事具有了"精神性"——女主角与"他"的交往，
是艺术追求和爱情理想追求的合而为一。

文艺女性的身份是重要的，它带给爱情故事讲述时的隐性动力和合理理由。柄谷行人说，"阅读西洋'文学'本身给人们带来了恋爱。"[①] 正如包法利夫人阅读爱情读物才会疯狂地追求"爱情"[②]，子君阅读新文学才学会自由恋爱，在整个中国现代至当代的文学史上，经典爱情小说中的女主人公——镌华（冯沅君《隔绝》），莎菲女士（丁玲《莎菲女士的日记》），林道静（杨沫《青春之歌》），都有文艺女性的身份特征。"接受'文学'影响的人们则形成了恋爱的现实之场。"[③] 这三部小说中女主人公之所以如此"执迷不悔"，与她们都受到某种爱情文化的熏陶有关：钟雨的爱情是革命文化和革命文学的衍生物，是革命文化符码化的结果。多米的爱情观念来自她熟悉的爱情小说和电影。阿三的欲望是被西方绘画的审美标准所唤起，她被大量的进口的绘画理念所淹没。对于阿三来说："好东西都在西方！"阿三对于美国人比尔的爱，从根本上来说，是对"西方"的爱。

---

① 柄谷行人：《日本现代文学的起源》，赵京华译，生活·读书·新知三联书店，2003 年，第 76 页。

② 苏珊·桑塔格：《重点所在》，陶洁、黄灿然译，上海译文出版社，2004 年，第 134 页。

③ 柄谷行人：《日本现代文学的起源》，第 76 页。

# 由身体到精神

《爱，是不能忘记的》是重要的建构了新时期爱情话语的小说。爱情在小说中不仅仅被表述为人生不可或缺的，有着神圣、伟大、神秘、能超越生死的力量，而且被作为先验的生命信仰与根本意义，可以超越世俗的法律、道德等障碍和界限。《一个人的战争》中，讲述爱情的章节主要是"傻瓜爱情"。林白是站在一定的时间和空间的距离之外去审视当年的爱情，读者在阅读过程中逐渐认识到男人的不值得爱，意识到这样的情感方式是如何荒谬——当叙述人"嘲讽"性地叙述一个女人当年莫名的热情时，这是对爱情及男性神话的一次成功解构。《我爱比尔》是全知视角——读者既可以清晰地了解阿三对于爱情那隐匿的热情，也可以看到比尔和马丁的反应——他们的反应与阿三的那种沉迷和不能自拔互为呼应，从而使爱情故事变成了没道理的"心酸"。借此，王安忆以一位文艺女青年的堕落史戳穿了久附在爱情里的空壳和谎言。

爱情故事脱离不了身体与性。《爱，是不能忘记的》中，爱情的炽热和专一以肉体的"不在场"完成。肉体没有参与甚于参与——钟雨二十多年来始终把日记本和契诃夫文集（他送给她的礼物）带在身边，临终时要求女儿把契诃夫文集与笔记本一起火葬——与其说钟雨是从精神层面完成了对"他"的爱情的坚守，不如说她是以精神无限强大以至消弭肉体的方式完成了对爱情圣坛的献祭。爱情的神圣性也由此生发："那么，有没有比法律和道义更牢固、更坚实的东西把我们联系在一起呢？"

爱情甚于婚姻形式的判断早在五四时代就已经被讨论和认可。陈独秀在与刘延陵关于自由恋爱的通信中说："自由恋爱，与无论何种婚姻制度皆不可并立；即足下所谓伦理的婚姻，又何独不然。盖恋爱是一事，结婚又是一事；自由恋爱是一事；自由结婚又是一事；不可并为一谈也。结婚也未必恋爱，恋爱者未必结婚……"[1]《新青年》的爱情至上观念，动摇的是中国人传统的家庭婚姻观念，引导人们对旧有的婚姻与家庭秩序进行破坏与对抗，从而争取个人自由与精神上的解放。把《爱，是不能忘记的》置于现代文学以来的历史语境，会发现它接续的是五四爱情观。既然这种爱情模式其来有自，为什么张洁这部小说在当代文学史中，尤其是在新时期以来还会引起那么广泛的争议？因为它具有自己的写作前提。在这部小说发表的

---

[1] 《新青年》1918年第4卷第1号。

1979 年之前（十七年或更久的时间段中），当代小说对个人私密情感的关注与讲述几是空白——这是这部对道义婚姻形式进行质疑的小说显得大胆而令人称奇的重要原因。这也正如卢卡契所说："没有偶然性的因素，一切都是死板而抽象的。没有一个作家能够塑造出活生生的事物，如果他完全避免了偶然性。另方面，他又在创作过程必须超脱粗野的赤裸的偶然性，必须把偶然性扬弃在必然性之中。"[①]

尽管林白是一位以女性写作和身体写作而著称的作家，但她书写男女之间的爱情时却着力于精神层面。《一个人的战争》"爱情傻瓜"的章节中，多米从未讲述过自己与 N 的性爱感受，甚至连接吻都没有提到。她几乎全是在讲述自己对他的思念、对他的沉迷和执迷。无论是从肉体还是从语言多米都没有讲述过她与他的交流——一切都是一个女人的独语。小说书写爱情的悖论也即在此——她痛切地认识到爱情中"精神追求"的可笑，因为她最终发现男人热衷的是年轻女人的"形而下"（这一推断通过她对另一位青年女性身体的赞美完成）。她发现男人只希望她身体里的孩子赶快消失，而并不在意她的疼痛和孩

---

① 卢卡契:《叙述与描写》,《卢卡契文学论文集》第 1 卷,中国社会科学出版社,1980 年，第 40 页。

子的宝贵。因此，叙述人认为当年的自己很愚蠢。对"精神爱情"追求的后悔，使整部小说通过对曾经爱情经历的嘲笑抵达对"理想追求"的失望。

阿三的肉体经历是重要的，但小说中阿三的追求终归落脚在精神上。小说后半部分阿三事实上已经成为妓女。她不断地强调自己是"不卖的"，以此来表明自己与另一种妓女的不同，但事实上，她与她们并无二致。她既是肉体上的妓女，还是精神上的妓女。她不是为了追求物质幸福而卖身，而是为了精神上的需要，是为了与国际接轨。阿三在与以比尔为代表的外国男人的交往中，有着一种精神上的自我欣赏和满足，这最终使她经由身体抵达了"爱情"的迷幻感受，她最终享受的是被"西方"接纳的快乐。

## 精英男人与文化权力

有意思的是，三部小说中的男主角都是"沉默寡言"的，但又都是强大的，他们都是各自时代的精英人物。《爱，是不能忘记的》中，"他"是共产党人。他有非同一般的魅力，也有对马列主义的坚贞："他被整得相当惨，不过那老头子似乎十分坚强，从没有对这位有大来头的人物低过头，直到死的时候，留下来的最后一句话还是：'就是到了马克思那里，这个官司也非打下去不可。'"共产党人身份、在"文革"期间被迫害致死的结局使男主人公和当时的主流社会所认可、推崇的男性形象相一致——他以对革命和党无限忠诚的形象成为一个可以爱慕者，也获得了当时读者的深刻认同。钟雨爱他，因为他的政治身份和政治观点，以及他对社会的贡献。在以"他"为对象的爱情面前，女主人公的自我情感和主体意识显得那么渺小："我从没有拿我自己的存在当成一回事。可现在，我无时不在想，我的一言一行会不会惹得你严厉地皱起你那双浓密的眉毛？我想到我要好好地活着，好好地生活，像你那样，为我们这个社会——它不会总像现在这样，惩罚的利剑已经悬在那帮狗男女的头上——真正地做一点工作。"在这里，个人的爱的表达已然转喻为公共的社会话语的表白，她对他的爱，是男女之爱，更是一个社会人对以"他"为代表的革命信仰的忠贞与坚守——钟雨的爱情说到底是以社会、党和国家的标准为标准的——爱情叙事因为有主流文化的庇护成为神圣的，这样的叙事模式也一度成为当时的女性作家与精英知识分子共享的合法话语。

对文学艺术和主流文化的热烈追求深刻影响了文学青年们爱情对象的选择。《一个人的战争》中，N是被寄希望于国

外获奖的导演。年轻的多米认为 N 是个了不起的人物。"我第
一眼看到了 N 的身高，第二眼看到了他的面容，第三眼看到
了他的气质，他的五官长得跟高仓健一模一样，高鼻梁，脸
上的皮肤较粗糙，显示出岁月沧桑的痕迹，他的气质深沉冷峻，
简直比高仓健还高仓健。"把他们之间谈论的书名和电影名罗
列在一起是有趣的：斯特拉文斯基的《火鸟》，《查拉图斯特
拉如是说》，《菊与刀》，索尔·贝娄的《洪堡的礼物》，伍尔
夫的《到灯塔去》，萨特的《理智之年》，索尔仁尼琴的《悲
怆的灵魂》，马尔克斯的《族长的没落》。这是一份奇特的西
方文化产品清单，是一份西方文化消费主义的图表。这些名字
构成了多米爱情的航标和旗帜。当男女主人公之间的话题以这
些西方文化产品名词构成时，那不只是一个男人与女人之间的
故事，还是一个八十年代中国社会文化权力分布的隐形地图。
男人因导演身份而变得"值得爱"，这与西方文化有关的话题
因共同深植于彼此的精神世界成为他们"有共同话语"的见
证。强大和不容置疑的 N 对年轻多米的看重，意味着精英文
化在向文艺女性挥舞它迷人的橄榄枝。女主角怎么能不臣服于
"他"？"他说现在的国产片是如何糟糕，国内演员的素质是
如何低，观众的趣味又是如何俗，他把我认为不错的国产片批
判了一通，认为这是媚俗的问题，他说他独立拍的第一个片子

拷贝为零，说他是为二十一世纪拍片的，现在的观众看不懂他。我便对他五体投地。我那时坚信，拷贝为零的导演是世界上最伟大的导演。"多米与 N 之间对于西方文化书籍的着迷令人想到"所有第三世界的文化"这一命题，事实上，作为第三世界的中国的文化其实并未被看作人类学所称的独立或自主的文化，"相反，这些文化在许多显著的地方处于同第一世界文化帝国主义进行生死搏斗之中——这种文化搏斗的本身反映了这些地区的经济受到资本的不同阶段或有时被委婉地称为现代化的渗透。"[1]

当文艺女性生活在一切都是以美国／西欧的趣味为马首是瞻的时代时，其热爱的男性此刻便也变了国族身份——比尔因"西方人"属性在小说中变得强大。阿三的绘画追求不知不觉是以获得来自西方画商的认可为最高目标，阿三的爱情是如何获得美国外交官比尔的爱，使他说出"我爱你"。比尔之于阿三，是神，是电影里的"铜像"，"比尔对阿三说：虽然你的样子是完全的中国女孩，可是你的精神，更接近我们西方人。"比尔和阿三的相遇使阿三获得了置身"世界"的幻觉：比尔和阿三在马路上走，两个人都有着欲仙的感觉。"比尔故

---

① 詹明信：《处于跨国资本主义时代中的第三世界文学》，第 521 页。

作惊讶地说：这是什么地方？曼哈顿，曼谷，吉隆坡，梵蒂冈？阿三听到这胡话，心里欢喜得不得了，真有些忘了在哪里似的，也跟着胡诌一些传奇性的地名。"——比尔对于阿三意味着西方，比尔对阿三的接纳意味着西方及西方文化对文艺女青年阿三的认同和接受，比尔使阿三"西方化"的灵魂获得安慰。阿三多么沉湎于被西方接纳的幻觉！可是，当比尔告诉阿三，"作为我们国家的一名外交官员，我们不允许和共产主义国家的女孩子恋爱"时，现实才露出强硬、狰狞、无情的面目——比尔和阿三之间有着深不可测和仿佛无法逾越的沟壑：阿三和比尔之间的差异，最终体现为来自第一世界的比尔与来自第三世界的阿三之间的差异，那是冷冰冰的经济利益与政治格局。阿三与比尔之间的爱情，使人无法不想到詹明信在《处于跨国资本主义时代中的第三世界文学》中所言："第三世界的文本，甚至那些好像是关于个人和利比多趋力的文本，总是以民族寓言的形式来投射一种政治：关于个人命运的故事包含着第三世界的大众文化和社会受到冲击的寓言。"[1]

　　爱情是文化的产物。张洁回忆说，"我就是这么被造就出

---

[1]　詹明信：《处于跨国资本主义时代中的第三世界文学》，523 页。

来的：《卓娅和舒拉的故事》《普通一兵》《牛虻》《钢铁是怎样炼成的》……这供给我们一代整个发育期所需要的养料、水分和阳光。"[1] 这段话提示我们，在七十年代末与八十年代初年，之所以会有钟雨的出现，钟雨爱情故事之所以有着广泛影响，便是当时社会文化土壤的造就：当男主人公被认为是"真正的共产党人"，当革命意味着对理想的实践和对"真、善、美"的追求时，钟雨爱上"他"几乎是下意识的选择。可是，当时代变迁，整个社会推崇的是与西方文学、文化有关的"艺术"时，她热爱的对象身份便也发生变化：文艺女性多米狂热追求电影导演N；而到了全球化的九十年代，阿三爱上比尔几是必然——文艺女性热爱的对象与时代精英主流人物出现了奇妙的互动。如果说关注社会主流文化是性格活跃、天生敏感的文艺女性追求爱情的一个隐性诱因，那么促使她会爱上"谁"则取决于"谁"是社会中的精英人物。爱情不只是爱情，性也并不仅仅意味着性，爱情欲望不是自然的本能的冲动，而是文化"春药"催情使然。从根本上来说，爱情是一种政治、经济和文化权力博弈、较量与配置的结果。[2]

---

[1]　张洁创作谈《我为什么写〈沉重的翅膀〉》，《读书》1983年第5期。

[2]　旷新年：《写在当代文学边上》，上海教育出版社，2005年，第156页。

# 爱情政治：个人经验与集体经验

　　一个作家不会仅仅因为他的写作本身获得意义，一个人的写作也不可能天然地完全孤立地获得意义。作家本人也许更清楚。张洁说："我的主题不是爱情。人们常常谈论我在写爱情，而我真正要写的是爱情后面的东西。"[①] 王安忆说："《我爱比尔》其实是一个和爱情无关的故事，因为名字叫《我爱比尔》他们就以为是写爱情。"[②] 在这样的表述之后，可能潜藏有作家更大的写作理想：社会。的确如此。《爱，是不能忘记的》固然提供了一个神圣爱情文本，但小说中支撑这一叙述的是恩格斯的名言，也是新时期初年口耳相传的名言：没有爱情的婚姻是不道德的。在爱情小说的外壳之下，它"建构并显现了新时期（部分地延伸到 1990 年代）一个重要的精英知识分子的思考与话语形态：反道德的道德主义表述。它们因之而成为女作家书写所负载的精英知识分子话语的又一组成部分，并因此而在一定程度上成为另一类突破禁区的共识表达"。[③] 《爱，

----

① 林达·婕雯：《与社会烙印搏斗的人》，载香港《亚洲周刊》1984 年 12 月 9 日，宋德亨译，《中国当代文学研究资料·张洁研究专集》，贵州人民出版社，1991 年，第 335 页。
② 王安忆、张新颖：《谈话录》，广西师范大学出版社，2008 年，第 150 页。
③ 戴锦华：《涉渡之舟：新时期中国女性写作与女性文化》，陕西人民教育出版社，2002 年，第 56 页。

是不能忘记的》其实是以爱情小说的方式呼唤了个人的力量和个人情感的美好与神圣,这与新时期文学发轫初期的"个人"主题发生了某种契合。

在谈到如何理解中国作家作品中的意识形态的价值观时,詹明信认为需要严密地检验其具体的历史背景。这一判断也适用于对三部小说的分析与理解。如果以记忆为主题词,《爱,是不能忘记的》显现了作家张洁之于"文革"的态度。孟悦指出,《爱,是不能忘记的》的主题其实引导了"生命战胜历史劫掠"的叙事模式,记忆与回忆构成了人物的精神价值,构成了叙事的结构与动机,这正是彼时彼刻张洁作品特有的魅力。"那份劫后犹存的日记中(《爱,是不能忘记的》),正是对于爱的记忆和回忆使生命抵御了十年的历史灾难。凭借日记、记忆和回忆,《爱,是不能忘记的》为未来的、活着的,可在历史的严寒中僵硬缩瑟的生命们留住了本可能一去不返的诗意、温暖和理想。凭借记忆和回忆,《爱,是不能忘记的》从劫后的满目荒痍中举出一份可以交付未来、交付后人的'过去',如同为荒无一人的大地老人奉献一个美丽的婴儿。"① 换言之,作家张洁以对苦难岁月中纯洁爱情的歌颂与赞美,为曾经荒芜

---

① 孟悦:《历史与叙述》,陕西人民教育出版社,1991 年,第 141—142 页。

的时代留下了浪漫的近似乌托邦的一笔，这是作为作家的张洁对苦难岁月的抵御以及反抗。

《一个人的战争》中，多米对以往的岁月有着清晰的自省意识。在年轻的多米眼里，N身上的光环与无数新鲜的名词令人目眩；可经历了世事的多米回视时却发现，这男人字写得难看，爱撒谎，欺骗，无理地占有他人劳动，不尊重别人的情感，不负责任，狠心地要求她流产——叙述人含蓄地指出了在当时被社会目为精英的导演身上的虚伪、滥情、品德低下、说大话、行为猥琐等缺陷。小说固然是以亲历者的角度指出了作为女性的"我"在爱情上所受到的伤害，但是，写于1990年代的小说中，当1980年代以"我的年轻时代"的模样，以既美好又虚幻，既丑陋又粗鄙的模样出现时——《一个人的战争》以对精英身份男人的质疑，显示了经历1980年代的叙述者林白对当年盲目追求精英／西方文化的深刻批判和自我反省。

身份认同和困惑是《我爱比尔》中阿三无法回避的问题，也是这个时代中国知识分子无法回避的问题。小说的结尾处，阿三从劳改农场逃出后挖出一个鸡蛋。"这是一个处女蛋，阿三想。忽然间，她手心里感觉到一阵温暖，是那个小母鸡的柔软的纯洁的羞涩的体温。天哪！它为什么要把这处女蛋藏起来，藏起来是为了不给谁看的？阿三的心被刺痛了，一些联想涌上心头。她将鸡蛋握在掌心，埋头哭了。"怎样在这个时代真正辨别自己想要的，怎样才真正了解自己是谁，了解自己的欲望和身份，进而确立自己的位置？阿三是那么的矛盾："这其实是一个困扰着她的矛盾，那就是，她不希望比尔将她看做一个中国女孩，可是她所以吸引比尔，就是因为她是一个中国女孩。"民族国家话语的存在使《我爱比尔》从"爱情"中脱离开来——小说讲述了男人与女人在性和身体感受上的"不可沟通性"，这既是美国外交官身份的比尔和中国文艺女性阿三的不可沟通，也是西方经验和东方经验、第一世界和第三世界的"沟通"艰难的深刻隐喻。"所有第三世界的文本均带有寓言性和特殊性：我们应该把这些文本当作民族寓言来阅读。"[1]《我爱比尔》中，爱情故事与民族身份思考的联袂登场，个人情感与民族际遇的共同受到重创，这是出自一种高明的小说叙述策略——小说表层是阿三爱情故事的书写，内核却是叙述人王安忆在"全球化时代"作为中国作家的隐秘的文学式发言。

把《爱，是不能忘记的》《一个人的战争》《我爱比尔》作为连续的文本互文阅读是必要和有效的：钟雨之于共产党人、多米之于电影导演、阿三之于美国外交官比尔的故事，既是一

---

[1]　詹明信：《处于跨国资本主义时代中的第三世界文学》，第523页。

位文艺女性狂热对爱情执着追求的故事，更是中国社会从"文革获救"、"遭遇世界"再到"全球化"际遇的"文学"隐喻。讲述这一份际遇的过程，其实也是作家面对中国社会现实审视、批判、困惑和反思的过程。——和世界上诸多第三世界国家的知识分子一样，无论是张洁、林白还是王安忆，她们的个人书写与个人经验的书写，其实都是集体经验的书写。爱情政治，永远是社会政治的一部分，知识分子也永远都是政治知识分子。

2008 年 9 月 5 日

# 第十一章 爱情九种

——短篇爱情小说里的爱情

## 一、"爱情它是个难题"

李宗盛曾在歌词里慨叹过爱情之难。

那当然是个难题。在长达几千年的中国历史中，爱情故事若要发生，须克服许多现实的困难。因为有"授受不亲"的"礼防"限制。既然连男女间的自由相见都不允许——被视为耻辱与大逆不道，——更何况相爱？

想一想《西厢记》就知道了，两个未婚男女的见面只能在危难关头才能超越"礼防"。彼此间若有好感，也要由红娘传书，月下相会，以躲避老夫人的监视。《玉簪记》中，男女主人公之间的爱情相见是在道观。而《牡丹亭》感天动地的爱情发生，则是在杜丽娘的春梦之中。因爱而死，复又因爱而生的杜柳爱情是非人间性的。

如此说来，宝玉是幸运的。他可以与林黛玉共读《西厢》，也可以呆看宝姐姐的玉臂而并不会让人指责超越礼防。可是，这日日相见是有条件的。如果没有为皇妃元春省亲而建造的大观园，如果没有宝二爷的特殊身份，一切都不能想象。——大观园只是作家曹雪芹为读者建立的男女自由相处的乌托邦。而为了能使宝二爷合理地混迹其中，曹雪芹颇费心思地为贾宝玉行为的合理与合法化提供了诸多理由：皇妃元春唯一的弟弟，老祖宗最为疼爱的孙儿，以及元春以圣谕准其与姐妹同住等。与通常男子不同身份的强化，暗示的是彼时男女正常交往的不可能。

除了以上这些特殊的境遇，中国古代爱情小说规定的情境通常是青楼妓院，勾栏瓦肆。 想一想《卖油郎独占花魁》《杜十娘怒沉百宝箱》《桃花扇》《品花宝鉴》《海上花列传》吧，爱情故事中的女主人公通常是娼妓——青楼是中国小说中男女之情发生最为频繁的场所，因为良家妇女并没有抛头露面的合法性。

说起来，难以穷尽的古代爱情作品中，梁祝故事殊为独特。梁祝之间的交往，既不同于陌上桑间的一见钟情，也不同于青楼妓院的鱼水相恋，其基础是三载同窗。——共同的求学经

历、共同的知识背景以及共读生涯中的彼此了解，使祝英台
爱上了梁山伯。把男女相会的地点由后花园而移至学校，——
男女主人公之间的长期生活和相互交往的基础，为相爱不得
便化蝶相随的悲剧效果做了坚实、充分的铺垫。

除去"学堂"这一"公共空间"形成交往的背景，祝英
台女扮男装的身份也颇耐人寻味。彼时的社会，女性只有扮作
男性去求学才能使得这一爱情成为可能。若非如此，祝英台
何以与梁山伯共同诵读诗书讨论学问，而梁山伯又何以有缘
得见养在深闺的祝英台？即便是偶能相见，也不过惊鸿一瞥。

因此，说爱情它是个难题，首先指的是现实发生的难题：
没有男女间自由交际的合法化，你情我愿、志同道合的爱情发
生起来不可能光明正大。表现在以男女之情为主要内容的爱情
小说中，作家的想象与书写就颇多障碍。事实上，这是一百多
年前，许多人慨叹中国言情小说远不及西方小说的重要原因。

百年过去，今非昔比。对于今天的爱情短篇而言，最大
的难题则是，在男女交往已是日常的今天，如何在短的篇幅里，
写出一个气质超群的爱情故事。

当下，与爱情有关的短篇小说占了重要比例，关于男女
情感，关于婚姻破碎，关于出轨，关于情感中的信任与不信任，
以及越来越多的交友方式……但是，数目繁多的短篇小说行列

里，能够广为流传的作品却寥寥无几。——短篇小说的难度在于它是一种横截面写作，要在"切片"里写出爱的来龙去脉：爱因何发生，因何消失；为什么爱，为什么不爱，以及后来的命运如何。这是技术的难度。毕竟，爱情在长篇小说里常常是鸿篇巨制，荡气回肠，有如大型交响曲；而在短篇小说里，则只能是小夜曲，短乐章。

"最理想的短篇总会让人想到那些短而美的唐诗名句，要有'窗含西岭千秋雪'的容量，——它可能芜杂，可能简洁，可能喧哗，可能沉静，但共同的特点无疑是气质超拔，一骑绝尘。"[1]我曾经在一篇关于短篇小说的文章里这样写过。——好的爱情小说既可以是轻的又可以是重的，既可以是复杂的又可以是纯粹的，无论怎样，故事里暗含的是作家对人性和爱情的理解力和认识力。

## 二、冒犯的和危险的

让人难忘的爱情小说里，总有"冒犯"发生。

冯骥才的《高女人和她的矮丈夫》发表于1982年，题目便

---

[1] 张莉：《新异性，或短篇小说的调性》，《我亦逢场作戏人：2019年中国短篇小说20家》，中国青年出版社，2020年，第3—4页。

是小说密码："女人很高，男人很矮"。在通常理解的夫妻关系中，有很多是"常识"：女人矮，男人高；女人年轻，丈夫年长；女人地位低，男人地位高……因此，看起来，小说里这对夫妻处处都"有问题"：女人怎么能比丈夫高十七厘米呢？那么他们肯定有生理问题；如果没有生理问题，那就是男人有钱；如果男人被批斗了（更矮了），那么高女人一定会离开……在一个个世俗的推理之下，这对夫妻的关系被推到某个顶点，同时，他们的关系也向人们共同期待的反方向推进：他们没有生理问题；他们同甘共苦，他们生死相随。由此，夫妻二人的"特立独行"获得了放大——小说从很小的切口进入，构造了强大的反世俗命题。

反世俗主题背后是另一个隐形社会文本，它由街坊、邻居的窃窃私语、偷窥和揭发构成。小说结尾实现了最彻底的颠倒。如果把这部小说的发表背景放置于新时期文学的初年，它的意义便更突显：小说以一对夫妻自然和深沉的爱向世俗发出了质疑，也对那种窥视与侵犯个人生活的行为说"不"。

新时期初年的短篇小说，总与爱情有关：《爱情的位置》《被爱情遗忘的角落》《爱情的力量》《爱，是不能忘记的》《爱情啊，你姓什么》……最有代表性的还是张洁《爱，是不能忘记的》（1979 年），它影响了一代人对爱情的理解与认识。

正如前一章所说的，女主人公钟雨是离异女人，也是一位"隐忍的热恋者"，她对那位已婚高级革命干部的思念极强烈。为了看一眼他乘的那辆小轿车，她煞费苦心地计算他上下班可能经过那条马路的时间；每当他在台上做报告，她坐在台下，泪水会不由地充满她的眼眶。但是，她和他之间的交往，最接近的不过是两个人的共同散步，只是在同一条土路上彼此离得很远地走。特别是，这种交往与肉体无关，她和他之间只是借由分享小说来传达感情。但肉体没有参与却甚于参与——钟雨二十多年来始终把日记本和《契诃夫文集》（他送给她的礼物）带在身边，临终时还要求女儿把《契诃夫文集》与笔记本一起火葬。最终，钟雨从精神层面完成了爱的坚守，也以精神无限强大以至消弭肉体的方式完成了对爱情圣坛的献祭。

支撑小说叙述的动力是什么呢？是恩格斯的名言，也是新时期初年口耳相传的名言："没有爱情的婚姻是不道德的"。[1]《爱，是不能忘记的》是以文学的方式呼唤个人情感的美好，爱的神圣性也由此生发："那么，有没有比法律和道义更牢固、更坚实的东西把我们联系在一起呢？"[2] 当然，在这部作品里，有许多表达是"一厢情愿"的，也有诸多东西是"被提纯"的：

---

[1]　恩格斯：《家庭、私有制和国家的起源》，《马克思恩格斯选集》第四卷，人民出版社，1997 年，第 81 页。

[2]　张洁：《爱，是不能忘记的》，《北京文艺》1979 年第 11 期。

爱有多隐忍，便有多痛苦；爱有多痛苦，便有多崇高。

1978 年，《爱，是不能忘记的》发表的同一年，海峡的那边，有另一部短篇小说发表。

那是张爱玲的《色·戒》，发表在《皇冠》第 12 卷第 2 期。气质与《爱，是不能忘记的》迥然不同。无关神圣与崇高，相反，它性感十足。"每次跟老易在一起都像洗了个热水澡"，[①] 只这一句，便潜藏有无数风流场景。王佳芝认识到"这个人是真爱我的"，她说服自己的理由是：性和金钱。在信仰和身体面前，她信的是身体感受，所以，在关键时刻，女人在"六克拉的戒指"与"性高潮"面前低了头。《色·戒》以一种肉欲和物欲的方式挑战了另一个隐形文本。小说很难在价值观上获得认同，只把无数争议留给后世读者。——《色·戒》到底关于爱还是欲望，并没有人能说清楚。但在短的篇幅里，将男女之情写得黑暗残忍、危机四伏，是短篇小说里不多见的。

## 三、始终面临选择

爱情小说里，主人公总要做选择。这是一种模式，古已有之。选 A 还是选 B，选红玫瑰还是白玫瑰？当然，还要面

---

① 张爱玲：《色·戒》，《皇冠》1978 年第 12 卷第 2 期。

对灵魂之爱与肉体之欢的抉择。

　　1928 年，丁玲发表《莎菲女士的日记》，这是现代中国的经典爱情故事。莎菲"女人味儿十足"，是文艺气质十足的女青年，对爱情极为渴望，"我要占有他，我要他无条件的献上他的心，跪着求我赐给他的吻呢。我简直要癫了，反反复复的只想着我所要施行的手段的步骤，我简直癫了。"① 很显然，这个女人是"颜控"，她爱他那"颀长的身躯，嫩玫瑰般的脸庞，柔软的嘴唇，惹人的眼角"，② 可是，凌吉士浅薄，"唉，我能说什么呢？当我明白了那使我爱慕的一个高贵的美型里，是安置着如此的一个卑劣的灵魂，并且无缘无故还接受过他的许多亲密。"③ 在莎菲眼里，帅气的凌吉士不过是个市侩，白白长着好丰仪。他追赶过坐洋车的女人，"恋爱"过，还在妓女院过过夜，结了婚，会调情，但是，却不懂爱。"他真得到一个女人的爱过吗？他爱过一个女人吗？我敢说不曾！"④

　　徒有好皮囊的男人，莎菲瞧不上。最终她亲吻了男人后把他一脚踢开，在"神圣"和"世俗"，"灵魂"和"躯体"之间，

① 丁玲：《莎菲女士的日记》，《莎菲女士的日记·韦护》，人民文学出版社，2009 年，第 14 页。
② 同上，第 25 页。
③ 同上，第 26 页。
④ 同上，第 32 页。

她选择前者，因为后者实在对她构不成吸引力。——特立独行的莎菲，如果生活在今天，依然会是令人瞩目的时代女青年。

时隔近三十年，1957 年，宗璞发表《红豆》，一部关于爱的抉择的短篇，引起轩然大波。是跟随恋人去美国，还是留在国内参加革命建设，这是女主人公要做的选择。而在这样的二选一中，还包含了是否选择投入革命，其间有纠结，也有说不出来的犹疑和惆怅。

二十多年后，1980 年，在张贤亮《灵与肉》里，轮到男人面对选择，这一次，许灵均面临的是要一个"美国籍爸爸"还是"中国农村妻子"，是选择继续生活在贫穷的祖国，还是去资本主义国家继承财产。而正如我们所知，无论是《红豆》还是《灵与肉》，无论是女主角还是男主角，他们都交出了属于时代青年、也属于时代爱情的正确答卷。

这些小说进入课本，不断被下一代读者阅读。爱情的选择里，并不是情爱本身的选择。而这些作品之所以留下来，也不仅仅因为写爱情。

## 四、金钱和欲望

谁能忘记《伤逝》呢，这是现代文学史上最早的经典爱情作品。

1926 年，鲁迅在青年人离家寻找恋爱自由的狂热中，写下《伤逝》："盲目的爱，——而将别的人生的要义全盘疏忽了。第一，便是生活。人必生活着，爱才有所附丽。"[①] 多年来，我们一直将"经济"视为涓生与子君爱情的最大阻力。可是，那并非全部真相，油鸡与阿随、日复一日的平庸生活、涓生对子君身体的"读遍"与厌倦，共同导致了爱情死灭。——《伤逝》里，包含着爱情小说后来必然生长的多个主题，性，金钱，日常生活对激情的磨损。

2003 年，魏微发表短篇小说《化妆》。新世纪的中国，谈情说爱早已成为寻常。嘉丽，当年的女大学生，十年后终于拥有了自己的律师事务所，即将遇到初恋情人时，她开始了冒险的"化妆"。在旧商店里选购廉价服装，她换衣服的同时也换了身份——离异的下岗女工。见面时，"科长"相信了，想当然地把她归为出卖身体的女人。因此，睡是睡了，但科长不会给她钱，因为她在他眼里是低微的，而且，在他看来，钱在很多年前已经给过了。

恋爱时用礼物价值几何来估价他的爱情，但同时又不希

---

① 鲁迅：《伤逝》，《鲁迅全集》第二卷，人民文学出版社，1958 年，第 120 页。

望情人用此等方式来估价她，这是嘉丽的矛盾之处。小说一步步剥离"爱情"光环。嘉丽最终获得真相：如果没有物质的装饰，她在世界上获得的一切，尊严、尊重、爱情都会全部失去。这是独具匠心之作，正如李敬泽当年所说，"《化妆》——贫困、成功、金钱、欲望、爱情，一个短篇竟将所有这些主题浓缩为繁复、尖锐的戏剧，它是如此窄，又是如此宽、如此丰富。"[①]

2007 年，毕飞宇发表《相爱的日子》。小说和《伤逝》有很多的共同点：叙述人都是男性，都共同面对青年人生存境遇问题。《相爱的日子》中"他"和"她"有那么多的理由可以在一起——年纪相当，彼此关怀、理解和包容，性生活愉悦。但是，她却选择嫁给另一个人。没有什么比能让一位贫苦女性获得安稳和富足更吸引人，就连当事者"他"也表达了认同。以往，只有"势利女人"才会做的决定却在这位既善良又体贴的女性身上"自然而然"地发生了。

《相爱的日子》是对《伤逝》故事的某种延续。如果说八十年前"相爱"的困窘让我们想到如何去"生存"，那么此刻，"生存"完全淹没"相爱"，——当我们可以自由相爱时，我们却不愿追求我们的"相爱"，因为身上有看不见的金钱枷锁。

---

① 李敬泽：《向短篇小说致敬》，《为文学申辩》，作家出版社，2009 年，第183 页。

## 五、日常与内分泌

爱情哪有什么天长地久？"童话里都是骗人的。"没有什么爱可以永远不变。爱情不过是内分泌的产物，混杂着汗水、眼泪以及各种体液。

很奇妙。有时候，爱情的持续时间很短，不过是几个时辰。比如1943年发表的《封锁》（张爱玲），战争年代，封锁时期，在忽然停下来的电车里，他看到了她，她也看到了他，于是半推半就地走到一起。封锁时间结束，便各自回家。爱情过程中的种种，压缩在极短的时空里。短得像梦，紧凑得像梦。

还有一种爱情在天上，在飞机里。比如铁凝的《伊琳娜的礼帽》（2011年）。两个萍水相逢的俄罗斯中年男女，恰巧坐在了一起。要一起在天上飞，要越过重洋。其他人都睡着了，机舱里是昏暗的。只有他们两个醒着，醒着做爱情的梦。静悄悄地行动。孩子看到了，一位中国小说家看到了。当然，也许还有其他人也看到了。飞机落地，从天上回到人间。女人看到了接机的丈夫，他们热情拥抱。一切回归原点，一切似乎并未发生。

大多数人的爱情，并不经历生死和劫难。但是，越是日常，也越是脆弱。被欲望摧毁，被鸡毛蒜皮侵蚀，被岁月吞没。尤其是中年人的生活。当代短篇小说里，有许许多多不幸和难堪在中年人的世界里上演。爱了半辈子的中年女人一天早上惊觉，丈夫的爱已经不在了。妻子失踪了，丈夫很快有了下一个爱人。女人不断躲避卧室，她厌倦了床上的一切。性的暴力，语言的暴力，伴侣的冷暴力。他们假装一起生活，关起门来相互折磨；或者相敬如宾，有如过客。为什么非要在一起？为了孩子，为了父母，为了脸面，为了名利。又也许，"懒得离婚"。

主角总是女性。不甘心的是女人，痛苦不堪的是女人，遭遇暴力的是女人，哭天抢地的是女人，歇斯底里的是女人，飞蛾扑火的是女人。这在一百年来汉语爱情小说中几乎成为惯例。陷在爱情里不能自拔的男主人公比例很少。——为什么作家喜欢写一个女人在爱情中的受难，也许不是基于想象，很可能基于现实。

爱是两情相悦。爱是两性相欢。爱是惺惺相惜。爱是心有灵犀。但是，对于女性而言，爱情也是劫难和无底深渊。一旦爱上，便被吸附进莫大的黑洞。爱的感觉有多强烈，爱的人便有多卑微。爱情中的苦和难，都是因为"信"。"相信爱情"让人快乐，"相信爱情"让人渴望；"相信爱情"也让人沉湎，

不能及时抽身。而大多数情况下，女人更容易相信，更愿意
相信爱情。

　　也不全然如此。比如金仁顺笔下的爱情。在她那里，爱
情并不煞有介事。那只是一种测试男女关系的化学试纸。《彼
此》发表于 2007 年。丈夫郑昊婚前的背叛是黎亚非婚姻的噩
梦，——郑昊在婚礼前还和另一个女人做爱。黎亚非不能原谅
他，而当她离婚准备再婚时，熟悉而荒诞的场景出现了。郑昊
来看即将成为新娘的她。"黎亚非拿了盒纸巾过去，抽了几张
递给郑昊，他伸出手，没拿纸巾，却把她的手腕攥住了，黎亚
非说不清楚，是他把她拉进怀里的，还是她自己主动扑进他怀
里的。"①现任丈夫觉察了出来，于是便有了小说结尾，婚礼上
新人接吻，"两个人的嘴唇都是冰凉的。"②以"彼此"为小说题
目，想必小说家大有深意："彼此彼此"，"此即是彼，彼即是此"。


## 六、生死相随


　　一千八百年前的年轻男子，绝望地看着他美丽的妻子向
死亡靠近。卑微之感侵蚀了他。对鱼水之欢的留恋，对生命

--------

①　金仁顺：《彼此》，《纪念我的朋友金枝》，长江文艺出版社，2017 年，第 59 页。
②　同上，第 60 页。

本身的欢喜，都有赖于这具美丽身体的给予。可现在这个身体马上就要从世间消失。他不能眼睁睁地看着妻子死去。他要想尽一切办法救自己的女人。

这个男人叫荀奉倩。他是三国时期魏国一位官员的儿子，他与曹洪的女儿结婚并深爱。就是那个冬天，女人发起高烧。男人无能为力。后来，他走到院子中间，将自己冻得冰凉，然后，回到床上，用自己冰凉的身体紧贴她，他希望自己的身体能成为治疗她的药物。当然，结局很悲惨，他病发不起，之后，她也死了。

历史上，这个故事似乎并不值得歌颂。这位死去的男人被写进蒙学课本。荀奉倩被当作可笑的反面典型——这个男人贪恋身体，缺少远大的政治抱负。但是，淹没在历史尘埃中的故事里分明包含着一种夫妻之爱，那是丈夫对妻子的深深依恋，他甚至愿意和她生死一起。

生死之爱在迟子建的作品里有迷人的光。许多人喜欢《亲亲土豆》，因为其中有寻常却深沉的夫妻之情。一对勤劳恩爱的中年夫妻，男人得了癌症，妻子听到非常绝望。"李爱杰慢吞吞地出了医生办公室，她在走廊碰到很多人，可她感觉这世界只有她一个人。她来到住院处大门前的花坛旁，很想对着那些无忧无虑的娇花倩草哭上一场。可她的眼泪已经被巨大的悲哀征服了，她这才明白绝望者是没有泪水的。"①

没有什么能阻挡死亡，于是，这对夫妻只能做最后的告别，即使大限将至，但也如日常般说话，聊天。人在生老病死面前是多么无奈啊，有的只是腔子里的这些呼吸和眷恋。男人走了，妻子在葬礼上用五大袋土豆来陪他棺材一起下葬，"雪后疲惫的阳光挣扎着将触角伸向土豆的间隙，使整座坟洋溢着一股温馨的丰收气息。李爱杰欣慰地看着那座坟，想着银河灿烂的时分，秦山在那里会一眼认出他家的土豆地吗？他还会闻到那股土豆花的特殊香气吗？"②

许多人难以忘记这小说的结尾，它让人落泪。"李爱杰最后一个离开秦山的坟。她刚走了两三步，忽然听见背后一阵簌簌的响动。原来坟顶上的一只又圆又胖的土豆从上面坠了下来，一直滚到李爱杰脚边，停在她的鞋前，仿佛一个受宠惯了的小孩子在乞求母亲那至爱的亲昵。李爱杰怜爱地看着那个土豆，轻轻嗔怪道：'还跟我的脚呀？'"③ 在这里，万物有灵，在这里，是爱生生不息。

① 迟子建：《亲亲土豆》，《亲亲土豆·迟子建短篇小说编年卷二 1992—1996》，人民文学出版社，2001 年，第 165 页。
② 同上，第 172 页。
③ 同上。

什么是活着，什么是死去？一个人活着，死去的爱人就还在世间；一个人死了，但他那像植物一样蓬勃的爱恋依然在。

## 七、中国式缠绵

有一种迷人的情感，是相思。比如刘庆邦的《鞋》（1997年），写的是很多年前的事。农村姑娘守明十八岁了，未婚夫是隔壁庄里的年轻人，他有浓密的头发，会唱歌也会讲话，多才多艺的他让守明魂牵梦绕。那是属于十八岁姑娘的心事，是属于一个人的"相思"。陡然生起的爱、想到爱人时忽然涌上来的泪水，是自然人性的部分，而那院子里满树的枣花正象喻了守明情感的丰茂。

相思是糖，也是奶和蜜，当然，它很折磨人。害羞、脸红、欲语还休、心头小鹿乱撞、夜晚辗转难眠。不能写信给"那个人"，也没有办法和那个人见面。那么，用什么样的方式表达对那个人的思念？只有做鞋送给他。"让那个人念着她，记住她，她没有别的可送，只有这一双鞋。这双鞋代表她，也代表她的心。"[1] 这实在是一种古老的情感表达方式。

---

① 刘庆邦：《鞋》，《北京文学》1997年第1期。

那是甜而微苦的情感。一方面它是甜的，几乎每一位读者都能感受到属于守明的甜蜜思念：一个人静静地想念"那个人"，在心中和他说话；一针一线缝起的鞋里包含着女孩子细密的情感与想念。但另一方面，每一个经历过爱的人想必也都深知，相思甚苦，因为"那个人"并不一定知道，不一定感受得到，不一定愿意回应。因此，那些想念和那些爱，是守明自我情感的发酵，是"内心戏"。终于桥上相见了。日日相思的"那个人"走到眼前，她希望他穿上她亲手做的鞋，但没有。——千百年来"落花有意，流水无情"场景，再一次在这对青年男女间上演。

小说最终收束在"守明一直没和母亲说话"的沉默里。这沉默让人想到少女的委屈，痛楚，黯然神伤。写出"甜而微苦"情感，写出独属于中国人情感的微妙，是短篇小说《鞋》的魅力所在。那是怎样一种微妙呢，它是让人战栗的又是让人心生向往的，它是折磨人的却又是让人恋恋不舍的……每个人都会老去，肉身也终有一天会湮灭在尘土里，但相思之情永远让人怀念。

还有一种中国式缠绵，那应该是暮年之爱吧？铁凝的《火锅子》（2013 年）中，"他"和"她"相识于"共和火锅"：两个陌生人各自点菜，同涮一个火锅。由"共和火锅"结缘，他们相识、相爱，走进婚姻，生儿育女，直到老年。现在，两位老人一位八十七岁，一位八十六岁了，牵手、交谈、回忆、拌嘴、娇嗔，在终生相守相爱的人那里，子女和旁人的探望并没有我们想象的那么必要。

小说描摹了一种人人能感受到但又无以名状的情感，是那种羞涩、内敛、让人心头一软的东西："他一辈子没对她说过缠绵的话，好像也没写过什么情书。但她记住了一件事。大女儿一岁半的时候，有个星期天他们带着孩子去百货公司买花布。排队等交钱时，孩子要尿尿。他抱着孩子去厕所，她继续在队伍里排着。过了一会儿，她忽然觉得有人在背后轻轻拨弄她的头发。她小心地回过头，看见是他抱着女儿站在身后，是他在指挥着女儿的小手。从此，看见或者听见'缠绵'这个词，她都会想起百货公司的那次排队，他抱着女儿站在她身后，让女儿的小手抓挠她的头发。那就是他对她隐秘的缠绵，也是他对她公开的示爱。"[1]

潜伏在日常生活之下的"性感"与"缠绵"，如此迷人，被小说家准确捕捉到了，那感觉家常、平凡、平淡，是静悄悄的，也是绵长的，有如滴水穿石："每次想起半个多世纪前的那个星期天，她那已经稀疏花白、缺少弹性的头发依然能感到瞬

---

[1] 铁凝：《火锅子》，《飞行酿酒师》，人民文学出版社，2007 年，第 235 页。

间的飞扬，她那松弛起皱的后脖梗依然能感到一阵温热的酥麻。"[1]虽是耄耋之年，但与爱、温暖、柔情、甜蜜、体恤有关的情感依然新如朝露。

几无故事，几无波澜，像极了一幅简笔画：两位暮年老人围坐在热气腾腾的火锅前，互相为对方夹菜。"他"的眼中只有"她"，"她"的眼中也只有"他"。——《火锅子》里的爱情，是返朴，是祛魅，是洗尽铅华；它使我们从一种粗糙、简陋、物质唯上的情感中解放出来，重新认识爱情的质地，它的平实、普通，和神性。

## 八、简单而自在

《双灯》写的是男女之情。不，写的是人狐之爱，人神之爱。它是蒲松龄的作品，也被汪曾祺改写。

有个场景，是《聊斋》里通常有的。男女相欢半年后分别：

后半年魏归家，适月夜与妻话窗间，忽见女郎华妆坐墙头，以手相招。魏近就之，女援之，逾垣而出，把手

---

[1]  铁凝：《火锅子》，《飞行酿酒师》，第 235—236 页。

而告曰："今与君别矣。请送我数武，以表半载绸缪之意。"
魏惊叩其故，女曰："姻缘自有定数，何待说也。"语次，
至村外，前婢挑双灯以待，竟赴南山，登高处，乃辞魏言别。
留之不得，遂去。①

《聊斋新义》中，汪曾祺选择白话重新讲述此一故事。情
节几乎未作大改动，但在结尾处，他增加了二人对白：

"我喜欢你，我来了。我开始觉得我就要不那么喜欢
你了，我就得走了。"

"你忍心？"

"我舍不得你，但是我得走。我们，和你们人不一样，
不能凑合。"②

"我喜欢你，我来了。""我开始觉得我就要不那么喜欢你
了，我就得走。""我们，和你们人不一样，不能凑合。"每一
句都平白朴素，每一句都深入人心。那是一位女性对爱的超

---

① 蒲松龄：《双灯》，《聊斋志异》，中华书局，2009 年，第 174 页。

② 汪曾祺：《双灯》，《汪曾祺全集》第 2 卷，邓九平编，北京师范大学出版社，
1998 年，第 251 页。

凡脱俗的理解，也是她关于爱情的简单而自在的认知，由此，一位自由地执着于真爱的狐之形象呼之欲出。蒲松龄笔下，双灯忽明忽暗，意味着一种暧昧的男女情愫关系的起灭，而在汪曾祺那里，两个人的合与分，都是自然的。不同小说调性里，藏着作家对世界、情感及爱情的不同理解。

爱是什么？爱是喜欢，喜欢抚摸对方的头发、脸颊、嘴唇、腰腹，也接纳对方的气味、斑点、疾病和衰老。爱是阳光，是阳光照耀下的阴影和暗淡；爱是雨露，是被雨露滋润漫延的泥沼。爱是令人怀想的风月无边，是如梦如电的虚无。

——爱，或者不爱，都是自主的，自由的；都是有尊严的，也该是高贵的。

## 九、篇幅虽短，说来话长

契诃夫的经典爱情小说《带小狗的女人》，被纳博科夫盛赞，他的分析堪称经典。这部小说几乎涵盖了爱情小说的所有主题：偷情，背叛，欺骗，隐瞒，庸常，最深沉的爱与依恋。小说发表于 1899 年，男人叫古罗夫，已婚有子女，有多次出轨经验；他轻视女性并称之为低等种族，但是，私下里他也认知到，与男性相处比较起来，他和女性相处时比较轻松。

安娜单纯天真，爱上了古罗夫。初次出轨的女人对这段相遇患得患失，深感羞愧；男人则是经验丰富。古罗夫回到莫斯科，以为很快就可以忘记安娜，但是，忘不了。他去戏院看戏，希望在那里遇到安娜。果然遇到了。一直幽会，没有其他人知情。

一个文艺腔的少妇，一个面目油腻的公务员。这最初的相遇令人怀疑。也许，不过是双方的逢场作戏。但是，慢慢地，女人感受到精神的苦闷，古罗夫也感受到了。爱情有如神启，降临在普通男女中间。艳遇最终变成爱情。

古罗夫看到了爱，也看到了他自身的双面生活："凡是构成他的生活核心的事情，统统是瞒着别人，暗地里进行的；而凡是他弄虚作假，他用以伪装自己、以遮盖真相的外衣，例如他在银行里的工作、他在俱乐部里的争论、他的所谓'卑贱的人种'、他带着他的妻子去参加纪念会等，却统统是公开的。他根据自己来判断别人，就不相信他看见的事情，老是揣测每一个人都在秘密的掩盖下，就像在夜幕的遮盖下一样，过着他的真正的、最有趣的生活。"[1]

---

[1] 契诃夫：《带小狗的女人》，《变色龙》，汝龙译，上海译文出版社，2011年，第247页。

在公开场合里，古罗夫说谎，假模假式，毫不真诚，但公众认可；而那个私下的、有真实情感生活的自己才是真实的自己，但却拿不到台面上。这位生活在契诃夫时代的男人，今天的我们一点儿也不陌生。

那么，小说中的这两个人要怎么发展，这小说的走向该去往哪里？人人都替这对男女捏把汗，就像看着泰坦尼克号一般，明知道它要撞到冰山，却不知道何时在哪里撞。没有人能给他们解答，小说停止了："似乎再过一会儿，解答就可以找到，到那时候，一种崭新的、美好的生活就要开始了，不过这两个人心里很明白：离着结束还很远很远，那最复杂、最困难的道路现在才刚刚开始。"① 小说在谁也不知道会停的地方停了下来，契诃夫为他们按下了时间的暂停键。我们就这样望着纸上的这两个人。许多东西烟消云散了，我们不由自主地把眼光从他们的爱情故事挪开。

什么是道德的，什么是非道德的；什么是公开的，什么是私密的；什么是永恒的，什么是短暂的……这是人的困境，这是爱的难题。从爱情中看到人的处境和世界的荒谬，也从世界的荒谬中看到爱和情感的真挚，《带小狗的女人》使我们重

---

① 契诃夫：《带小狗的女人》，同上，第249页。

新理解爱情，理解生而为人的苦楚。这小说写的是爱情，和爱情有关的一切；写的是人，与人有关的一切。它是具体的，也是抽象的；它是日常的，也是神性的。——这是契诃夫短篇小说的卓异。

在短的篇幅里写下丰富深邃的情感，这是伟大小说家的境界；一如琴弦虽然纤细，但艺术大师却能弹奏出意蕴悠远、动人心魄的旋律。

2020 年 2 月 2 日—2020 年 3 月 2 日